体験記

私たちの戦中・終戦直後史

我孫子市史研究センター編

刊行にあたって

本書は、千葉県我孫子市の市民歴史研究団体、我孫子市史研究センター（現会長　関口一郎）の編纂によるものです。執筆陣は本会の会員たちで、二七名が稿を寄せ、二つの稿を寄せた人もあって、計二八稿が掲載されています。うち五稿は、本人自身の体験ではなく、身内の体験をまとめたものです。さらに、我孫子で生まれ育ち、我孫子で少年期を過ごした三人の方に集まっていただき、座談会として、我孫子での戦中・終戦直後の様子を語ってもらいました。

本書編纂の趣旨は、戦争の姿を生活の場でとらえる、ということにつきます。終戦直後の様子も入れなければ、それはかなわないと考えました。

すでに一九四五年八月一五日の敗戦確定後七四年を過ぎ、戦中に成人であった人々はわずかになりました。たとえば、太平洋戦争開戦の一九四一年一二月八日の時点で二〇歳であった人は、現在では、九七～九八歳です。戦中・終戦直後を大人として生きた人々の証言は得られない時代となっています。

一方、この時代に少年少女期を過ごした人々は、本会会員に数多くいます。いま、その人たちの、生活の中で見た戦争の姿・終戦直後の姿を証言として記録しておくことが、市民として歴史研究に携わる者のしておかなければならない作業の一つであろう、このような思いがあって、この編纂事業に取り組んだのです。

少年少女の目で見た生活の中の戦争の姿・終戦直後の復興の姿は、直截な感覚で見た、素直に実態をとらえたものと言えます。誰もが少年少女の時代の記憶は鮮明に持ち続けているし、戦争の時代を生きた少年少女たちの記憶は、後の時代の若い人々にとっても、我が身に引き比べることができるものとなります。本書は、はからずして、そのような書物となりました。言い換えれば、一人一人が、自己の少年少女期の記憶をたどり、記すことは、地に足の付いた歴史研究の一つであって、本書は紛れもなく、歴史書なのです。

日本が突き進んでしまった日中戦争・太平洋戦争は、無謀な戦争であった、勝てるはずのない戦争であった、とは、誰もが言うことで、まさしくその通りです。そして、勝てる戦争ならばよいのかと言えば、もちろん違います。戦争は、それがどんな性格のものであれ、してはならないもの、愚なる非道なる行為で、戦争によらない解決・改善策をとらなければならないのです。そのためには、孤立・閉鎖は否としなければなりません。当時の日本国民は、閉鎖状況にあった、孤立してしまっていたと言えるでしょう。孤立は、多人口社会・国家でも起こることで、本書の少年少女の眼は、それを指摘しているとも言えます。現代の世界でも、社会・一国の孤立が、むしろ意図的にも進められていると感じます。このような現代を考えるための一助として本書が読まれるならば、嬉しい限りです。

本書の編集にあたり、書き手のその時の実感を最優先とし、極力、原文通りとしました。編集で用字用語の統一をすることも、さしひかえました。地名などの固有名詞には、あるいは誤りがあるかもしれません。その地に生きた少年少女たちの記憶に残っている言葉として読んでいただきますよう。

二〇一九年六月一四日

本書編集委員　谷田部隆博

目次

座談会　我孫子の戦中・終戦直後

出席者　阿曽　敏夫（大正一四年生　湖北・元農業委員）
足立　俊領（昭和一〇年生　布佐《ふさ》・延命寺住職）
小熊　興爾（昭和一四年生　我孫子・八坂神社総代　元剥製職）
関口　一郎（昭和一〇年生　我孫子市史研究センター会長）
司会　荒井　茂男（昭和二五年生　元我孫子市役所職員　我孫子市史研究センター副会長）

＊本座談会は、我孫子市の、我孫子地区・湖北地区・布佐地区から一名ずつ、そこで生まれ育った方の出席をお願いしたもので、我孫子市史研究センター側では、右記の人以外に、飯白和子、逆井萬吉、谷田部隆博の三人が出席し、発言をしている。その発言も、そのまま掲載した。
（二〇一九年四月三〇日午後一時半～五時　湖北地区公民館で開催）

司会　雨の中、お集まりいただきありがとうございます。今日は平成最後の日です。戦後七四年経ちました。戦中・終戦直後のたいへんな時期の我孫子の様子はどうだったか、この記録を残しておかないといけない時期になったと考え、お集まりいただきました。

関口　我孫子市史研究センター会長の関口です。市史研は四〇余年の歴史がありますが、今回のような戦中戦後の企画は初めてです。満州事変が戦争の時代の始まりですが、そこまでは遡れませんので、日中戦争終わりの時期から入り、復興期の昭和三〇年ころまでのお話をいただきたいと思います。

日中戦争～昭和一八年ごろまでの時期

司会　それでは、第一の時代、日中戦争の末頃の話から入りたいと思います。まず、国民学校となったときの学校の様子、出征の様子などを、各地域ごとに。我孫子地区の様子を小熊さんから。

小熊　私は終戦時に六歳で、断片的な記憶しかないのです。とにかく食べるものがなかったですね。米穀通帳が配られてそれがないと米も買えません。その配給も少なくなって、それだけでは餓死してしまうと。案外、農家の人も米を食べていなかった、供出した残りは闇に回し、自分たちは雑穀を食べていたようです。

阿曽　私は大正一四年生まれです。日中戦争が始まったころは小学五年生で、出征兵士の見送りを神社で盛大にやっていましたね。湖北として日中戦争で最初に戦死された方が出たときは、五年生以上が駅通りに英霊を迎えに行きました。

司会　話が前後するでしょうが、阿曽さんは軍隊経験者で、初年兵で入隊したのはいつですか。

阿曽　昭和二〇年四月六日に麻布の東部六部隊に入隊しました。七月十日に入隊が遅かったので、運よく内地勤務で済みました。七月十日に兵科幹部候補生に合格し、八月一七日から合格者だけの集合教育が始まる予定でした。八月三〇日、マッカーサーが厚木の飛行場に降りてからは、進駐の安全警備の予行演習の毎日でした。そして、「腕に銃《つつ》」の姿勢で実弾を込めた警備を、厚木街道で行いました。マッカーサー警備のため、道路際にずーっと道路に背を向けて二五mおきに並ばせられたのです。帝国陸軍の最後の姿でしたね。その占領軍の先頭は、機関銃を構えたソ連兵でした。

私たちは繰り上げ卒業で、取手の農芸学校（現取手一高）を一九年の一二月卒業でした。早く戦力に使おうということです。この学校、最初は農学校、次いで園芸学校になり、戦争になると〝園芸〟は適切な語ではないということになり、農芸学校となったのです。

日本軍兵士の中に、終戦の時中国にいて、シベリア抑留に連れて行かれるところを逃げ出して八路軍に投降し、そのまま長い間八路軍の兵隊として勤務させられ、八路軍に入隊した日本人従軍看護婦と結ばれた人がいました。みんな復員したあとに、小学何年生かの子を連れて復員してきたのです。軍隊は〝運隊〟と言って、運次第なところも実に大きいですね。

司会　湖北村での軍隊への召集の様子はどうでしたか。

阿曽　防諜《ぼうちょう》上、私服を着て集合するというようになってきました。はじめのころは軍歌に送られて威勢よく出征しましたが。

足立　昭和一九年になると、出征兵士よりも白木の箱に入って帰ってくる人のほうが多かったですね。

阿曽　それも、遺骨が入っていない、紙切れが入っているだけ。

司会　重苦しいような雰囲気は、いつ頃から出ましたか。ミッドウェー海戦の翌年の昭和一八年ころからでしょうか。

阿曽　そうでしょうね。開戦当初は「勝った、勝った」で旗行列をしたのですが、一八年ころにはそれはなくなりましたね。

谷田部　ミッドウェー海戦は昭和一七年六月ですが、その敗戦の情報は入っていましたか。

足立　いやあ、それはなかったですね。

阿曽　当初の「勝った、勝った」で祝っていたころとはちがって、知らされなかったですね。

司会　布佐地区の状況はどうでしたか。

足立　昭和一九年ころまでで一番よく覚えているのは、開戦のラジオ放送です。五歳の時でした。本堂の奥座敷で寝ていて、朝早く、戦争が始まったとの放送があったことを覚えています。三人家族なのですが、朝食の時に両親が戦争が始まったと話し、それでいっそう記憶に残ったのかもしれません。

阿曽敏夫氏

もう一つ覚えているのが、アッツ島の玉砕ですね。昭和一八年の五月です。キスカ島からは撤退できたのですが、アッツ島では山崎大佐という人が部隊長で、玉砕したのです。学校で、確か寄付金を募って、そのとき部隊長の名刺大の写真を配布しましたね。その写真を、私は高校生の時まで大事に持っていました。全国的にそれをやったのでしょう。

司会　そのときは、足立さんは昭和一〇年生まれですので八歳、国民学校の二年生の時ですね。

阿曽　そのアッツ島玉砕に関してですが、あの山崎部隊は、原隊は新潟の高田の連隊です。うちの本家の主人がその連隊に中尉でいて、アッツ島に向かうときに体調を壊して行けませんで、玉砕の一員になるのは免れました。実に、さっき申し上げたように、軍隊は〝運隊〟です。

足立　記憶はあまりありませんが、体を鍛えるというので、五年生以上だったか、成田まで夜行行進をしました。夜出て朝帰ってくる、その隊列を松並木、竹内神社の所で出迎えました。昭和一八、一九年のころでした。学校のことは、一九年、二〇年がもっともいろいろなことがありましたね。

司会　ちょっと話が戻りますが、皇紀二六〇〇年、昭和一五年ですね、この年には全国でいろいろ祝賀行事が開催されたようですが、我孫子ではどうでしたか。

阿曽　我孫子ではあんまりしませんでした。「欲しがりません。勝つまでは」の時代に入っていて、物がありませんから。奉祝会は、上からの指示ですから一応のことはやりましたが、派手なものはなかったですね。

小熊　我孫子の町で祝賀行事をやったかどうかは、私は親たちからも聞いていませんね。

阿曽　学校でやったのです。奉祝大会と称して一一月一〇日から一四日まで。神武天皇の関係で、この日となったのです。「紀元は二六〇〇年……」という歌を学校で歌わせられました。「金鵄《きんし》輝く日本の紀元は二六〇〇年」とね。

足立　私も、かすかに覚えていますね。

小熊　私は歌うことはなかったですね。国民学校に入学し、途中から小学校になりましたから。

阿曽　通学はたいへんでしたね。遠かったですからね。

小熊　昔の中学校では、小学六年から中学校に入った人と高等小学校を出て入った人がいて、中学校の同学年生でも二歳違いの生徒がいました。柏市の東葛飾中学校でも、「あいつらはでかかったのだよ」と話す人がいました。高等小を出て入った人は二歳年上ですからね。中学校の入試に受からなくて高等小学校に入り、それから中学校に進む人がいたのです。

足立　私らの時代は、旧制中学校を六年やった方もいましたね。

関口　私の新制中学一年時の三年生は旧制から移行した生徒で、教師よりも古く、怖かったですよ。

戦死者

司会　足立さんはご住職で、お寺で生まれ育った方ですが、昭和一八、九年には戦死者が増えて、お寺でも葬儀や埋葬が大幅に増えていったのでしょうね。

足立　私の寺では、日清・日露戦争の戦死者の葬儀・埋葬の記録もあります。ノモンハン事件では三名ほどの戦死者の記録があります。太平洋戦争になったらどんどん増えましたね。町葬という形で、戦死者の葬儀を行いました。

阿曽　私の方は村葬。夫が戦死したというので、奥さんが夫の弟と結婚するという、逆縁《ぎゃくえん》といいましたが、そんなこともありました。

足立　そういう逆縁の例はたくさんありましたね。

司会　家を守るために、逆縁が行われたのですね。

小熊　戦死という誤報で家では墓石まで作ってしまって、復員して彫った名前を赤で消したが、やっぱりいやだと言って、墓石を取り壊してしまった人もいましたよ。

私の父の一番下の弟は戦死しました。学徒出陣でした。学徒出陣では、だいたいは少尉になるので、この叔父も少尉でした。少尉は先頭を行くことが多いので、やられることが多かったのです。

阿曽　しょうがないんですよ。私も幹部候補生で、そんなものでした。金かけて養成した士官学校出は大事にするが、私らはそうではない。

司会　小熊さんの叔父さんは、どこで戦死したのでしょうか。

小熊　沖縄戦です。昭和二〇年の六月二八日が戦死した日となっていますが、名簿で調べてこの日を戦死した日としたのです。正確な戦死の日は不明でしょう。沖縄戦が事実上終わった後の戦死でした。

司会　さきほどの足立さんの、対米戦争開始のラジオ放送を覚えているというお話ですが、その当時の人たちは、大国アメリカと戦争をやって勝てると思っていたのでしょうか。

阿曽　自分から仕掛けて、宣戦布告前に始めちゃったと。そんななので、見通しを持っての戦争ではなかったのでしょう。当時、兵科の幹部候補生は戦死の危険が高いというので、予備士官学校を出ると、あの中野学校のような情報機関入りをすすめられて、軍内部の裏事情について教育されました。

昭和一九〜二〇年八月

手賀沼の殉難

司会　昭和一九年一一月二二日に、手賀沼の殉難という水難事故が発生しました。千浜校長以下、国民学校の一七人の教員が亡くなっています。この事件について。

足立　その日は天気がよくて西風の強い日でした。私は学校に残って遊んでいたのですが、先生方に異様な空気が流れていました。あとで、水難事故があったと知ったわけです。布佐でも三人の若い女の先生方が亡くなりました。十代ですね。お一人は布佐出身なので、布佐町で町葬にしました。

小熊　中里にあった殉難碑には犠牲者の氏名が刻まれています。あの碑は移転したそうですね。

司会　今は湖北小学校にあります。

阿曽　このときは、私は我孫子にいました。調べてみると、一一時三〇分に舟が転覆したとなっています。午前中湖北の国民学校で研修、午後に沼南の学校へという段取りでした。なぜその時間に沼南に向かったのかというと、食糧難の時代でしたから、沼南の学校なら米の飯が食えるのではないか、手賀沼縁の村では沼の中に泥を埋め立てて水田を作っていたので、米があるという話があったそうです。湖北の方は、米供出の網ががっちりかかっていたが、沼南の方は、そうなっていないという話でした。お昼に米の飯が食べられるということですね。当時は弁当持参どころではなかったのですから。

足立俊領氏

足立　当時は男の先生は兵隊にとられ、女の先生ばかりでした。もっと男の先生の割合が高かったら、あるいは防げたのではないでしょうか。サッパ舟を三艘つないじゃったから転覆したそうですね。

小熊　立ち上がってしまったのがいけなかったんです。立ち上がらず舟べりに掴まっていれば、ずぶずぶに濡れますが、木造ですから沈みません。風と波で沼南側の岸に舟が寄ったはずです。

司会　当時の女性の服装はモンペでした。和服に比べ活動的でしたが、当時の女性は泳ぎを習うことはなく、泳げなかった。沼も背が立つほどの浅い沼なのに、泳げないから慌ててしまった。

阿曽　船頭さんは責任をとらされ処罰された、という情報もあります。だとすれば、まったく貧乏くじを引いてしまったのです。

小熊　手賀沼は西側はほとんど波が立たないのですが、東側では大きい波だと五〇㎝くらいの波になります。波に対して舟を縦にして流されるに任せれば、舟は沼南側に着いてしまいます。横波を受けたら転覆してしまいますね。

阿曽　湖北では二人が亡くなっています。

小熊　我孫子町では、千浜校長が亡くなり、有名な加瀬校長は助かっています。加瀬校長は八艘跳びをした、という伝説が作られていますね。

阿曽　加瀬さんは、事件後、千浜校長の跡を継いで我孫子国民学校の校長になりました。それまでは、岡発戸《おかほっと》の分校の校長で、二九歳の時になった方です。この頃の加瀬さんの教育はすごくて、現在の二小学区では神様でしたね。体育に力を入れ、小さな学校なのに、千葉県の四〇〇mリレー競走では優勝もしていました。四年生を鍛え上げ、他校の六年生と競っても、勝ってしまうという具合でした。

千浜校長については、出征する兵士に、足一本手一本なくなっても帰ってこいと言ったという逸話をあちこちで聞かされましたね。出身は中峠です。布佐で長谷川教育のもと研修されたと聞いています。

千人針

関口　出征兵士を送るときの、隣組の主婦たちがつくっていた千人針《せんにんばり》、我孫子ではどうでしたか。

阿曽　やっていましたよ。水海道《みつかいどう》に虎の絵を描く人がいるというので、その人に絵を描いてもらって
それに千人針を通すというようなこともしていました。

足立　布佐でも町内会などが主体でやっていました。駅前でもやっていました。

阿曽　五銭玉・十銭玉を縫い付ける、五銭玉は死線（四銭）を越える、十銭玉は苦戦（九銭）を越え
るというわけです。

小熊　祖父が生きていたころですから、昭和一七年前後でしょうか。家に虎の毛皮があって、それを
五㎝角に切って出征する人にあげていました。「虎は千里行って千里を帰る」ということでです。

阿曽　青山の八幡様の狛犬の石のかけらを持って戦地に行くと弾が当たらないということが言われ、
それであの狛犬は、欠けていますよ。

うちの地区では、興亜奉公日として一〇月一日に村中でこの地域の八つの八幡神社詣りをしました。
それが太平洋戦争に突入以降は、大勝奉戴日が一二月八日に定められ、最初は集落全員で八幡詣りを
行っていましたが、当番制に変わり、五人ひと組ぐらいで交替で廻る形になっていきました。

小熊　第一回の興亜奉公日が昭和一四年で、私の誕生日なんです。私の名前の「興」は、興亜奉公日
の興からとったんですよ。

谷田部　密かに徴兵逃れの祈願はしてなかったでしょうか。

阿曽　私らのころはそんなことやれるわけはなかったですね。うちの親父のころは、徴兵抽選の時代
で、抽選くじから外れるよう日秀《ひびり》の観音様に願をかけたとか、徴兵検査の時に醤油を飲んだとか、早
く婿にいって徴兵の対象から外れようとしたとかありましたが。

逆井　醤油を飲むとものすごく熱が出て徴兵検査に合格しないということを聞いたことがあります。

阿曽　兵隊に行かれない者は、非国民になってしまうでしょう。女性も相手にしてくれなくなる。

司会　心の中で思っていても口には出さないと言うことでしょうか。

阿曽　思うことも絶対にありえません。教育が教育ですから。

我孫子への空襲

司会　我孫子でも空襲で爆撃されたとか機銃掃射があったのですか。

阿曽　私が入隊したあとですが、飛行機が落ちでパラシュートで脱出，取手に降下したのか、取手の住民が竹槍で突き立てたと。戦後、取手警察は、ＭＰに捜査を強要されたと聞きました。結果は知りませんが。

小熊　我孫子駅の機関車の車庫を狙って機銃掃射がありました。私は、たまたまその近くで遊んでいました。機銃弾が飛んでくる音はすごいですね。いまの駅前のイトーヨーカドー、石橋生糸があったのですが、その大煙突にも弾が当たって、煉瓦が飛び散りました。爆撃の帰途に撃ったのでしょう。

関口　日立精機はやられなかったのですか。

小熊　何発か爆弾を落とされたのですが、そんなには被害が出なかったのです。工場としては大きくなかったですから。柏の根戸《ねど》に高射砲連隊があり、そこを爆撃しましたね。でも、爆弾＝焼夷弾はうまく当たらなくて、布施弁天の近くで爆発し、わらぶき屋根の家が四、五軒焼失しました。

阿曽　北新田の田んぼの方に明かりをつけて、そこに爆弾を落とさせることもしていましたよ。夜は、灯火管制で住宅地やら軍事施設は暗くしておいてですね。

足立　布佐でも空襲の痕跡があります。以前の栄橋《さかえばし》に機銃掃射を受けた跡があります。うちの親父の経験では、布佐駅で貨車を狙ったらしく、いまは近くに老人施設がありますが、そこに飛行機が数回来て爆弾を落としていきました。大きな穴が畑に開いていました。ですから、爆撃は下手でしたよ。貨車を狙ったのに、線路から大きく外れた畑に落としたのですから。Ｂ29ではなく、小型機でしたね。

　捕虜を見たこともあります。二〇年の四月か五月ころ、Ｂ29が落ちて落下傘で二名が助かったのですが、それを乗せた貨物自動車が栄橋を通るというので、見にいったのです。金髪の赤ら顔、これが〝鬼畜米英〟といっていたその鬼かと。一人が荷台に上がってこの捕虜を殴っていました。私が捕虜が通ることをなぜ知っていたのか、何か不思議ですね。戦後ＭＰにだいぶ調べられたようです。

小熊　二〇年の七月、手賀沼に日本軍の飛行機、練習機が落ちたことがあります。操縦士は、天皇陛下の飛行機を落としてしまって申し訳ないということで、脱出しないで死んでいきましたね。

司会　終戦間近な時の学校などの様子はどうでしたか。

足立　昭和二〇年には、校庭は一面サツマイモ畑です。校庭の脇に直径七、八ｍ、深さが一ｍほどの穴が掘られていて、中央に台座が据えた高射機関砲といいましたか、三六〇度回転する砲台が置かれていました。兵隊が何人か駐屯していまして、生徒の目につかないように訓練していましたね。訓練用でなくて実戦の兵器でした。実射は一度くらいあったかな。講堂には、圧搾口糧《こうりょう》といっていた携帯食をいっぱいに備蓄していました。何万食分という量でしょう。終戦後近所に配られたのですが、数日後回収されました。食べてみたのですが、何もないときでもあったのでうまかったですよ。佃煮のようなものや甘い物もありました。原料が何であるかはちょっとわからない。

奉安殿・訓練・作業・徴用・金属製品供出

逆井　校庭に奉安殿がありましたか。

足立　講堂にありました。宮城遥拝などをやりました。終戦半年後までには解体されました。

阿曽　湖北では、いまは上新木《かみあらき》の香取さまの本殿になっています。当時の私たちは、朝、正門を入るときに宮城遥拝をして、次に奉安殿に一礼し、そして教室に入りました。

飯白　どうして奉安殿が新木の香取さまの本殿になったのでしょうか。

阿曽　終戦になって奉安殿は解体しなければならなくなりました。それで地元の人たちが香取さまの本殿として移築したのです。

飯白　その時の記念写真を地元の人から見せてもらったことがあります。

阿曽　四大節《しだいせつ》では、紫の袱紗《ふくさ》に包んだ教育勅語を三宝に載せて、講堂で奉読し、おそるおそる職員室に持ってきていました。失敗すると不敬罪だとか言われます。〔編集注　四大節＝一月一日の四方拝、二月一一日の紀元節、四月二九日の天長節、一一月三日の明治節〕

足立　布佐の国民学校では、体を鍛えるために、「戦場走路《せんじょうそうろ》」という名前で、西側の傾斜地で、跳んだり撥ねたりよじ登ったり障害越えをしたりということをしていましたね。肋木《ろくぼく》もありました。擲弾筒に見立てたものを投げる訓練もね。

阿曽　国防競技と言ってましたね。

足立　利根川の堤防にヒマシ油の実をとるための苗木を植え、実を取りに行きましたね。いったい何に使うのでしょうかね。

関口　干し草作りやイナゴ捕りはやりましたか。
小熊　干し草作りはやりましたね。学校に一貫目持ってこいと。枯れた草の一貫目はたいへんでしたね。青い草を混ぜるとばれてしまってね。イナゴは自分たちが食べるためにだけ捕りました。
関口　私らは獲って学校に持っていって、鉛筆などに換えてもらったのです。
小熊　ひと晩生かしておいて、次の日食べる。すぐだと糞《ふん》が入っていますからね。干し草は学校の費用にするために、牧場に売ったのです。馬は農耕では使わなかったですね。徴用で軍馬に持っていかれてしまいましたね。
阿曽　私の父は、柏の馬喰《ばくろう》の親方の小熊さんの家で飼育している雌馬を連れ、軍馬の繁殖のための教育実習をやらさせました。
小熊　その小熊さんは、小熊牧場という牧場も持っていました。私の親戚ではありません。昔の柏の役場の近く、長全寺《ちょうぜんじ》の近くにありました。柏市役所関係の小さい建物が今はあるはずです。
関口　金属製品の供出はどうでしたか。私の家は普通の民家でしたが、親父が鍋釜を出してしまって困りましたね。
足立　私の家は小さい寺なので、そうは出していません、いくらか出したくらいですね。
小熊　国民学校では、楠木正成や二宮金次郎の銅像などを出していました。

小熊興爾氏

戦死者・空箱発送・松根油…

足立　これは学校のことではないですが、寺に残る最後の戦死は二〇年の八月一四日、終戦の前日です。鹿島航空、正式には何というのでしょうか、そこに基地がありましてね、一五歳と一一か月で戦死しています。水上飛行機の乗組員の訓練所にいて、訓練中に空襲を受けたのです。ノモンハン事件から数えて五〇人亡くなっています。看護婦さんが一人含まれています。従軍看護婦さんですね。

小熊　我孫子町で戦死した人は、柴崎神社の石碑に刻まれています。中学校にあったのを柴崎神社に移したのです。

足立　ラバウル航空隊の最後に残った二機の飛行機のうち一機を、戦後敵方に持っていったという人が、近くに住んでいました。光人社というところから出した『最後のゼロファイター』という本に登場しています。親しくしていましたが、戦争の話はしない人でしたね。

小熊　私の父は背が低くて乙種合格だったので、戦争中は横須賀の海軍工廠に行っていましたが、何個送れと指示が出たとき、その数だけは送らないといけないが、とても品数は揃えられない。それで箱だけは指示された個数を整え、中身はゴミ、これが大半ということです。まともにはほとんど届かなかったそうです。民間の船を輸送船として使っていて、途中で沈められてしまうのですね。

阿曽　当時は松根油掘りをしましたね。松の根っこからわずかに油がとれる、それをガソリン代わりに使うということで。

小熊　いくらもとれなかったですよね。

司会　そんな状況なのですから、昭和二〇年三月、四月になると、勝てないという思いが人々に出てきたのではないですか。

阿曽　そんなことは誰も思いません。そんなこと思わせないような教育でしたから。

関口　阿曽さんが軍隊経験者ということでお聞きしますが、入営の時は軍服で行ったのですか。

阿曽　いや、自分で国民服を作って着ていきました。ゲートルを巻くこともしませんでした。さっきの話の千人針は、身につけず、持っていきましたね。

B29

谷田部　この辺では、B29の編隊は見えたのですか。

小熊　見えました。爆撃からの帰りでしょうね。

足立　印象としてはたいへん大きな飛行機で、日本の飛行機はその下の方を飛んでいて、B29の高さまで行かれなかった。

阿曽　当時は富士山を削っちゃえという話があったんです。あれを目標にして飛んでくるからというのでね。富士山のこっちは東京、向こうへ行けば大阪と、こんな理屈でね。

谷田部　ああいう大編隊が来たら、これはもうまるで違う、勝てっこないという思いは出なかったのでしょうか。

阿曽　そう思う人もいましたが、多くは、そんなことを考えるゆとりもないということでしょうか。

足立　多くは十数機ずつ、連続してくるのですよ。

阿曽　軍隊から戻って上野に降りたとき、浅草の観音様のお堂がぽつんと建っているのが見えました。それぐらい東京は焼け野原でした。

司会　物資が窮乏し、戦死者が多数出るという状況に進んできて、我孫子の人たちは、「これはもう負けるんじゃないか」と思ったのではないでしょうか。

阿曽　いや、教育が教育だから、決してそうは思わなかった。思っても言わなかった、ということではなく、思いもしなかったですね。

敗戦の時

足立　終戦の時に、うちの寺に兵士が二名いたのですが、玉音放送を我々が聞いてもチンプンカンプン、兵士が二人、後で立って聞いていて、玉音放送が終わってから、兵士のうちの一人が「変だなあ。負けたかなあ」とこう言ったのですよ。

阿曽　あの玉音放送では、勝ったのか負けたのかもわからなかったのですね。

関口　ラジオはガアガア言っているだけで、聞きとれないのです　足立さんが言われたように、「負けたのかな」と思う人は多かったと思いますよ。負けるなんて考えもしなかった人がほとんどなのですから、「負けた」とはっきり認識した人は、ごく少なかったでしょう。

司会　あの放送は、何日も前から重大放送があるとの予告はされていたんでしょうか。

阿曽　その日の朝からでしょう。「重大放送がある」と繰り返し流されていたとのことです。

足立　うちでは一家族が母屋からは離れたところに疎開していて、その家族の二十歳過ぎでしょうか、娘さんが、東京の三越に勤めていたのです。その頃でも、三越は開いていたのでしょうか。その人が、終戦の二、三日前に「日本は負けるそうだ」と話していました。負けるという噂がだいぶ広まっていたのでしょう。

関口　八月九日に長崎に原爆投下があって、その後ですよね、負けるんじゃないかという雰囲気が何となく漂い始めたのは。

阿曽　私の場合は、ソ連の侵攻でしたね。

関口　終戦時、私は数えで十一歳でしたが、子どもながらに本土決戦と思っていましたね。本土決戦になったらどう立ち向かうか、私たちはみんな死んじゃうのだなあと思っていた記憶があります。アメリカ軍は上陸してきたら日本人を皆殺しすると言われていたので、子どもは先に殺される、そんなことでしたね。

関口一郎氏

谷田部　そういう噂は、相当早く伝播するものなのですね。新聞で報道されるということは、当時は全くなかったでしょうから。玉音放送は、天皇の声を放送したあと、アナウンサーが解説をしたと、その日の番組表には記されているのですが、それを聞いたという人や記録に出会ったことがありません。実際はどうだったのでしょう。

足立　どうだったでしょうかね。玉音を聞いただけで聞くのをやめてしまったのでしょう。

関口　天皇の話はきわめてわかりにくかったのですが、負けたんだと悟った、それであとは茫然自失状態で、解説放送を聞くどころではなかったと言うことでしょうか。

阿曽　私は軍隊にいたので最後まで聞きましたが、そのあと、厚木の海軍の航空隊がビラをまいて、陸軍は何をやっているんだと騒いだのです。そして、特攻隊も出しています。

谷田部　玉音放送を聞いてほっとしたという思いを漏らした人はいなかったでしょうか。

足立　私の地域の学校は、一クラス五〇人ほどで、そのうちの一〇人ほどが疎開児童でした。その一人が我が家の近くにいて、しょっちゅう境内に遊びに来ていました。その子が、「ああこれで東京に帰れる」と言っていましたね。

小熊　私の方では、一クラスに四，五人は疎開児童がいましたね。みんな縁故疎開です。戦後になっていつの間にかいなくなりましたね。東京に帰って行った。

逆井　私の姉は昭和十年生まれですが、玉音放送を聞いて帰り、「アメリカ人に殺される」と先生が言ったと、ものすごい大きな声で泣いていました。

終戦直後～

司会　そうなると、敗戦を知ったあとの人々の意識は、どう変わりましたか。

阿曽　アメリカは、教育基本法を先に持ってきて、教育勅語体制を壊そうとしたのですね。憲法の施行よりも早かった。とにかく、戦前の教育というのはすごかったですよ。この辺では布佐の高台にドイツ人が住んでいただけで、ほかには欧米人はまったく見られなかった。そのくらい国粋主義が徹底していました。特に教育勅語が根幹で、それで、ＧＨＱはまず教育を変えようとしたのでしょう。

足立　そのドイツ人は、戦争中も布佐の去来荘近くに家族と住んでいました。

司会　我孫子には進駐軍が来ていたのですか。

阿曽　進駐軍はいなかったですが、ＭＰは来ていましたね。ジープで来て、子どもたちが寄っていって「ギブミー、チョコレート」と言うと、投げて寄こしましたよ。

小熊　ＭＰではない一般の軍人もしていましたね。

谷田部　ジープを見てどうでしたか。次元が違う車に見えたのではないですか。

阿曽　すごい車だと思いましたね。無蓋車でしょう。かっこよく乗ってくるのですよ。

小熊　そうでしたね。

逆井　ＭＰは怖くなかったですか。

阿曽　いやあ、もう。エサを蒔かれていますから怖がらなかった。あっちは宣撫《せんぶ》工作がうまいから。

荒井茂男氏

隅田川では昭和二一年に、いち早く花火大会がありました。若い女性が米兵と手を組んで歩いているのを見て、世の中変わったなと思いましたよ。日本の男など眼中にないといった風情でした。

変わり身・戦争孤児・乞食・傷痍軍人

司会　身近なところでの変わり身の早さという点ではどうでしたか。学校で軍国を鼓吹していた教師たちはどうでしたか。

阿曽　アメリカに負けて、今度はアメリカに絶対服従と切り替えてしまいました。

阿曽・小熊　そう、コロッと変わりましたよ。

司会　戦中は生徒を殴った教師が仕返しを恐れて逃げ回っていたという話を聞いていますが。

阿曽　高等師範学校を出て捕虜収容所の所長をしていた人が、逃げ回っていました。部下が虐待しても責任をとらされるのでね。我孫子でも、負けたのだからと、みんなは切り替えてしまいましたよ。

司会　戦争孤児とか乞食は、我孫子では見られたのでしょうか。

阿曽　戦争孤児は我孫子ではいなかったですね。

小熊　上野にたくさんいましたが、我孫子では、両親とも戦災で亡くしたという児童はいなかったですからね。乞食はいました。昔からあったけれど、本職のと偽物とがいたんですよ。そこらで乞食の衣裳に着替える者がいましたよ。

関口　終戦後になると、駅前などで白衣の傷痍軍人がアコーディオンを弾いたりハーモニカを吹いたりしてお金を乞う姿をよく見かけましたが、我孫子ではどうでしたか。

小熊　我孫子にもいましたね。あれも偽物がいましたよ。

飯白　東京オリンピックの直前まであちこちにいましたよ。東京オリンピックの前になくそうということで、姿を消したようです。

新制中学校

司会　学校の教科書に新しいのができたのはいつ頃ですか。

小熊　最初は、大きなザラ紙に印刷したものを生徒が切って使いましたね。二〇年の二学期は、墨塗り教科書で始まったのです。ほとんど真っ黒になってしまいましたね。先生がここからここまで消しなさいと。使い物にならなくなってしまいますが、ＧＨＱの指令で、やらないとならなかった。

谷田部　墨塗り教科書を使わずに童話の読み聞かせをやったという若い先生がいたことを、この本の著者が書いています。我孫子でも新しい教科書が使われ始めたのは、いつからですか。

司会　新制の学校になったのが昭和二二年の四月からで、我孫子では、我孫子第一小、第二小、湖北小、布佐小の四つの小学校、中学校では、我孫子中学校、湖北中学校、布佐中学校が発足しました。

小熊　我孫子中学校は、いまの我孫子第四小学校のところにできました。日立精機の青年学校があったところです。その後、町の真ん中に造ろうというので、高野山《こうのやま》に造ったのです。昭和二五年でしたかね。後に昭和三七年二月に焼けてしまいましたね。

阿曽　当時は追いはぎが出たんですよ。我孫子駅に着いた新聞を成田線沿線にオート三輪で配っている人が、木刀を護身用に持っていましたね。高野山のあの中学校のあたりは、松山だったのです。

小熊　最勝院から下ヶ戸《さげと》まで人家がなかったんです。下ヶ戸も、いまの駐在所があるあたりまで、何もないのです。東我孫子の駅もなかったですから。

谷田部　新制中学校ができたときは、地元の反応はどうでしたか。義務教育の年限が長くなってたいへんだとか、あるいは歓迎の思いがあったとかですが。終戦前までは高等小学校があって、かなりの人がそこに通っていたようで、それに、昭和一六年からは、高等小学校は国民学校高等科となり、義務教育ということになりました。といっても実施はされないままのようでしたが、それもあって、新制中学校の発足にはあまり抵抗感はなかったのではないでしょうか。

足立　布佐の場合は、ほとんどの人が大賛成ですよね。布佐では、我孫子では一番早くできているんです。いまの布佐中学校の敷地は、昔は田んぼだったのです。地元の人たちが伸べ三〇〇〇人出て、近くの山を切り崩して田んぼに土盛りをして、作ったのです。

司会　布佐は商人の町で、教育には熱心な地域でしたね。

阿曽　布佐は東部八小学校ではトップクラスでした。

小熊　レベル的には高かったですね。

足立　あの頃は教員の給料は各町村自治体で決められていて、加瀬先生の話では、布佐はちょっと給料が高かったと言っていましたね。

司会　身分としては県の職員でしたでしょうね。房総出身の教員が多かったですね。

足立　布佐では、転勤してきた教員には、地元の人が宿を提供してそこに下宿しましたね。

農地解放

谷田部　農地解放の話ですが、現在でも生々しい記憶となっていて、なかなか事実を明らかには話せないという事情もあるかと思いますが、お話しできるところを。

阿曽　昭和二二年の農地解放ですね。これはね、にわとり一羽、米二、三升ほどの価格で農地一反を手放すということで、うちの方でもね、解放を受けた人が、境界のことでもめると、農地解放の実務の手続きをした人が「これは農林省が買い上げてあなたに渡しているのだから、元の地主に文句を言っても筋違いだ」というわけです。

足立　かなりの農地を持っている農家ではない家でも、農地解放の対象にならず、持ち続けられた家がけっこうあります。何か手を打ったかしたのでしょうね。

阿曽　農地解放に当たって、千葉県では、自作農地二町八反、貸し農地一町歩まで、併せて三町八反までしか持てなかったのです。農地委員というのがあって、小作人の委員が多いのです。湖北の場合、地主代表は一人か二人で、自作がその倍くらい、あとは小作代表です。委員長は小作の人で、その人のところに小作の人が手伝いに行って、「あそこの土地を解放してくれるような動いてくれないか」と頼んだりしましたよ。

司会　勉強になる話をたくさん聞かせていただきました。もう五時近くで、会場を出なければなりません。長時間ありがとうございました。

私の昭和史断章
――東京初空襲～初のB29東京本格空襲～松本――

相津　勝

初めての空襲

昭和一六（一九四一）年一二月八日、大東亜戦争（太平洋戦争）開戦。「帝国陸海軍は今八日未明、西太平洋において米英軍と戦闘状態に入れり」、早朝のラジオが繰り返し叫んでいた。その後に続く真珠湾攻撃を初めとする連日の大本営発表の戦勝報道に、町中は沸き立っていた。

その開戦の日から僅か五か月後の一七年四月一八日、私が小学校四年生になってすぐのことであった。当時、私の家は、本所区横川橋（現墨田区横川）にあった。東武・業平橋駅（現スカイツリー駅）、京成・押上駅、JR・錦糸町駅にそれぞれ徒歩二〇分くらいの所で、中小の工場、商店、住宅などが混在した下町である。学校から帰宅して間もなくの午後一時過ぎ頃、付近の会社、工場から一斉に空襲警報のサイレンが鳴りわたった。警戒警報は抜きであったかもしれない。ふだんからこんな時は防空壕に待避するよう訓練されていたが、誰も叱る大人はいない。好奇心旺盛な少年の私は、二階屋根上の物干場欄干に登って空を見あげた。突然、視界の右端から轟音とともに、ずんぐりした胴体、灰色の双発爆撃機が現れ、左方向に飛んで行く。まるで着陸するかのような低空であった。その後ろを高射砲の炸裂煙が二列に並んで追いかけていく。あっという間に視界から機影が消えたが、すぐにドカンという轟音で家が揺れる。初めての爆撃の恐怖感で柱にかじり付いたまま、しばらくは避難することなど思いつかなかった。東京にとっても、私にとっても初めての空襲であった。

海の向こうの戦争が身近にやってきていた。開戦わずか五か月後、いきなり「通り魔」のように米軍機が東京上空に登場したのである。それは、日本本土一三〇〇kmまで接近した米空母ホーネットから飛びたった、ドゥリットル爆撃隊の双発の陸軍中型爆撃機ノースアメリカンB25、一六機によるものであった。このうち東京に飛来したのは一三機で、都内では荒川、王子、葛飾、牛込、小石川、品川などが爆撃され、ほかに川崎、横須賀、名古屋、神戸などに被害が出た。

警視庁発表では、都内を爆撃した敵機　五〇キロ級爆弾六発、焼夷弾四五二発、死者三九人、重軽傷者三〇七人。全国では死者五〇人重軽傷者はおよそ四〇〇名と記録されている。しかし、これらの被害実数は当時極秘事項で、表沙汰にされることなく、当日午後東部軍司令部はラジオを通じて、敵機撃墜九機で「ワガ方の損害は軽微なり……」と発表した。ところが当日は一点の雲もない紺碧の空で、撃墜された敵機影を目撃した者が皆無だったことから、撃墜したのは九機でなくて、空気ではなかったかという声が、一般に広がった。大本営もさすがにバツが悪かったのか、二一日の新聞紙上で先の東部軍司令部の発表を訂正し、撃墜機はゼロと訂正した。わが軍がうち落したのは噂どおり空気であったのである。そのB25、一六機は日本本土攻撃後、中国へ向い全員生還したという。〔早乙女勝元『東京大空襲の全貌』〕

住む町、学校の変貌

私の町や学校の様子は、この頃から、日ごとに戦時一色に変貌していった。
○防空の為の道路拡張で、町を貫く大通りでは、両側一〇～二〇m幅に住宅、中小の商店、工場など建造物一切が、強制疎開命令によって、立退かされ取り壊されていった。機械のない時代、全て人力である。大勢の人たちが壁を壊し、梁や柱にロープをかけて引倒しているのである。その道路を戦車、軍馬、兵隊の列が通っていくことも多くなった。
○疎開が奨励され、田舎のある家庭の友達は疎開して次第に減っていった。ただし、男性の大人たちは規制があって、東京を離れることはできなかった。
○防空演習が頻繁に行われ、防毒面をかぶっての待避、手押しポンプやバケツリレーでの消火、火叩き（竹先に藁縄を箒状につけたもの）で軒先の焼夷弾を叩き落とす訓練や、負傷者の救助搬送など、大人たちの訓練を近くで見物したものだった。学校でも待避訓練が頻繁に行われた。
○町中の建物には防火用水の設置が義務づけられ、家々の前には、大きな水槽、桶などが並ぶ。ここに、夏には蚊の幼虫ボーフラが湧いて困った。門扉や二階の窓の金属の手すり、果ては公園内の銅像、胸像、お寺の鐘まで、金属類は軒並供出させられ、子供たちが大事にしていた金属のメタル、ベーゴマやブリキの玩具類まで出させられた。これらが、道路に山積みされていたこともあった。
○毎週のように町内から出征兵士が旅立っていったが、その際行われる送別祝賀行列で、私はその先頭で少年ラッパ手として進軍ラッパを吹いていた。やがてその行列は戦死将兵を迎える列に変わっていき、悲しげな葬送行進曲で迎えることも多くなっていった。徴兵検査で甲種合格と喜んでいた隣のお兄さん二人も間もなく応召、果たして生還できただろうか。
○食料も衣料もすべて統制下におかれ、賑やかだった表通りの商店には売るべき商品が消え、次々に閉店していった。さらに、召集されていなかった町の商店主などは、次々に徴用工として付近の軍需工場に配属されていった。
○米の配給は大人一日二合三勺（茶碗三杯分）、子供はその六割くらいだったか、配給米（玄米）を一升瓶に詰めて棒で突っつき精米するのが、子供の仕事になった。外食券という切符がなければ飯を食えない外食券食堂、券なしでも食える雑炊食堂には人の行列ができていた。服も下着も衣料切符がなければ買えない。必要がなくても、切符があるとき、物があるとき、買っておかねばと、母親たちは買いだめしていた。
○隣組毎に弾丸切手などの戦時国債が強制割当され、これの各所帯への割当、負担をめぐって親たちは毎週争っていたようだった。
○学校では四年生になると、唱歌（音楽）、図画（美術）の授業は音楽室、図画室で専門の先生が教えることになっていたが、その授業は私が四年生になった（昭和一七年）六月ごろには、なくなってしまった。絵描き風ベレー帽で大きな油絵を見せて指導してくれた先生は、出征してしまった。礼拝堂のような音楽室のグランドピアノで和音や合唱を教えてくれた美人の先生はいなくなった。敵性語（外国語）は禁止、ドレミファはハニホヘトに変わり、ドミソはハホトになった。兄や姉たちは行っていた修学旅行は、この年から中止されてしまった。
○体操の時間は男は教練、女は長刀《なぎなた》など敵を倒す訓練に変わっていった。重い銃の操作、銃剣術の練習、匍匐《ほふく》前進までやらせられた。
○一九年八月には小学生の集団疎開が始まり、四年生の妹は千葉県鴨川のお寺に送られたが、そこも艦砲射撃、敵軍の上陸のおそれありとかで、岩手県花巻のお寺に転住させられていった。思い起せばきりがない。

国民学校高等科

昭和一八年三月、東京都本所区（現墨田区）本横国民学校初等科（入学時は尋常小学校）を卒業、一三歳。経済事情から中等学校へは進学できず、同四月、義務教育であった同区本高国民学校高等科へ入学。太平洋戦争開戦後二年目であった。そこでは、最初の二か月程は授業を受けたが、間もなく食料増産のための勤労奉仕として、毎日、錦糸公園内の広いグランドの開墾作業にかり出された。七月頃には、勤労動員としてライオン歯磨（株）の蔵前の工場に派遣された。軍隊の酒保《しゅほ》（兵営内の売店）向けの歯磨粉の袋詰め作業である。終日、立ちっぱなしの単純作業、憂さ晴しに、袋に水を入れて手榴弾に見立てて戦争ごっこしたり、三階の屋上から通行人に投げてみたり、休憩時間は悪戯《いたずら》で過ごしたものだった。夏休みは返上だった。八月半ば頃から、今度は電気化学会社の柳島の工場へ派遣替えされた。軍用のテント、軍服、雑嚢《ざつのう》（鞄類）などの布地を染色する大きな工場であった。午前、午後の二交代制の午後の班に配属され、一m超幅のロール巻の布地をトロッコへ積込み、運搬する仕事で、機械から次々はき出される重量物をおじさんたちと一緒に運ぶのは、一三歳の少年にとって初めての重労働であった。

東京大空襲の始まり

初めての空襲から一年半後の一九年一一月一日のことである。動員先の工場で、午後の勤務が始まって間もなく、空襲警報、我々少年たちはすぐに帰宅するように命じられた。道路を走って帰る途中、すでに上空には、輪郭がぼやけ透明でクラゲのような白い機体のB29、一機がこちらに向かってくる。敵機は一万mの超上空、五千m射程の高射砲弾が遙か下の方で炸裂している。偵察飛行であったが、当時はそんなことは知る由もない。爆撃はなかったが、いつ爆弾を投下してくるのか、また高射砲弾の破片の落下もある。道ばたの防空壕にしばし待避して敵機の去るのを待つ。そんな午後が二、三日続いた。

既に六月初めから、北九州工業地帯には、中国成都から飛来したB29の爆撃が始まっていた。

七月初旬サイパン島守備隊全滅、八月サイパン、グアム、テニアンが米軍下に、これらマリアナ群島五箇所にB29基地が完成したのは一〇月なかばのことである。東京までの距離は二三〇〇キロ、航続距離五〇〇〇キロを誇るB29にとっては爆弾を搭載しても、軽く往復できる。東京上空に登場するのは、もはや時間の問題であった。……〔前掲書〕

そして一一月二四日、いよいよ本格的な東京空襲が始まった。八〇機からなる大編隊が十数機の数編隊に分かれ、都下武蔵野の中島飛行機工場を爆撃したのである。我が町にも遠雷のような爆撃音が聞こえてきていた。

この日から毎日空襲警報、都内の各地にも爆撃が始まった。その都度、防空壕に待避しなければならない。近場に爆弾が落ちたときなどは、爆裂音と共に防空壕の壁が崩れることもあった。B29がこちらに向かってくる。B29の独特の爆音が大きく聞こえてくる。壕の地面に伏せ、あと数秒、数分後には自分の生命は吹っ飛んでいるかもしれないと、恐怖に震えながら、爆音の去っていくの待っていたものだった。

一一月二九日

その日、昼間の空襲はなかったのか記憶にない。夕食を終えて間もなく警戒警報、B29編隊が房総方面から東京へ向かっていると報じていた。程なく空襲警報、初めての夜間空襲であった。父は警防団に行ってしまって不在。爆音が聞こえてくる。少年とはいえ男一人で責任者と自覚していた。慌てて母、姉、妹たちを床下の防空壕に待避させ、自分もすぐ続いた。刻々とB29のあの不気味な爆音が大きくなった途端、ヒューという爆弾の落下音（爆弾は落下のとき、遠い時はガラガラとバケツを叩くような音で、近い時はヒューという鋭い音しながら落ちてくると教えられていた）、今まさにそのヒュー、ヒューと、音が束になったように重なって耳に入る。目や耳を手指で押え、防御体勢に入るや否や、ドタドタン、ガチャン、二階に焼夷弾が落ちたらしい。それも数発、たちまち階段の上から焔が見え出した。それ、逃げるんだ、母たちを防空壕口から引きずり出し家外へ。一瞬、非常持出荷物を二階に取りに行こうかと迷ったが、それどころか、外が歩けるかさえわからない（愚かなことだったが、狭い家で非常持出用荷物は二階床の間に積んであったのである。）。この避難のとき身につけていたのは、小さなリュックやカバンだけで、中味は防毒面、救急用品など。食べ物が入っていたかは覚えていない。

我が家の前は疎開して空家で、既に窓や壁は破れ、二階天井板の隙間からは焔が吹き出していた。路地から大通りへ、道路脇の防空壕に飛び込むが、いつ火が回ってくるかわからない。折を見て右に行くと、先方から火に追われた人たちが押し寄せてくる。引き返しても、こちらに向かってくる人の波。右往左往しながらも、大通りに面した専売局業平《なりひら》工場の本館前にたどり着いた。目の前の工場や住宅が、通りに沿って燃え広がっていき、火焔が渦巻いている。消防自動車が来て放水しても全く変わらず、見守るだけ。数分間夕立のような大粒の黒い雨が降ったりもした。そのうち父が駆けつけてくれて、専売局の煙草工場の床下に避難して、夜を明かした。

翌朝、焼跡に父と行った。驚くほど我が家の敷地は狭い。梁も柱も全く灰になって、ただ陶器の白い便器がやけに目立っていた。アルミの飯釜が溶けていて、周りにわずかに茶碗、皿、鍋などが形を留めて残っていた。三〇mほど先に人が集まっていて、何かを掘り出していた。焼夷弾の束（五〇〇ポンド〈二三〇キロ〉集束焼夷弾。一本の親爆弾にM69という三キロ油脂焼夷弾四八本が集納され、これが地上三〇〇mで爆発しバラまかれる）が床下の防空壕に直撃して、待避していた母子三人が焼死しているとか。電気屋さんのご主人は出征中であった。トタン板に乗せられた黒焦げの死体が運ばれていくのが、怖くて見ていられなかった。

焼跡を掘り返して使えそうな食器類を見つけ、まとめて、それらの荷物をぶら下げて母の実家に行くことになった。バスは満員で乗れないので入谷《いりや》（現台東区入谷）まで歩くことにになったが、子供の足で荷物を持って四kmほども歩くのは、容易でなかった。途中、浅草の国際劇場の前を通ると、正装?した男女が演劇見物で並んでいるではないか。こんな酷いときになんということだ。腹が立って仕方がなかった。

入谷にある母の実家に取りあえず住ませて貰うことになったが、その夜からしばらくは、眠りに入っても、僅かな音、ラジオや柱時計の時報の音でも驚いて飛び起きてしまう。空襲が怖くて、着たまでなければ床につけなかった。

父があちこち奔走して疎開先を探していたが、結局、長野県松本市在住の遠い親戚にお世話になることになった。焼け残った近所の方や親戚などから頂いた寝具、衣類などを荷作りして「チッキ」（鉄道便）で送り、我々家族は、新宿から夜行で松本に旅立った。一二月中頃だったかもしれない。

車中から去っていく暗い東京の夜景を眺めながら、いつの日この故郷の地に帰ることができるのだろうか、都落ちという言葉が脳裏に浮かんで、都会の暮らしが、楽しかった少年時代が、いま終わろうとしているんだと、寂しさと悲しさがこみ上げてきたのだった。

この罹災直後は焼け残った近所の方々を羨ましく思っていたが、三か月後の二〇年三月一〇日の東京大空襲では、一〇万人が火炎の中で死んでいった。この辺りはその焼夷弾爆撃の焼け野原の中心地となっていたのである。焼け残っていた隣近所の人たちの中では大勢の焼死者が出たに違いない。もしこの一九年一一月の空襲に我が家が焼け残っていたら、家族は無事に生きていただろうか。

大空襲の悲しき思い出

小学校では、高学年になると三階建て校舎の屋上で、体操やドッジボールをしていた。近くに墨田電話局があって、その屋上でも電話交換手のお姉さん方が体操をしていて、私たち小学生とお互いに手を振りあったりしたものだった。三月一〇日の東京大空襲では、墨田電話局は全焼して、夜勤の交換手のお姉さん方は、火災の中で交換台を守り、逃げ遅れて全員焼死したという。

松本の暮らし

松本の親戚では納屋《なや》を空けて貰って、そこに住むことになった。家財はなにも持ってないので、当初は家族五人で八畳一部屋でも十分だった。土間が入口兼炊事場だった。空襲に悩ませられることもなく、何とか生活ができて、親切にしてもらって天国のようだった。今でも当時の方々には感謝している。

しかし、そうした環境も長くは続かなかった。悲惨な疎開者生活が始まった。まず、飢えである。疎開者には配給以外に食料を得る手段がない。わずかな配給の米、麦それもやがて大豆や果ては玉蜀黍《とうもろこし》、ふすま（製粉後の小麦の皮糟《かわかす》）等になっただけでなく、それさえ満足に手に入らない。米などほとんど見えず、おから、大根、菜っ葉、野草などで増量した朝飯、薄い塩汁のような雑炊の夕食で、腹が減ってならなかった。学校の給食では、カボチャの種、松の実、イナゴ、蜂の子、蚕の蛹《さなぎ》なども食わされた。寒い土地なのに冬着の調達手段もない。

転校した現地松本の筑摩高等小学校では、まだ授業は行われていたが、それも三か月ほどで、翌二〇年春には、勤労動員で兵器工場での部品製作に従事させられた。学校には一〇〇人くらいの兵隊が急に駐屯するようになって、講堂や教室に寝泊りしだした。銃などの兵器は持ってなく、運動場で戦車への突撃訓練をやっていたが、手押ししてきたリヤカーの下に、長さ五〇cmほどの丸太の切れ端を抱えた兵士が突っ込むのである。将校以外に、若い兵隊は見当たらなかった。

市の郊外の山裾には地下工場ができるとかで、山腹に横穴が掘られ、麓の畑には飯場《はんば》（宿舎）が並び、労務者が大勢やってきていた。のちに知ったことだったが、中国人捕虜、朝鮮人なども収容されていたとのことだった。

三月一〇日の東京大空襲以後、米軍の爆撃目標は、軍事施設、軍需工場、大都市から地方の中小都市に移ってきていた。日本中の地方都市が次々に爆撃され、連日多くの被害が報道されていた。七月頃になると、今夜こそわが松本も空襲でやられるかも、と恐れた町中の人たちが、夕方から、布団や家財を手押し車に積んで市郊外の河原などに避難するのである。そうした車の列が次第に多くなってくる。もはや仕事どころではなくなってきていた。学校も休校になってしまった。

そして、八月一五日がやってきた。昼頃重大放送があるということで、母屋のラジオの前に集まった。雑音でよく聞き取れなかっただけでなく、難しい言葉で何を言っているかわからなかったが、「耐え難きを耐え……」だけは聞き取れた。放送が終わってから隣家の大学生のお兄さんが、戦争は終わった、日本は負けたのですと、落着いた言葉で解説してくれた。そのときは何故か不思議に怒りや口惜しさなどは感じず、肩の荷がおりたような気がした。その夜から灯火管制はなくなり、明るい灯が窓から洩れるようになった。

翌一六日午前には、米軍機グラマンが何十機と町の上を低空で飛び交っていた。中華民国の青天白日旗を先頭に、四列の行列が整然と行進してくる。地下工場掘削に従事させられていた中国人捕虜とのことであった。どこにあんな大きな国旗を隠していたのか、誰もが不思議な目で見つめていた。その後数日して、東京の兄が工場が閉鎖したとかで帰ってきた。松本の軍需工場に転職したばかりの父も職場がなくなった。集団学童疎開で花巻に行っていた妹も、父が迎えに行き連れて帰ってきた。痩せて頭は毛虱《けじらみ》だらけ。疎開先では両親が空襲で亡くなって孤児になった児もいたとか。住んでいる部屋（納屋）も明け渡さなければならなくなった。住む所も職も失った家族の苦闘の始まりであった。

思えば、私の小学校生活は日中戦争（支那事変）で始まり、太平洋戦争終戦の年に終わった。戦争にもてあそばれた八年間であった。とくに高等小学校の二年間では、まともに勉強した記憶もない。

七〇年以上も前の少年期を思い出して並べただけで、老人の戯れ言のようになってしまった。あの時代を生きた少年の忘れられない記憶ということで、時期、名称、事実など記憶違い、誤りなどは、お許し願いたい。戦争を再び起こしてはいけない。何故あんな戦争を起こしたのか、誰が指揮し責任をとったのか、未だに納得する回答は得られない。それを求めて今でも近現代史を読み続けている。〔二〇一八年一二月八日　太平洋開戦記念日に記〕

20年３月10日の東京大空襲の時は松本にいたので、直接の被災経験はないが、兄は入谷に住んでいて、ひどい火傷を負った。我が家のあった辺は一面焼け野原で錦糸公園内のグランドには死体が山積みされていた、などの惨状を手紙で知らせてくれた。
◆戦後、この大空襲で大量死を出した本所・深川地域の航空写真がしばしば展示されるが、一面焼け野原の中央に我が母校、本横小学校の焼けただれた建物がみえる。通学路に沿った大横川も横川橋の下も屍で埋まっていたという。

戦中戦後の東京・館山の少年

岩﨑　孝次

一九三一（昭和六）年生まれで現在（二〇一八年）87歳の私にとっては、この頃の話を語り合える人たちも今はなく、私自身の記憶もハッキリしなくなっている現在、思いつくままに書き残しておきたいと思い、気楽に筆をとった次第。

私にとって戦前はなく、生まれた年の九月一八日に満州事変、六年後の昭和一二年の七月七日には日中戦争が始まっていた。

東京大空襲

東京市深川区（現在の江東区）の煙草屋の次男に生まれた私は、府立化学工業学校（旧制中学校の一）の二年生（14歳）の時、一〇万人の人達が焼き殺された昭和二〇年三月一〇日の東京大空襲を受けた。二階で寝ていた私が父の声で起こされ、窓を開けて外を見ると、火の粉が一面に舞っていた。自宅の前の道には、大勢の人たちが、学校に向かって後から後から続いていた。父と二人で火叩きを持って家の周りの消火に努めていたが、やがて誰の姿も見えなくなり、学校に向かった。しかし、大勢の人で学校には入れず、電車通りに座り込んだ。

私は、父をうながし、煙の中を転がりながら、汽車会社の塀までたどり着いた。塀に背中をつけ、足を投げ出して、ぼんやり道の向こうで燃えている消防自動車を見ていた。やがてあたりが明るくなり、一人二人立ちあがるようになったので、我々も家に向かった。昨日座り込んでいた電車通りまで戻ってくると、そこはとなりにいた女の人に「燃えてるよ」と声を掛けられ火の粉を振り払ったあたりであったが、裸で焼かれてしまった人たちが、あちらこちらに転がっていた。学校の講堂やプールには大勢の人たちが死んでいるとのことだったが、見にいかなかった。

学校では、先に逃げて、「煙草屋のおばさん！」と声を掛けられ防空壕に入れてもらって助かった母と妹に再会し、四人で家の前まで来ると、全ての物が焼きつくされ、煙突と金庫だけが見えるだけだった。

小学生の頃

私の家から東へ一つ目の角に東陽小学校があり、その北側の道を挟んで、丸い校舎の市立第一女学校があった。私が小学一年生の時の国語の教科書は、「サイタ　サイタ　サクラガ　サイタ　コイコイ　シロコイ　ススメススメ　ヘイタイススメ」だったと思う。

私の家は角の煙草屋だったので、母の代わりによく店番をしていた。刻み煙草には、はぎ・ききょう・なでしこなどの名前があり、両切煙草のゴールデンバットがよく売れていた。しかし、名前が敵性語だとのことで、金鵄《きんし》に変わった。他には、光・暁・桜・朝日などが、三個並んだガラスのケースに入って、店先に並んでいた。家は二階建で、洪水で道に畳が浮いて流れている時、二階から紐をつけた笊の中に煙草を入れて、お客さんと商売をしている光景も、頭の中に残っている。

自宅の前で　右は煙草屋のこーちゃん（筆者），左は前の足袋屋のえーちゃん

煙草を買うのは空箱と引き換えで、家の前に早くから行列ができ、回収された空箱の山を二階の座敷いっぱいに広げて、外箱や銀紙に仕分けする仕事を一人でやっていた。中に煙草が一、二本入っていたり、たまに一銭玉が入っていることがあった。学校で賞を貰った私の作った標語も覚えてる。それは、「捨てるな吸いがら　危ない燃えがら」であった。

店先には長椅子があり、煙草の他にも、煎餅や棒状の洗濯石鹸などが置いてあり、母が編み物をしながらいつも留守番をしていて、ガラス戸には映画館のビラが貼ってあった。また、家の前の往来でラジオを聞きながら大相撲の星取表を作ったり、メンコ、かくれんぼをした。隣りの床屋の横には紙芝居が来た。前の通りには、おでん屋も通った。

八幡様の左手の脇にミニ富士があって、遊んだ記憶も残っている。八幡様と隣りのお不動様の縁日の一、一五、二八日には、橋を三つ渡って縁日を見に行き、門前仲町まで回って帰ってきた。また、父に連れられて妹と一緒に浅草まで青バスに乗って行っていた。ひさご通り、米久《よねきゅう》、ビックリ食堂の名前を記憶している。小学生の剣道の時、臍下丹田《せいかたんでん》に力を入れるため詩吟もやっていて、乃木大将の「金州城外斜陽に立つ」は今でも覚えている。靖国神社の春と秋の例大祭では、玉砂利の道いっぱいに広がったパノラマも何度か見た記憶がある。

太平洋戦争が始まって、マレー沖でイギリスの戦艦プリンス・オブ・ウェールズ号が撃沈されたとの新聞を見て、その絵をクレヨンで描いて慰問袋に入れて、戦地の兵隊さんへ送った。当時は、白い割烹着の国防婦人会と愛国婦人会の組織があった。

中学生になって

中学校は近かったので、歩いて通った。服装は、我々はカーキ色の戦闘帽だったが、上級生は学帽、学生服で、富士の裾野へ三八式《さんぱちしき》歩兵銃を持って演習に行っていた。ゲートルは、二つの折り目を付けて最後の三角の紐の部分が外側のズボンの線に合うように巻いて、不動の姿勢のまま点検を受けた。

母方の叔父二人は石屋だった。召集され、共に工兵隊で、赤羽まで面会に行ったことも覚えている。叔父はそれぞれ満洲と南方に派遣された。ラジオの真空管もなかなか手に入らず、連絡を受け本所の方へ買いに行ったこともあった。徳川夢声が宮本武蔵の朗読を放送していたような気がする。

日比谷公園に東京湾で撃墜されたB29が展示されたのを見にいったが、その大きさに吃驚《びっくり》した。中は12人乗りで銃座を構え、その横に置いてあった、四発のB29の発動機一つ分の大きさしかない一人乗りの零戦《ぜろせん》を見て、頑張ろうと思った。

家を焼かれて

昨日まで住んでいた家が、全て灰になった。我々親子四人は、父の実家の千葉の保田《ほた》（現鋸南町の一部）へ向かったが、錦糸町駅　亀戸駅、平井駅が使えないとのことで、私は幼稚園児の妹を負ぶって乾パンをかじりながら、新小岩駅まで四人で向かった。途中、橋のたもとで、衣類を着たままの遺体には怖くて目を向けることができなかった。新小岩駅から電車に乗ることができたが、駅の近くで下

1945年3月10日の東京大空襲時に、ポケットに入っていた身分証明書の写真

駄を貰った記憶がある。

保田の本家に寄ってから、縁故疎開で妹二人を預けていた岩井町（現南房総市の一部）の伯父の家まで四人で向かった。そこで、小学生の妹二人と再会した。焼け跡から辿り着いた四人が顔を洗ったら、洗面器が真っ黒になって皆で笑った記憶がある。その後、父の実家の保田の祖父母の住む隠居所に、我々一家六人も一緒に住むようになった。

当時の房総半島は要塞地帯で、汽車で保田駅と安房北条駅（現在の館山駅）間は海側の鎧戸を閉めることになっており、汽車の窓から海岸の景色を見ることが禁止されていた。岩井町町長の伯父が、岩井町全体が写った絵はがきをそっと私にくれて、絶対に人に見せてはいけないと言われ、そっとしまいこんだ。

昭和二〇年五月に、安房中学に母親と出向き、転校を申し出たが、休んでいる期間が長過ぎたので学力が落ちているとのことで、もう一度二年生をとの話だった。母が、この子の伯父は岩井町の町長だと話して、何とか三年生に編入することができた。

学校までは汽車で三〇分の距離であったが、正に晴耕雨読で、晴れた日は兵隊さんの所で平地のもっこ担ぎや、小高い山の上まで南京袋の中に石を入れて、上にいる兵隊さんに腕にハンコを押してもらって、カウントしてもらった記憶がある。

ある時、個室で一人だけで、1から50ぐらいまでの数字を書いてから、それを切り取ってセットを作る仕事をした記憶もある。館山航空隊で、防空壕の入り口に張りぼての飛行機の囮を作って敵機に弾を使わせるためだ、とのことであった。保田駅の近くで、松根油《しょうこんゆ》を作るために働いたこともあった。山間の農家には焼夷カードが飛行機から撒かれ何日か経って発火する、との話も聞いた。

戦争が終わって

戦争が終わってすぐ、館山にアメリカ軍が上陸したとの話があったが、デマだった。学校に戻ったある日、館山航空隊へトラックに乗って出かけた。無人の構内には、軍の文書や階級章が散乱しており、食料品の削り節や長靴などがあったような気がする。

我が家では親戚から畑を借りて野菜を作っていたが、ある時シャベルを買ったら、ブリキ板で作ってあり、薄くて使いものにならなかった。汽車のキップもなかなか買えず、駅に並んで買ってから東京の生花市場まで花を担いで運んだりした。また、自宅に父が窯を作り、二人で交代で海まで天秤棒を担いで行き、海水を運んできて一日中煮詰めてから〝にがり〟を抜いて縁側に干して作った〝塩〟を、東京まで売りに行ったりした。

今になって思うこと

戦後、サラリーマンになって、働く労働者全盛の世界になり、声を張り上げてみんなと一緒に歌ったメーデーの歌

♫　聞け万国の労働者
　　とどろきわたるメーデーの

示威者に起こる足どりと
未来をつぐる鬨の声！

が戦時中、ゲートルを巻いた中学生の時、柴又にあった学校農園までの行進中に声を張り上げて元気よく歌った「歩兵の本領」と同じメロディーだったのには、「何で？」と思った。

♫
万朶《ばんだ》の桜か襟の色
花は吉野に嵐吹く
大和男子《やまとおのこ》と生まれなば
散兵線の花と散れ！

調べたら、原曲が同じだとわかり、関連がわかった。

もう一つの思い出。隣りの安房勝山町で山村総が映画「蟹工船」の撮影に来て、保田の青年たちの呼びかけに応じて、保田海岸で懇談会が開かれた。三人が来たが、あと森川信（「男はつらいよ」の初代おいちゃん）と、セーラー服姿のかわいい中原早苗（後に深作欣二監督の奥さん）であった。

纏まりのない話を書き連ねました。関東大震災も経験した父の話や、戦争に行った叔父たちの戦地での話などを聞くことができませんでしたが、私の生きてきた時代は、正に大きな変動の時代だったことを改めて痛感します。

私の戦中・終戦直後
――終戦前に敗戦を悟った少年――

大井　正義

三人の叔父が戦死

私の身内の三人の戦死から述べます。最初の一人は昭和一七年八月七日、ガダルカナル戦で九九式《きゅうきゅうしき》艦上爆撃機で戦死しました。この母方の伯父の葬儀を思い出しての、伯父の戦死についての記述です。この戦いは、アメリカ軍が本格的に反撃を開始した上陸作戦で、以後日本が敗戦への道を歩むことになった戦いでしたので、そのときの兵士（伯父）と家族の心境を述べてみます。

日本海軍は、五月四日から八日に遂行した珊瑚海海戦では航空母艦を一隻沈められ、一隻が大破しました。その一か月後の六月五日から七日に遂行したミッドウェイ海戦では、出撃した四隻の航空母艦がすべて沈められた、最強を誇っていた日本海軍が惨敗した戦いでした。アメリカ軍がガダルカナルに上陸した作戦は、日本海軍の弱体化を見透かした作戦でしたので、一万一千人も上陸してきました。

日本海軍は、上陸したあるいは揚陸作業中のアメリカ軍を攻撃すべく、ラバウルから二七機の一式《いっしき》陸上攻撃機、一七機の零式《れいしき》戦闘機（ゼロ戦）の援護で、先発隊を発進させました。後発隊は九機の九九式艦上爆撃機隊を発進させましたが、援護戦闘機はつけませんでした。

ラバウルとガダルカナルは往復二千百㎞ありましたが、艦上爆撃機の航続距離は一千四百七二㎞でしたので、帰還できない距離でした。このため、海軍はラバウルから五百㎞の地点に艦上爆撃機隊を着水させ、駆逐艦と一式飛行艇一機で救助する作戦を遂行しました。

しかし、航空機は空戦をすれば燃料消費量は三倍になり、敵戦闘機の攻撃をかわすには、帰路と異なる方向に逃避しなければなりません。艦上爆撃機は固定脚の最高速力三八六キロの低速機で、敵戦闘機と戦える性能ではなく、「九九棺桶」と言われた機体でした。しかも、戦闘機に援護されなかったので、九機の出撃機のうち二機が撃墜されました。七機が帰路につきましたが、四機が未帰還となり、二機は飛行艇に救助され、一機が駆逐艦に救助されました。撃墜された二機を含め、計六機が未帰還でした。この未帰還機のなかに、母の兄の一機がありました。陸軍の戦況判断は、「部隊の死傷率が五〇%になると壊滅」と判断していました。艦上爆撃機隊の出撃は、このようになることが予想できた無謀な出撃命令でした。

この出撃の前、伯父は搭乗機の受け取りと休養を兼ねて帰国していました。このとき伯父は、「行き先はソロモン方面である。今度は帰れないかもしれない」と言って戻っていったことが伝えられています。ラバウルには出撃前日に入港した航空母艦で戻っていきました。

この言葉は、兵士は戦況を語ることは禁じられていたので、家族に対する精一杯の説明でしたが、海軍が公表していた戦況と異なる前線の戦況を知る伯父の心境と、この言葉から実際の戦況を想像する家族を考えると、胸が痛む言葉です。戦闘の前にいったん前線から帰国できたのは、搭乗員のみではありませんでした。帰国した兵士が家族と交わした会話は、概ねこの旨の言葉であったと思いますので、大きな心配をしながら戦線に戻っていく兵士を見送った家族は、どのような想いで見送ったのでしょうか。

戦死公報が家族に届けられたのは翌年の昭和一八年でしたので、私は五歳になっていました。葬儀は国民学校の校庭で村葬として行われたので、大勢の村人が参列し、五人程度（私の記憶）の弔銃兵が空に向かって弔銃発射をしました。これらの光景から、葬儀は盛大であったことと、強烈な発射音を記憶しています。この葬儀から、戦死者は崇められていたことがわかります。

二人目の戦死は父の兄弟で、昭和一八年八月一〇日に、中国戦線で戦死しました。

三人目の戦死も父の兄弟で、昭和一八年一二月二七日に、ニューギニア戦線で戦死しました。この戦場には一五万七六四六人の兵士・軍属がいましたが、生還した人は一万七二人でしたので、生還できた人は六・四％でした。この伯父は、戦争が終わったら結婚する人が決まっていたので、生きて帰りたかったに違いありません。しかし、生還者数からわかるとおり、望郷の思いが馳せられる戦場ではなく、地獄の戦場でした。この二人は独身で戦死したので、祖母が亡くなった後は、我が家に祀っています。

日本軍がガダルカナルやニューギニアの日本から遥かな遠方まで侵攻して、このような悲惨な戦場になったのは、食料や砲弾の補給ができなくなったからです。プロイセン王国の軍人カール・フォン・クラウゼヴィッツ著『戦争論』が述べる、攻撃の限界点を超えた作戦を遂行したからです。

国民学校一年生で東京北部から茨城の取手に疎開

私は、戦中・終戦後は東京都北区（旧滝野川区）に住んでいました。戦中の生活は敵機の空襲に備え、隣組でバケツリレーによる消火訓練を実施していました。庭には、記憶では、二畳くらいの広さの深さが一m余の防空壕を掘ったので、空襲を受けたときは、この中に避難することになっていました。

しかし、実際の空襲ではバケツリレーでは消火ができる状況ではなく、防空壕に避難した人は一面火の海になって、あるいは、火災が発生しなかったとしても、酸欠になり窒息死をしたとのことです。母と妹も、空襲では防空壕に入らず逃げたとのことです。

私が記憶する時期にはすでに食料事情は悪くなっていたので、食料確保のため、区から荒川放水路の河川敷に家庭菜園の用地が割り当てられました。我が家が割り当てられた地は今日の環状七号線の近くでしたので、畑の耕作に行き、収穫するときは楽しみでした。

私が国民学校に入学したのは昭和一九年四月でしたが、その二か月後の六月一九日から二〇日にかけておこなわれたマリアナ沖海戦では日本海軍が大敗したので、七月一〇日の「朝日新聞」は、次のように報道しました。「陥落したマリアナ諸島から発進するB29爆撃機は五トンの爆弾を携行して日本を空襲する」。すると学童疎開が本格的に始まり、夏休みになったので、祖父は私を迎えにやってきました。

そのとき祖父は、傷痍軍人となって在宅していた父と、母に、「東京は危ない。サイパンが堕ちたので日本は負ける」と言って、私を縁故疎開させました。この会話は私を連れて行くための言葉でしたので、この時の祖父の言葉は記憶しています。軍部は言論統制をしていましたが、この時期の新聞報道や祖父の言葉から、この時点で、国民の一部は日本が負けると認識していたことがわかります。

学童疎開では、地方に縁故疎開ができない子どもは集団疎開をしました。疎開先は寺院か旅館でした。集団疎開をした子どもたちは、友人の会話から苦労したことがわかりましたが、幸い私は縁故疎開でしたので、父母への郷愁以外は苦労しませんでした。

疎開先は現取手市でした。日本への空襲が始まると、百機から三百機のB29爆撃機が飛来するようになり、昼間に飛来したときは、これらの機体に太陽光が反射してキラキラと輝いていました。夜間に飛来した時は、探照灯に照らされて機体がハッキリわかりました。夜間にもこれらの機体に向けて高射砲を撃ち上げたので、砲弾は真っ赤に焼けて上がっていくのが見えましたが、B29まで届かず、爆発せずに次々に垂直に落下していきました。子どもでも、これでは撃墜できないと見ていました。今にして考えれば、砲弾が爆発しなかったことは不可解です。

夜間の灯火管制がしかれた時期はわかりませんが、私が記憶している戦中の夜間は、灯火管制で、闇夜になっていました。しかし、B29が爆弾、焼夷弾を投下する際は事前に照明弾を投下し、爆撃地域を昼間のように明るくしたので、灯火管制は、どの程度空爆の防止効果を果たしていたのでしょうか。不謹慎ですが、B29は夜空に真っ赤に焼けた多数の焼夷弾を投下したので、焼夷弾は花火のようでした。

米軍戦闘機の撃墜を目撃

取手には、旧国鉄と国道の鉄橋を守る高射砲が設置されていました。この高射砲がP51戦闘機を撃墜した時の発射音と地響きは物凄く、身体全体が振動を受け、言葉では表現できない大きな衝撃でした。このとき空襲警報が出ていたので家の中にいましたが、慌てて外に出ると、機体はすでに落下していました。空には黒煙が筋状に残っており、アメリカ兵が落下傘で降下してくるのが見えました。

方角から考えて利根川の上あたりでしたが、降下地点はわかりませんでした。『取手市郷土資料集（第2集）』を見ると、アメリカ兵は、取手町吉田地域の利根川河原に降りていました。機体は、湖北村の利根川河原に墜ちていました。

このため、人々はアメリカ軍の報復を恐れて外出ができなくなりました。特に取手駅と藤代駅間の広大な田園は、射撃されたら逃げ場がないので農作業に行けなくなり、撃墜は生活に大きな影響を与えた恐怖でした。このとき、我孫子の人たちはどうしていたのでしょうか。

P51が撃墜された日は、昭和二〇年七月二八日でした。三歳で亡くなった妹はこの日に重篤になったので、医者を呼びに行きましたが、前述の理由で昼間には往診に来られませんでした。早急に往診に来たとしても、この時期は医薬品が欠乏していたはずなので、十分な医療行為は受けられなかったでしょう。妹はこの三日後に亡くなったので、飛行機の撃墜に関わることは記憶しています。

終戦――二部授業・代用食

終戦になったので、一二月に疎開先から帰ってきましたが、母校の校舎は空襲で焼けて、校舎跡のみが残っていました。校庭には焼夷弾が多数突き刺さったままになっていたので、空襲の凄さがわかりました。校舎が焼失して授業はできませんでしたので、近くに残っていた中学校の校舎を借用し、午前中のみ、午後のみの二部授業を、隔週毎に入れ替えて行っていました。

終戦直後の教育は、終戦までの軍国主義教育から民主主義教育に変更する準備期間中でしたので、文部省は教育方針を決めていませんでした。このため、授業は先生の自由教育になっていたので、担任の若い女性の先生は、毎日、大半の授業を『世界・日本の名作集』等を読んでくれました。優しい先生でした。今まで使用していた教科書の墨塗りをしました。これは、先生からページと行数を指定されて塗りました。教科書の否定、すごい時代だったのですね。

終戦直後の生活は食料事情が極めて悪く、毎食様々な代用食で、十分な栄養をとることができませんでしたので、栄養失調かその寸前の状況でした。私は当時のことが知りたく、十四、五年前に各自治体を取材したことがあります。そのとき担当職員は、「戦中戦後を知る講習会で当時の粗食な料理をそのまま出すと、今日の人は食べられないので、工夫して食べられる料理にして出しています」とのことでしたので、当時のことがどの程度わかるのかなあ、と思いました。

食生活はこのような状況でしたので、願望のコメは食べられませんでした。近郊の農家へ大勢の人が、列車の屋根に乗ってまで買い出しに行きました。常磐線が日暮里駅近くの京成電鉄線と立体交差する所は急カーブなので、架線が中心からそれて人と触れる恐れがあり、触れれば感電死するか、ショックで墜落する危険があったので、皆必死で屋根に乗っていました。この列車には私も乗ったことがありました。事故が生じたことは聞きませんでしたが、事故が起きる寸前の状況は間違いなく生じていたと思います。このことは想像して、危険な光景を書きました。

戦中は、夫や我が子が戦死した葬儀でも、戦死者は軍神となっていたので、心から悲しみを表すことができなかった時代でした。ガダルカナルとニューギニアの戦況を知って戦死した仏様を想うと、一層悲しみが深くなってきます。併せて、食事も満足に採れなかった時代を思い出して執筆しました。

東京下町での戦中戦後

岡本　和男

愛恵学園に通園

私は昭和一四（一九三九）年四月、東京府*足立区本木町に生まれ、育った。昭和一九年春、四歳から五歳になるころ、家から五〇〇ｍほどにある愛恵学園のナースリー（四歳までの子を保育）に入園した。愛恵学園は、日本メソジスト教会の社会事業として昭和五年の暮れに、貧困家庭の多いこの地区に「愛の家」館を建ててスタートしたもので、この幼稚園には、私の姉兄とも四人が、そして、戦後には甥や姪たちも世話になった。〔＊編集注　東京都になったのは昭和一八年七月一日〕

戦争の激化が進み、空襲の恐れが出てきたので、次姉と二人（長姉は盲腸炎をこじらせ女学校の時に亡くなり、兄は小学四年で学童疎開）、父の友人の伝手で栃木県鹿沼町に縁故疎開した。愛恵の創立者で園長のミス・ペインは、敵国人として田園調布にあったスミレ学園に昭和一七年九月抑留され、一八年九月に、日米交換船で横浜からアメリカへ送還された。愛恵は一七年二月には財団法人となっていたので独立した存在だったが、一九年四月に東京都は幼稚園休園を決め、足立区の国民学校初等科の集団学童疎開が八月に始まったので、愛恵も事実上休園となったと思われ、私の疎開は休園と同時だったのかもしれない。

〝布団からムカデ〟の疎開体験

鹿沼の疎開先は、鹿沼町の東を南北に流れる黒川を渡った橋のたもとにあり、駄菓子屋の店の三畳ほどの座敷を間借りしたものだった。姉は近くの工場へ勤労奉仕、私は近くの悪童と遊んで暮らした。悪童と近くの神社近くで青大将を見つけ大騒ぎして退治したこと、夜寝るとき布団からムカデが出てきて怖かったくらいしか覚えていない。冬が過ぎてある夜、外が騒がしく橋の所へ出てみると南の空が真っ赤で、口々に東京が空襲で焼けてるんだという。それから何日か経って、突然父親が「さあ家に戻るぞ」とやってきて、姉と共に焼け野原の我が家に帰った。

東京大空襲後に帰京

父は西新井大師の西直ぐ近くの農家の二男に生まれ、千住の畳表の店に丁稚奉公し、大正一四(一九二五)年に独立して店を出した。それは、前年一〇月に通水されたばかりの荒川放水路北の土手近くにあった。千住から西新井のお大師さんへ通じる大師道を放水路が切ったあたりに大正一一年に西新井橋が渡され、この橋を渡るため、大師道から派生させて土手に沿って坂で登れるように改変された本木新道が、関原不動尊からの道と交差する十字路の南東角に、その店を出したのだった。私たち兄弟は、ここで生まれた。そしてまた、店の南隣にあった銭湯「不動湯」の主人が空襲を恐れて、何がしかで父に譲って新潟の方へ帰ってしまった。昭和二〇年四月一三日、足立区域は空襲を受け、家の周りはぐるり焼け野原となった。なんでも、北からの火は避けられたがホッとする間もなく南からの火が移ってきて、風呂屋の建物ごと、全て焼けてしまったのだそうだ。父はリヤカーに母と布団を載せ、大師よりずっと北の方まで逃げたという。

こうして土手まで新道沿いはすべて焼けたため、後に家が建て込むようになった時に比べ、土手はすぐ目の前に高く聳え立っていた。店には三畳敷きくらいの石造りの内蔵があって、これだけが焼跡にポツンと残った。そして、中に木の棚を作って親子四人が夜は寝た。兄は未だ学童疎開から戻ってなかった。子供の私は、一日中焼跡の中で遊びまわった。焼夷弾の六角形の空筒は遊び道具になった。水や泥を入れて他愛もない遊びだ。ドラム缶のお風呂に木の蓋を浮かべ、上手に入ることができ、うれしかった。もう焼夷弾の空襲はなかったが、「敵機来襲」で石蔵にかくれたとき、外で「カン」と音がし、出てみると、鉛筆ほどのギザギザにとがった金属片が鍋を突き破っていた。親は高射砲弾の残骸だろうと言っていた。姉が戦闘機に機銃掃射で狙われたり、別の戦闘機が荒川放水路土手内の河原に墜落したのを見にいって、現場に油で汚れた手首が落ちていて青くなって家に帰った(これは手袋だったのかもしれない)、ということはあった。

八月終戦間近、米軍飛行機が紙吹雪のように終戦勧告のビラを蒔き、紙を追いかけて拾ったことは覚えているが、終戦の日のことは記憶にない。むしろそのすぐ後の日に、B29が焼跡の煙突にぶつかるんではないかと思うほど低空をゆっくり飛行し、ジュラルミンの下っ腹が大写しで見られて興奮したことの方が峻烈な記憶だ。結局、今思うと、焼け野原もまだら模様で、愛恵学園や一キロ離れた母の実家、西新井方面の大師道筋の家々は多く焼けずに済んだ。ただ、落とされた爆弾による大きな穴に水がたまったところが近所にもいくつかあったことを覚えている。爆弾は川向こうの工場を狙ったものだろう。

終戦直後—銭湯開業から

周りに家は建たずバラックがちらほらだったが、終戦になって割とすぐに人々が戻ってきた。その年の内に、父はなじみの大工に頼んでかき集めた材木やトタンで焼け残った湯舟や流しに上屋を建て、銭湯を開始した。たくさんの人が入りに来て、その中には自分のは残して人の下着から全てを着替えて行った者がおり、騒ぎになったりした。

風呂のボイラーも曲がりなりに使えたのだろう、薪は放水路向こうのベニヤ工場で端材をもらい受けた。この薪の運搬には囲いを付けた大八車を黒牛の太郎に曳かせ、私と友の悪童が車に上乗りして、巾三間と狭い木造の西新井橋をゆったりと往復したことを思い出す。この牛はある夜、盗まれて父が見付けた時には食べられた後だった。仕方なく、今度はオート三輪を使うようになった。この事件は、私が終戦翌年四月に国民学校に入学した後のことだったかもしれない。

また、西新井の方にあった日清紡績の工場近くに家の田んぼがあり、私は田植えは手伝えなかったが、用水路のザリガニ採りに夢中になった。素手で一疋捕まえ、その尾っぽの身を糸にしばりつけ他にじっとしている奴の鼻先に垂らすと、ハサミでつかんで離さない。これをタモですくい取る。バケツにずい分取れた。家に帰り、危ない虫がいるといけないと言って、十分に火を通して甘辛く煮てくれた身を本当においしいと思った。ひもじくて畑でとれたニンニクの焼いたのが、大事なおやつになった。

焼け残った学校に入学した日、初めて会った土手下の何かの工場の子といっぺんに仲良くなったが、一か月くらいで三河島の方へ引越して行ってしまい、友達がようやくできたのにと残念だった。一年生は男組と女組に分かれ、担任は優しい女の先生だった。兄は終戦間もなく疎開からガリガリに痩せて帰って来ていた。私の教科書は兄たちのお古の使い回しだが、墨であちこち真っ黒に線が引かれていた。でも、新しい白いズックのランドセルを背負って行けたのは、うれしかった。二年生まで国民

昭和29年撮影の木造の西新井橋と対岸の四本煙突（お化け煙突ともいった発電所の名物煙突）―「愛恵学園物語」より

学校で、三年からは新制の小学校となった。この時まで私たちは午前だけで、午後は高等科の人たちが通っていたように思う。

三年生になったころ、新しい住居兼店舗の再建にとりかかり、周りの商店街も賑やかになってきた。そうして土手が遠のいたころ、一人の外人女性が家を訪ねてきた。ペイン先生だった。私はもうすっかり忘れていたので恥ずかしく、挨拶もできなかった。二三年春に愛恵も幼稚園を再開したのだった。

〔参考書　「愛恵学園物語―その五十年の足跡」
三吉 保 編著、愛恵学園発行、一九八六年。
同学園は平成二（一九九〇）年閉園した。〕

国民学校生徒六年間の戦中戦後、戦後の苦学

勝野　繁蔵

国民学校

「私は小学校に行っていないんです。」

気の置けない同年代の集まりで、このように発言しますと、怪訝な顔をされ、可哀想にという表情が返ってきます。そこで次のように続けるのです。

「小学校には行っていませんが、国民学校には通っていました。」

昭和一六年の四月から国民学校令が施行され、今までの尋常小学校が国民学校と名称が変わりました。そして昭和二二年の三月三一日までの六年間だけ国民学校が存在した期間があり、私の年代がちょうどその六年間に当たったというわけです。

昭和二二年の四月から再度学制が変わって国民学校は小学校に戻り、その上に義務教育三年の新制中学校とその上に新制高校ができ、現在の六三三制が発足して、私たちが新制中学一期生として入学しました。尋常高等小学校からの編入組が二年生と三年生に在籍していましたので、私たちは第三回の卒業生ということになりますが、三年間フルに在籍した第一回の新制中学卒業生は私たちの年代ということになります。

皇紀紀元二千六百年

子供の記憶は何歳くらいからあるものだろうと常々疑問に思っておりましたが、今回この稿を起こすに当たって、私の場合は満六歳という結論に達しました。

私が五歳の時に妹が生まれましたが、まったく覚えがありませんし、その頃赤ん坊がいたという記憶もありません。私が記憶として思い出す最初は、紀元二千六百年のお祝いです。ネットで調べたところ、昭和一五年一一月一〇日に式典が行われ、その前後の何日間かは、街中で祝賀行事が行われたようです。当時我家は青物横丁《あおものよこちょう》に住んでいましたので、京浜急行で品川駅がすぐ近く、六歳になったばかりの私は、両親に連れられて花電車を見に行ったのを覚えております。夜になると電飾で飾られ、提灯行列も賑やかに行われておりました。その奉祝歌はその後しばらくの間歌われていたようで、替え歌も含めて歌詞は今でも覚えております。

（元歌）金鵄《きんし》輝く日本の
　　　栄《は》えある光身に受けて
　　　今こそ祝えこのあした
　　　紀元は二千六百年
　　　ああ一億の胸はなる

（替え歌）金鵄上がって十五銭
　　　栄えある光三十銭
　　　それより高い鳳翼は
　　　苦くて辛くて五十銭
　　　ああ一億のタバコ屋さん

大東亜戦争開戦

昭和一六年一二月八日、真珠湾の戦果報道には子供ながらも心が高揚したことを思い出します。緒戦の戦勝ムードに世の中が浮かれており、支那事変の真っ最中で物資は乏しくなっていたとはいえ、まだ穏やかさが残っておりました。地域のお祭りで子供神輿を担いだり、わんぱく相撲では父親が「鬼龍山」などという強そうな四股名をつけてくれたのに、イチコロで土俵に這いつくばったり、祖母が銭湯の帰りに必ずお汁粉屋に連れていってくれたり、夜店も頻繁に出ていていろいろ買ってもらい、子供天国の時代でした。

戦争が進むにつれ、徐々に生活が不自由になってきました。物資のほとんどが統制されて、食料品をはじめ、配給制度の対象が増えました。衣料キップを持っていても品物がなく、手に入りません。「贅沢は敵だ！」「欲しがりません、勝つまでは」などというポスターが街に溢れていました。何を買うにも証明書が必要で、米穀通帳が当時の身分証明書でした。クラスに三足だけ割り当てられた運動靴を抽選で当てて、大喜びしたこともあります。

強制疎開

昭和一九年に入ると、本土への空襲が始まり、バケツリレーの防空演習が頻繁に行われるようになりました。また、各家庭での灯火管制も一層厳しくなりました。電球の周囲を黒い布や紙で覆い、スポットライト状態にして光が外部に漏れないようにするのです。そのような時に弟の出産があり、部分照明だけでは対応できないため多少光が漏れてしまい、隣組の組長さんが玄関の前に待機して、巡回の監視員に事情を説明していました。

出世兵士を送る家が目立ちはじめ、慰問袋に入れる千人針を呼びかけるモンペ姿の婦人も多くなりました。基本は一人一玉縫うのですが、五黄《ごおう》*の寅の女性は何玉でも縫うことができるとのことで、大正三年生まれで五黄の寅の母は、引っ張りだこでした。

〔＊編集注〕五黄の寅…九星術と十二支を組み合わせた年や日の表記の一つ。年では三六年に一度ずつ巡ってくる。たいへん運気の強い年とされる。

戦時下では敵性語の使用が禁じられ、例として野球の用語は有名ですが、音楽の授業では、音階の「ドレミファソラシド」を「ハニホヘトイロハ」と唱えていました。

強制疎開の制度も始まりました。焼夷弾による延焼防止のために、住宅密集地帯の家屋を強制的に破壊する制度で、狭い借家だった我が家もその対象となり、大森に引っ越しましたが、この制度もなかなか思うように進まなかったらしく、結局その辺り一帯は、建て替えはあったものの、そのままの区割りで現在に至るまで残っております。

集団疎開

夏を過ぎた頃から学童集団疎開が始まり、四年生だった私もその対象となって、親元を離れることとなりました。疎開先は、現在観光地となっている浜名湖の中ほどに位置する舘山寺《かんざんじ》です。半島の先端に小高い山があり、舘山寺というお寺があります。その麓に山水館という旅館があり、そこが疎開先の宿舎でした。旅館ですから宿泊施設はありますが、食糧不足の時代、満足な食事をとれるはずもなく、いつも空腹の日々でした。旅館では寝るだけで、勉強はお寺の本堂、体操はお寺の境内で、日中はお寺で過ごす毎日でした。舘山寺の裏山に登ると大きな観音像があり、浜名湖も一望できるとのことでしたが、当時は軍の管制下にあったため、登ることができませんでした。

余談ですが、私の新婚旅行は一泊二日で、その一泊を舘山寺の山水館に宿泊し、疎開中は登れなかった裏山に登ったりして当時の記憶を懐かしく甦らせました。

疎開先の引っ越し

昭和二〇年三月の東京大空襲では、留守宅の我が家の周囲にも焼夷弾が落とされ、親は消火に掛かりっきりになっていたので、わずか六歳の妹が、一歳になったばかりの弟をおんぶして近くの川の橋の下に避難していた、という話を後日聞きました。

舘山寺は浜松の航空基地が近く、危険ということで疎開先の引っ越しが行われ、岩手県花巻の少し先、石鳥谷《いしどりや》という地域のお寺に移動するために、子供たちを乗せた臨時列車が品川駅に停車すると、家族が大挙して押し寄せ、てんでに我が子や親を呼ぶ声が飛び交い、ホーム側の窓は大騒ぎだったことを覚えております。

引っ越し先は辺鄙な地域でしたので、空襲の心配はないものの、農村と言ってもそうそう食料を分けてくれるわけでもなく、空腹の毎日は相変わらずでした。前の疎開先は旅館でしたので入浴施設がありましたが、今度のお寺には小さなお風呂が一つだけで、とても大勢の児童が使用することができないため、近くの農家にお願いして数人単位で貰い風呂で対応していました。空腹に耐え兼ねた私は、近くの田んぼで取ったイナゴをお風呂で煮て食べようとしましたが、お風呂ではイナゴを茹でられるほどの温度のお湯が得られるはずもなく、失敗に終わりました。

終戦と耐乏生活

昭和二〇年八月一五日、運命の玉音放送は、お寺の庭に集合してラジオで聞きました。御多分に漏れずピーピーガーガーの雑音ばかりで、何を言っているのかさっぱり聞き取れません。たとえ聞き取れたとしても、五年生の児童では内容を理解することはできなかったでしょう。引率の先生方もわからなかったらしく、後日聞かされたのは、戦争が休戦したということでした。敗戦でも終戦でもなく、休戦だそうです。何がなんだかわからないままに、翌九月末に東京に帰ることになり、村中の人たちがお餅をついてお土産に持たせてくれ、総出で見送ってくださいました。

我が家は幸いにも被災を免れて残っていましたので、取り敢えず住むところはあり、残された祖母の着物での売り食い生活が始まりました。復員してきた叔父が新橋の闇市で商売を始め、父親もそれを手伝って細々と生活を維持していましたが、相変わらずのタケノコ生活で、先が全く見えません。

黒ダイヤ

その頃、黒ダイヤと称して石炭産業が花形で、政府も労働者の送り込みに力を入れており、炭鉱労働者へはお米の特配があるなど優遇されていることを聞いた叔父は、先に行って様子を見て呼び寄せるからと言って、筑豊炭田の三井田川鉱業所で働き始めました。元貴乃花部屋が九州場所で宿舎にしていた田川市です。

現地の景気を実感した叔父から声をかけられた私たち一家は、残ったわずかばかりの家財を売り払って都落ちすることになり、中々手に入りにくかった切符を手に入れて、満員列車の長旅で、昭和二一年の一月に九州へ向かい、父も炭鉱に就職しました。

軍隊上がりの叔父は体格もよく、重労働に耐えられましたが、都会育ちで体の弱い父は炭鉱の仕事に耐えられる筈もなくすぐに失職し、社宅も追い出され、隣り村の小さな炭鉱の廃業後、残されていた空き社宅に住むことになり、ボロ長屋での生活が始まりました。

便所は屋外で共同、水は百mくらい離れた井戸へ天秤棒担いで汲みにいき、燃料は近くのボタ山から拾ってくる石炭。石炭コンロを囲んでのシラミ取りは日課でした。電灯がなく、夜は石油ランプで過ごしていたため視力が低下しましたが、後日電気が引かれて、視力も戻りました。炭鉱では社宅の共同浴場が無料で利用できましたので、炭鉱の従業員家族を装って共同浴場に潜り込み、入浴できたことは助かりました。

土地柄、炭鉱以外の仕事はなく、父が雑役程度で得る収入と、時々叔父からの財政援助があって細々と暮らしておりました。今なら生活保護を受ける資格は十分だったと思いますが、当時はそんな援助もなく、毎日食うや食わずの生活でした。

中学校生活

昭和二二年に新制中学に入学し、片道三㎞の道のりを毎日ハダシで通いました。弁当も持っていけない、教科書すら買うことのできない私を見兼ねて、担任の先生が教科書を買ってくださいました。そんな状況でしたから、修学旅行にも参加しておりません。

中学三年生になると、当時は進学組と就職組に組み分けされ、当然私は就職組に属し、進学組が補習授業で絞られているのを横目に見ながら帰宅する、という中学生活を送っていました。当時の高校進学率は五十％弱でしたから、別に進学したいとも思っていませんでしたが、卒業間際に担任の先生から、定時制の高校に通わせてくれる所があるから、入試を受けてみないかと勧められ、急遽受験しました。当時の入試は全県同一テスト方式で、ちょっぴり自慢しますと、進学校へも入れる得点でしたが、就職先として謄写版印刷所を紹介してもらい、働きながら三流の夜間高校で学ぶことになりました。

上京（帰郷）

昭和二五年に高校へ入学して四年間、理解ある雇用主に恵まれ、入学者の半数以上が中途退学する中で、何とか無事卒業することができました。この頃になると、朝鮮戦争の特需景気もあって、世の中に物資も出廻ってはいましたが、私の給料月額三千円は、学費を除いて全額家の生活費に充てていましたので、欲しい物も買えず、憧れの学生服を買ったのは、卒業した後のことで、学生服で通学するという夢は叶えられませんでした。

昭和二九年に高校を卒業し、その年の秋に上京しました。急行券を買う余裕がなかったので、門司港から東京まで、普通列車の三等車で三〇時間の難行苦行を味わいました。

東京では習い覚えた謄写版筆耕の技術を武器に働き、二年後に東京に近い蕨町に家を借りて、家族を呼び寄せることができました。東京育ちの両親が、一日も早く東京に帰りたいと常々望んでいたからです。長男としてのささやかな責任感でした。

このたち、ベトナム戦争真っ只中のサイゴンで、爆破事件が多発する中での生活や、本土復帰前で米軍統治下の沖縄での生活中、三二歳にして琉球大学夜間部へ入学するなど、少々特異な体験等ありますが、対象が昭和二五年までという制限をオーバーしましたので、まずは筆を置くことといたします。

姉たちが見たヤンバルの戦世《イクサユー》

河井　弘泰

小文誕生のいきさつ

私はかねがね沖縄の、特に私の生家の戦前・戦中・戦後の生活がどうであったかを知りたいと強く願っていた。というのは、私は十一人兄弟姉妹の六男で、昭和一七年二歳の頃、実父の弟に貰われ、台湾で終戦を迎えたため、沖縄のいくさのことは何も知らなかったのだ。

このことを実の兄弟姉妹に話すと、即座に快諾してくれた。私の沖縄訪問中に「（実の姉の）敏子宅で〝もあい（模合→注）〟があるから、その参加者の話も聞いてはどうか」と提案され、渡りに舟とこれに乗った。以下は模合時のものに、次女（終戦当時一三歳）の話を加えた。

二〇〇五年二月二〇日（日）名護市真喜屋《まきや》の敏子宅で語った人（取材時と終戦時の年齢）

○宮平千代（八六歳、終戦時二六歳、）真喜屋生まれ、終戦時東京在、戦後真喜屋へ移住
○大城良子（八〇歳、同二〇歳）　真喜屋育ち
○新里　節（七五歳、同一五歳、農業）　同右
○中田晴子（七四歳、同一四歳、元小学校教諭）　同右
○照屋絹子（七四歳、同一四歳、農業）　同右
○松川敏子（七四歳、同一四歳、私の実姉、元雑貨商）　同右

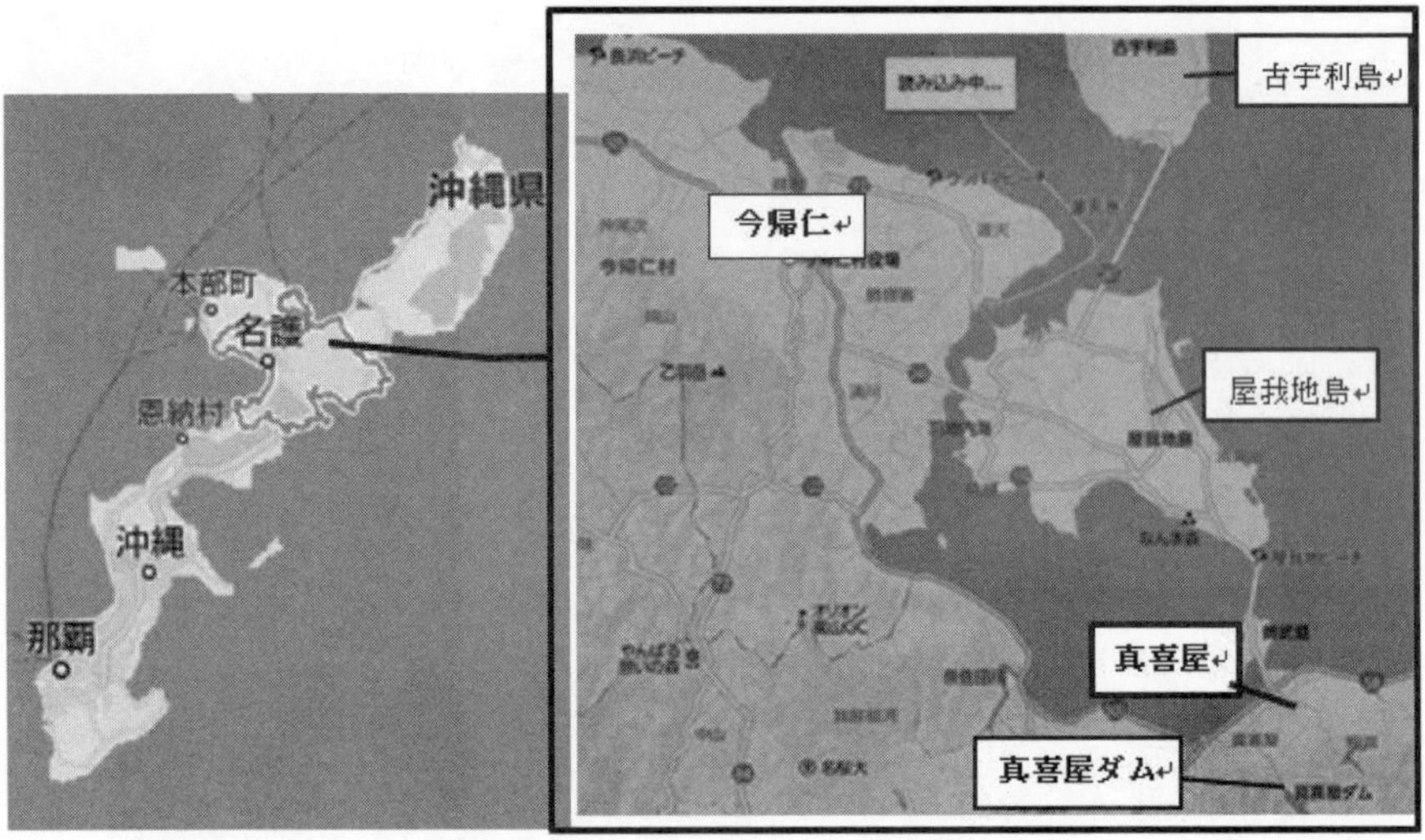

○上地妙子（七四歳、同一四歳、）名護市親川生れ、戦後真喜屋へ嫁ぐ

○源河光子（六二歳、同二歳、元小売商）終戦時横浜在、戦後真喜屋へ移住

約二時間かけて聞いた。当初標準語で語っていた彼女たちも、熱を帯びてくると自然と方言に変化しており、しかも早口で話すので、私は沖縄方言に全く弱く、正確を期さないところがある。この点は、源河光子様と敏子に点検して頂いた。

〔注〕**模合**は沖縄特有の金銭的相互扶助。毎月決まった金額を集めて、それをクジや入札等で決まった者が貰うという仕組み。例…五人で毎月一人一万円で模合をするとして、集まった五万円をその内の一人だけが貰って、次月の五万円は、未だ貰っていない四人の内の誰かが貰う。これを繰り返していく。

戦時食料

山へ避難後は、夜の闇に紛れて畑やソテツなどが群生している所へもぐって、必死の思いで収穫していた。ただ、このような塗炭の苦しみの中にあってさえ、ホッとする暖かい話もある。避難先が川沿いにあったので、父らは満一歳の末っ子の誕生日六月二四日に川エビを取ってエビフライで祝った。

○ソテツ

幹…幹の表皮を剥ぐと白い層が現れるが、これを干した後、水に漬けてアク抜きし、麹を作るような要領で置いておく。約二週間くらいして食べる。モチモチしていて、きっと今でも旨いと感じるほど非常に旨かった。毒があると言われているが、私たちの知る限り、これを食べて死んだ人は過去に一人だけである。

実…夏になると、ソテツは赤い実をつける。割ると白い玉が出てくる。これを干した後、くだき、石臼で粉にして食べる。梅の実を割って食べる時のあの味に似ていると言う人もいる。

ソテツの花と実

○米、サツマイモ

住民が収穫した米、サツマイモの内、半分は友軍（沖縄戦では住民が日本兵のことを友軍と称した）に供出米として徴収される。そのため、部隊によってはかなりの備蓄があったが、米軍に追われてこれらの食料を運ぶ余裕もなく、仮に運べたにしても、これを隠す適当な場所を確保する余裕なく、奥地へ逃げる際にその場でバラ撒いたり、もっと切羽詰まると、放置したまま逃走することがあった。これらの米を住民は土もろとも競って

ツワブキ

かき集め、一粒一粒選別した。芋は鉛筆大のものでも食用とした。ヘゴ、ツワブキ等も食べた。

○馬肉

当時、農家では農耕馬を飼っていたが、山へ避難した時点で馬を飼う余裕などなく、むしろ食料事情が逼迫してくると、これを殺して食用とした。そのため、馬を焼く煙が毎日どこかで上がっていた。馬肉は塩漬けにして保存した。家族同様に育てた愛馬を殺して喰うなどどんなにひもじくてもできない家では、放してやった。放された馬が、水場など部落の一箇所に集まっている姿が見られた。

スパイ容疑

サツマイモの買出しに同級生三人で今帰仁《なきじん》へ行った。夜になったのでイモ袋を枕に三人で寝ていたら、数人の友軍に突然起こされた。私たち一人一人に二〜三人の兵隊が付いて別々の場所に連れて行かれ、尋問を受けた。三人の受け答えを突き合わせ、不整合がないのを確かめたのか、ようやく夜も白み始めて解放され、芋も持たずに避難所へ戻った。この時の恐怖は今だに忘れられない。

蚤《のみ》と虱《しらみ》

那覇などの街から農村へ避難してくる人は、衣類等の生活物資を運ぶ必要があった。裕福な家は馬車等を雇って運搬できたが、一般住民にはその余裕はなく、これに代わって各地の小学校五〜六年生が、リレー方式で生活物資を運んでいた。戦時中であったため、何十日も風呂へ入っていなかったので、蚤・虱が湧き、この物資を運ぶ生徒らが媒体となって、アッという間に蚤・虱が伝播していった。話相手の頭から虱が這い出してくるのが見えた。痒くて痒くてたまらず、昼間は、暇があれば虱退治に没頭した。

私の家族の最初の避難所クガマタ（又はフガマタ）　部落に近い雑木林。薪はここで集めた。平成12年頃迄は正月過ぎにかけてここでミカン狩りをしていたが、現在この辺りはダムの湖底に沈んでしまって見ることさえできない。

避難と避難先

避難する日は、生憎《あいにく》雨が降っていた。沖縄の川は短距離だが、急流で雨が降るとアッという間に津波のように水が押し寄せる。避難途中にある川が増水して、当時一〇歳の三女は胸まで漬かってしまって、なかなか川を渡れなかった。七歳の双子の実兄は、小さな背嚢《はいのう》に米をつめ、当時一三歳の次女は、自分の体重の二倍以上の米を背負って山道を急いだ。途中、次女は荷があまりに重いので米の一部を隠しておいたが、翌日取りに行ったら、すでになくなっていた。

避難先は、水の便を考えて必ず川の近くに設営した。川は山あいにあって、幅約一～二m、深さ一〇～五〇cm程あった。避難小屋は各自が三～六畳ほどの広さに丸太や竹を床として敷き、蔓《かずら》で固定し、ススキを切ってきて萱葺《かやぶき》屋根とした。しかし、男手のない家族等は、今のホームレスの住居よりも劣悪な、満足に雨露も防げない所にいただろう。このような掘っ立て小屋等が両岸に軒を並べていた。川では数m上流で洗濯した水を食事に使うこともあったが、「四間離れたらきれいだ」ということを昔から言い伝えられていたし、このような異常な環境では、全く問題にしなかった。

人々は戦闘が激しくなると、今までの避難所を捨てて、さらに奥地へと移動した。地元住いの私の実家でさえ、米軍に収容されるまで四回移転しているから、街から避難してきた人たちは、もっともっと何回も移転していたことだろう。

深夜の農作業

四月といえば、沖縄では田植え時期。農民は夜陰に紛れて山を降り、自分の田畑に戻って月明かりを唯一の頼りに、危険を犯して田植えをし、芋を植えた。必死の思いで植えた穀物等も、結局は避難民、友軍の食料に化けてしまい、ほとんど自分たちの口に入ることはなかった。こんなことなら苦労して植えるんじゃなかった、と思ったが、今となっては、この米や芋がたくさんの人々の命を救ったと言える。

軍の規律と護郷隊《ごきょうたい》

護郷隊（↓注）のヤンバルでの本拠地は山中にあって、中学生くらいで構成された。規律が厳しく、規律を守らない者は銃殺刑に処せられたりして、かなりしっかり守られていた。

或る日、私の避難小屋の入り口に手榴弾を握り締めたひとりの少年が立った。少年はしきりと涙を流していた。母が、この少年を抱きかかえて訳を尋ねると、涙声でしゃくりあげながら、今夜自分たちの隊はこの手榴弾を持って米軍に夜討ちをかけるよう命令されたが、その夜討ちが怖くて怖くて泣いているのだという。少年の家族の行方は捜してもわからず、途方にくれて私の所に立っていたらしい。母はこのことを知って、それはもう自分の子供のように悲しみ、慰めて、僅かな蓄えの中から食べ物をこの少年の手に握らせた。私はその一部始終を見ていたのだが、これはほんとうに悲しい思い出として頭にこびりついて離れない。あの子はその後どうなっただろう。

〔注〕**護郷隊**…遊撃隊のこと。大本営直轄の秘密部隊で、ゲリラ戦を任務とした。陸軍中野学校出身の将校が隊長

となり、現地召集の在郷軍人を幹部に、徴兵適齢前の青少年を隊員にしていた。（『沖縄大百科事典』より引用）

不安と恐怖

友軍が去り、実質的には米軍の支配地域に入りながらも未だ収容されない時期（昭和二〇年六月頃であろうと推定するが）は、避難民にとって非常に不安定な時期であったのではないか。

昼間は、〝鬼畜〟と叩き込まれた米兵がパトロールに来て、残兵が隠れていないか捜索を受ける。夜になれば、友軍が忍んで来て、米軍或いはスパイ情報を聞き出したり、食料調達に来ることもあった。どちらにしろ、極端な食料不足、雨露も凌げない衣と住、蚤・虱、日常的な病と死との同居……、住民は、心身共に不安・恐怖と猜疑心と絶望の渦に巻き込まれていく日々であっただろう。

米軍は友軍と住民の扱いを峻別していて、一旦友軍とわかると、即座に銃殺したようだ。一方友軍は、スパイ容疑の住民に対しては、容赦ない残酷なリンチに近い罰を与えたこともあったようだ。

米軍人に怯える住民（『名護ひとびとの100年』より）

投降

米軍は日英対訳本を持っていて、それを用いて住民へ話しかけた。また、日系二世の軍人がいて、これは日本語、しかも方言で話した。一方、住民側にも移民帰りの人がかなりいて、この人たちが米軍と対話した。ハワイなど英語圏からの移民帰りは、英語を話せた。南米帰りはスペイン語、ポルトガル語しか話せなかったが、米軍の中にはこれを解する者もいて、この両者は珍重された。後に、通訳ができるお蔭で米軍の洗濯を仕事とする女性もいたし、区長にまでな

戦没した二人の兄は、糸満の平和の礎《いしじ》に刻銘されていた

った人も出てきた。

奥深い農山村でありながら、こういった言葉の面での自由さはおよそ本土では考えられないことで、沖縄がいかに国際的であったかを示す一つの尺度といえる。その後米軍支配下に入ると、英語が話せる者は米軍に優遇され、「英語が話せれば賃金は一〇％増し」だったようだ。

住民の投降は一九四五年六月から七月にかけて行われた。部落の代表者が避難民へ、《〇月×日に投降すること、投降しない者は友軍と看做される》と言って投降を勧めた。実際の友軍の中には、住民に化けて投降した兵隊もいた。また、若い娘は強姦されるのを恐れて、鍋の墨を顔に塗り、髪をオカッパに短く切って、「年を聞かれたら一三歳と答えなさい」と言われた。

投降後、難民収容所で取り調べを受け、ＤＤＴを撒かれ、頭数に応じて缶詰などの食料を支給され、二～三週間でほとんどの住民は解放された。収容所の収容能力がパンクしたのが大きな原因だったようだ。

米軍収容所から我が家へ

この頃、米軍の飛行機からの投降呼び掛けのビラが盛んに落とされていた。とうとう七月三日に、私の家族もこれに応じた。避難先から部落の人と一緒に仲尾次《ナコーシ》の急造テントの米軍収容所へ移った。ここに三～四週間収容されていたが、解放されて知人宅へ身を寄せた。真喜屋の家々は護郷隊によってほとんど焼かれていたが、なぜかこの家は焼却を免れていたため、十余の家族が一つ屋根の下に文字通り体を寄せ合って寝泊まりした。「もう詳しいことは忘れてしまったが、三畳ほどもない所に親子十人がどうやっていたのかね。座ったりして眠ったんだろうか」と述懐した。

収容所を出た後、本家跡地に掘っ立て小屋を作り、ここでやっと家族だけの生活が始まった。防空壕のトランクみたいな中に入れてあった父の実母の遺体を、母らが洗骨（注）して持ち帰った。

（注）**洗骨**（沖縄諸島ではシンクチという）は、一度土葬あるいは風葬などを行った後に、死者の骨を海水や酒などで洗い、再度埋葬する葬制。実際に骨を洗うのは親族の女性、特に長男の嫁がすべきものとされた。今は全て火葬。

［編集後記］

この話をまとめながら強く感じたひとつは、あの人にもあの方にももっと聞いておくべきだった、もっと早くこの企画を実行に移して記事をまとめておけば……と、自らの不明を嘆くばかりでした。

今ひとつは、昭和二〇年四月米軍上陸以降のあまりに悲惨で悲しく空しい事実を書きながら、幾度か目頭が熱くなるのを抑えられなかった。軍人が戦う戦争は勿論むごい、しかし非戦闘員しかも女・子供・年寄りが巻き込まれる戦争は、はるかに悲惨で救い難い。

敗戦の朝リュック一つで

河井　弘泰

平成一八年二月の母の火葬・納骨時と、その後二度にわたる沖縄訪問時の聞き取りと、私の微かな記憶を記録したものである。

兄の出征と復員

一九二九（昭和四）年、台湾で出生した兄の孝は、台湾の嘉義中学四年の頃、昭和一九年一〇月に、志願して海軍飛行予科練習（予科練）に入隊すべく、台湾の高雄から山口県防府市の防府海軍通信学校へ向かった。未だ一五歳の少年だった。兄の同窓生で同窓会の世話役をされている台湾在住の方から手紙を頂いた。その中で次のように書いておられる。

「嘉義中学の在学生は日本人・台湾人合せて一五〇名～一六〇名位居りました。（中略）当時予科練に行った同窓生を除いて殆んどが召集されて陸軍第七一師団（命部隊）第五一一大隊に属しておりました」（文末の同窓生名簿参照）

孝は昭和二〇年七月頃、鹿児島県鹿屋《かのや》航空隊（秘密通信隊）に配属された。終戦がいま少し遅れていたら、特攻隊となって南の海に散っていたであろう。終戦直後の昭和二〇年九月頃のある夜〇時に武装解除があり、アオキさんという方が「ここは航空基地ゆえ米軍が真っ先にやって来るからスグ逃げろ」と言うので、取るものも取り敢えず兄ら三人は基地を後にした。

汽車に乗り、鹿屋駅→垂水《たるみず》駅→志布志《しぶし》駅→吉松《よしまつ》駅とあてもなく移動したが、吉松駅の先のトンネルで事故があって汽車はその先へ進まなくなり、乗客は、止むなく駅付近に宿泊した。兄ら三人は、吉松駅から四～五キロ先の中津川という所にある農家の軒を借り、ここで一夜を過ごした。ここが、後々お世話になる橋口さん宅だった。ここのお爺さんが、「何処にも頼るところがなかったら戻って来い。ここなら食べていけるから」と優しい言葉をかけてくれた。

三人は一旦ここを出て、取り敢えず三人の内の一人の実家を訪ねて福岡へ向け出発した。その実家を訪ねて行ったが戦災で見当たらず、再び南下した。結局、彼等は他に宛があるわけじゃなく、吉松の好々爺が掛けてくれた言葉を唯一の頼りに吉松を目指し、ここでひとまず好意に甘えて落ち着いた。

その好々爺は日露戦争に従軍した方で、「自分のことは殊の外可愛がってくれた」と孝はしみじみ述懐していた。（吉松町《よしまつちょう》は平成一七年三月二二日、栗野町《くりのちょう》と合併し、「湧水町《ゆうすいちょう》」となった）

〔注〕**予科練**＝旧日本海軍の海軍飛行予科練習生の略。航空機搭乗員の大量養成を狙いとして開設。太平洋戦争末期には特攻隊要員の訓練を行った。（『ブリタニカ国際大百科事典』より）

台湾からの私達の逃避

昭和二〇年の暮れ、突然伯母敏子とその次女、三女が孝を頼って台湾の基隆《キールン》港で引揚船に乗って和歌山県の田辺港に降り立った。持ち物は、現金三千円、砂糖三kg、白絣などの着物三枚、軍用の靴下に忍ばせてリュックを背負った。孝が台湾時代の中学の先生宛に出した手紙で彼の居所がわかり、伯母へもそれが伝わったのだろう。敏子は沖縄出身ではあるが、当時沖縄は、後に〝鉄の暴風〟と称された米軍の攻撃を受けた後で壊滅的な状態にあるといわれ、沖縄に帰っても生きていけないと判断した。また、台湾では抑圧されていた現地人からの復讐事件も勃発していて、急いでここを離れる必要があった。吉松の橋口家にお世話になり、さらに遅れて敏子の夫も引き揚げてきた。

翌昭和二一年八月（四月？）一八日、私と父母は引揚船で台湾高雄港から出航し、同月二〇日、横浜へ上陸した。父四二歳、母四〇歳、私五歳。持ち物と言えば、それぞれがリュックに詰め込めるだけ詰め込んで担いだものだけ。一旦、孝のいる吉松へ向かった。

こうして私たち親子四人と伯母家族四人は、孝が復員後お世話になっていた橋口様方の馬小屋の二階に、一時身を置くことになった。血のつながりはもちろん、縁もゆかりもない私どもを一時といえど軒を貸して下さった橋口様は、仏様のような方であったと思うのである。兄自身がいわば居候の身でありながら、八人もの家族がお世話になる事態にどんなにか身も細る思いだっただろうか。

父母は多分、何をおいてもここから出ることを考えたであろう。橋口様の所から初めに引っ越した先は、小高い山の上り口の、裏手にすぐ崖が迫った所にある、広さ三坪ばかしに流しが申し訳程度に付いた小屋だった。ここは物置かなんかの納戸だったのだろうが、古畳を敷き、四人がくっつくように枕を並べて寝た。

父が時々やっていたのは、自家用煙草作成だ。箸と丈夫な紙で作ったT字型の上へ英字辞書のインディアンペーパーを置き、どこから手に入れたか、煙草の葉っぱを揉みほぐしたのをこれへ載せ、箸を煙草の葉へ押し付けながらクルクルと丸く巻き上げ、最後は、水のように薄い糊をインディアンペーパーへ付けてでき上がり。

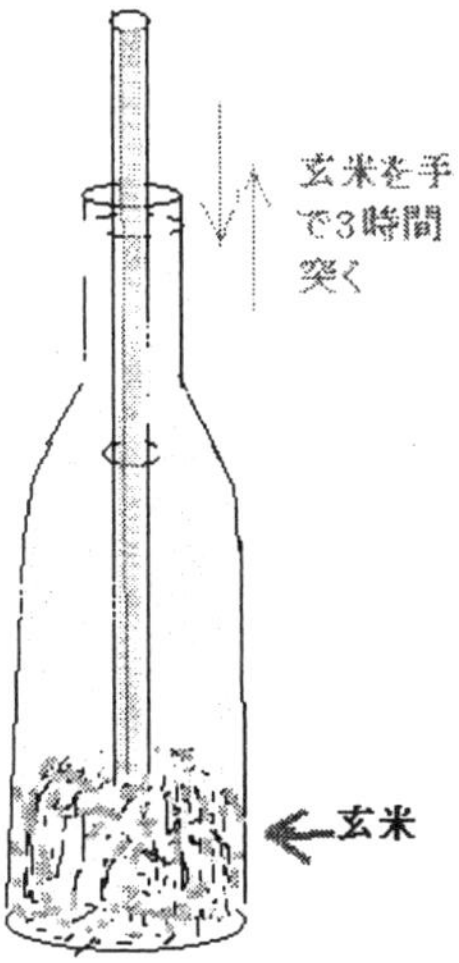

簡易な精米

自家用煙草作成器

食べ物はコウリャン、粟《あわ》めしに、今じゃ小鳥も見向かないフスマ。代用食といえばふかし芋、それも繊維ばっかしのもので、噛むと必ず繊維が歯にからみついた。汁は、カボチャなんかだっただろう。田んぼの畦でセリ採り、小川に堰を拵え、水を掻い出して、小魚をつかんだりした。川から上がると、両足の数箇所は血を吸ってブヨブヨに太ったヒルが喰いついたままぶら下がっていて、これを剥ぎ取ると、ヒルと足の吸い口から紅い血がしたたり落ちた。足の吸い口へは、ヨモギを揉みほぐして塗りつけた。

大水が引いた時、父が田んぼへ出掛け、太ったカエルをぶら下げて帰ってきたのを憶えている。あれをどうやって料理したのだろうか。肉といえば、こうして捕ってきたものだけだった。鶏卵などは貴重品そのもので、病に臥すことでもなければお目にかかれない代物だった。

またある時、小林というところまで家族で出掛けて落穂ひろいをやり、リュックいっぱいにして帰ってきた。これを一升瓶へ入れ、人間精米機のように棒で突っついていた。この時だけは麦か白米を口にしたが、口中でジャリを噛むこともあった。

川内川《せんだいがわ》では、父の長いフンドシを付けて泳ぎもしたし、釣りもした。浮き袋代わりに直径二〇cm、長さ五〇cm程の両端に節を残した太い竹を用いた。釣りは、餌を付けた竹竿を川へ投げ込んでおく。これを数m毎に一〇本以上しつらえて、巡回しながら一本ずつ上げては引っ掛かった魚を収穫し、再び餌を付けてボチャンと投げておく。もうひとつの漁法は、長い釣り糸へ釣り針を付けた五〇cmの長さほどの別の釣り糸を直角に結ぶ。これを一m位の間隔を空けて沢山結び付け、釣り糸の最先端と所々に錘を垂らしたのを結ぶ。これへ餌を付け、夕方川へ投げ入れておき、翌朝早く起きて引き揚げると、鰻や小魚が面白いほど釣れていた。

孝は家計を助けるべく、国鉄の吉松駅購買部に就職した。購買部は駅から五〇mほど離れた線路脇にあり、家からそこまでは約三～四kmあったが、急坂のうえ自転車など買えない当時のこと、孝は毎日歩いて通ったであろう。筆者は何度かここへ弁当を届けたことを微かに覚えている。

川内川に架かる吉松橋　当時のままの姿であった。（2006 年 12 月撮影）

その後、母の古着商が成功し、鹿児島市内へ打って出るのを機に、孝は京都の高校三年へ中途入学し、やがて大学へ進んだ。

嘉義中学校１９回生　出身学校・住所一覧及び

No.	名前	小学校	1年	〒	住所	終戦時の所在・所属
1	青木 正汎	北港	中	871-0404	耶馬渓町戸原17	19年10月 海軍飛行予科練習生入隊（11月）防府通信学校→佐世保水上機基地（針尾） 951空
2	鮎田 了三	若葉	西	194-0002	町田市南つくし	20年3月20日召集令状 陸軍第71師団(命部隊)第511大隊(13871部隊)入隊 白河内角→中埔社口
3	浅井 義則	旭	西	500-8883	岐阜市吾妻町3-	20年3月20日召集令状 陸軍第71師団(命部隊)第511大隊(13871部隊)入隊 白河内角→中埔社口
4	荒尾 宏	旭	西転出	929-0217	美川町湊町4-12	1年2学期 石川県小松中へ転出
5	池満 洋	旭	東	895-0021	川内市向田本町	2年1学期 台中2中へ転出 20年3月 13869 部隊（命部隊）
6	生駒 郁夫	北港	西	811-2114	須恵町上須恵72	4年 休学
7	稲積 薫	虎尾	中	658-0073	神戸市東灘区西	3年1学期 岐阜県本巣中へ転出
8	井上照五郎	若葉	中	216-0003	川崎市宮前区有	2年1学期 台南1中へ転出 20年3月 13872 部隊（剣部隊）
9	岩下 修	南靖	中	862-0954	熊本市神水1-23	20年3月20日召集令状 陸軍第71師団(命部隊)第511大隊(13871部隊)入隊 白河内角→中埔社口
10	上田 勲	虎尾	東	862-0971	熊本市大江1-4-	20年3月20日召集令状 陸軍第71師団(命部隊)第511大隊(13871部隊)入隊 白河内角→中埔社口
11	荻原 拓治	潮州	西	350-1213	日高市高萩720-	1年2学期 屏東中より転入 20年3月20日召集令状 陸軍 13871 部隊入隊 白河内角→中埔社口
12	岡本 良雄	旭	中	970-8043	いわき市中央台	20年4月 海軍飛行予科練習生入隊 高雄航空隊→澎湖島 馬公基地（震洋艇 特別攻撃隊 隊員）
13	大城啓三郎	北港	東	902-0077	那覇市長田2-2-	19年10月 海軍飛行予科練習生入隊（11月）防府通信学校（2期）→鹿屋航空隊(秘密通信隊)
14	大城 仁幸	宮古	転	901-2202	宜野湾市普天間	3年1学期 宮古中より転入 20年3月20日召集令状 陸軍 13871 部隊入隊 白河内角→中埔社口
15	大浜 用陽	若葉	中	901-0153	那覇市宇栄原2-	20年3月20日召集令状 陸軍第71師団(命部隊)第511大隊(13871部隊)入隊 白河内角→中埔社口
16	粤山 泰弘	若葉	西	816-0943	大野城市白木原	20年3月20日召集令状 陸軍第71師団(命部隊)第511大隊(13871部隊)入隊 白河内角→中埔社口
17	金子 又男	若葉	中	663-8112	西宮市甲子園口	20年3月20日召集令状 陸軍第71師団(命部隊)第511大隊(13871部隊)入隊 白河内角→中埔社口
18	河井 孝	蒜頭	西	901-2211	宜野湾市宜野湾	19年10月 海軍飛行予科練習生入隊（11月）防府通信学校（2期）→鹿屋航空隊(秘密通信隊)
19	川平 勝彦	南靖	中	902-0076	那覇市与儀1-2	20年3月20日召集令状 陸軍第71師団(命部隊)第511大隊(13871部隊)入隊 白河内角→中埔社口
20	菊池 秀昭	斗六	東	187-0023	小平市上水新町	20年3月20日召集令状 陸軍第71師団(命部隊)第511大隊(13871部隊)入隊 白河内角→中埔社口
21	菊野 靖久	旭	中	880-0052	宮崎市丸山1-2	20年3月20日召集令状 陸軍第71師団(命部隊)第511大隊(13871部隊)入隊 白河内角→中埔社口
22	肝付 義兼	若葉	西	862-0971	熊本市大江2-2	20年3月20日召集令状 陸軍第71師団(命部隊)第511大隊(13871部隊)入隊 白河内角→中埔社口
23	木村 博一	若葉	東	640-8341	和歌山市黒田1	20年3月20日召集令状 陸軍 13871 部隊入隊 病気 除隊後に嘉義警備隊に転属
24	久保田欣一	虎尾	中	892-0875	鹿児島市川上町	20年3月20日召集令状 陸軍第71師団(命部隊)第511大隊(13871部隊)入隊 白河内角→中埔社口
25	桑原 旗史	旭	中	836-0074	大牟田市藤田町	20年3月20日召集令状 陸軍第71師団(命部隊)第511大隊(13871部隊)入隊 白河内角→中埔社口
26	濱明 閏燕	阿里山	東	673-0852	明石市朝霧台	20年3月20日召集令状 陸軍 第71師団(命部隊)13871部隊入隊→命部隊本部（斗六通信隊）
27	小森 正三	松木	転	811-1251	那珂川町松木	1年1学期 台北3中より転入 20年3月20日召集令状 陸軍 13871 部隊入隊 白河内角→中埔社口
28	斉藤 衛	虎尾	西	800-0025	北九州市門司区	20年3月20日召集令状 陸軍第71師団(命部隊)第511大隊(13871部隊)入隊 白河内角→中埔社口
29	坂野 勝夫	若葉	中	261-0012	千葉市美浜区	20年3月20日召集令状 陸軍第71師団(命部隊)第511大隊(13871部隊)入隊 白河内角→中埔社口
30	皿田 秀雄	若葉	東	742-1101	平生町平生町	2年1学期 高雄中へ 20年4月 予科練 高雄岡山航空隊→海口基地（震洋艇 特別攻撃隊 菊花隊）
31	迫田 淳	旭	東転出	649-5332	那智勝浦町朝	1年1学期 新竹中へ転出 19年10月 予科練入隊（11月）防府通信学校(2期) →針尾海兵団
32	信夫 和邦	旭	東	862-0950	熊本市水前寺	20年3月20日召集令状 陸軍第71師団(命部隊)第511大隊(13871部隊)入隊 白河内角→中埔社口
33	高田 稔	若葉	西	771-0219	松茂町広島北	20年3月20日召集令状 陸軍第71師団(命部隊)第511大隊(13871部隊)入隊 頂六→中埔社口
34	田中 正郎	虎尾	西	454-0852	名古屋市中川区	19年10月 海軍飛行予科練習生入隊 防府通信学校(2期)
35	田畑 [illegible]	大崙	東	552-0021	大阪市港区築	20年3月20日召集令状 陸軍 第71師団(命部隊)13871部隊入隊→命部隊本部（斗六通信隊）

台湾の嘉義中学第19期生同窓生名簿より　ほぼ全て軍隊入りしている。下線の箇所が河井孝と友人の分。

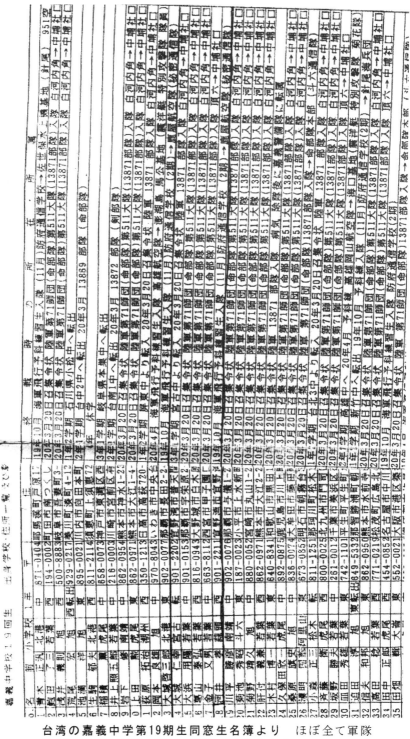

忘れ残りの記

――空襲、学校、ノモンハン、強制収容所・・・――

加藤　直道

はじめに

私は北陸の出身で、Ｂ29の来襲時、ラジオの空襲警報で電灯の光が外に漏れないようにしたことは記憶しているが、一度も空襲は受けず、家族にも出征した者がいないので、厳しい体験はしていない。しかし、若い頃、親戚や高校勤務時代の上司・生徒の保護者や近所の人からの戦争体験を聞くことができた。日本史の教員だったので、教材研究のため広く資料に当たってもきた。

他の執筆者があまり触れられない内容を中心に、年代の新旧を問わずアト・ランダムに記することにする。大切なことを抜かして些末なことに終始しているので、不興を買うかもしれない。また、他の方の稿と差がありすぎてハーモニーを崩すのではないかと危惧もしている。「諸説あり」として、ご寛恕を願いたいところである。

生い立ち

私は昭和一四年五月六日、富山県南砺《なんと》市に五人兄妹の三男として生まれた。両親は専業農家で、父は徴兵検査不合格（身体）となったので、赤紙は来なかった。戦後、父に出征義務がなくてよかったねと言うと、恥ずかしくて肩身が狭かったと答えた（NHK朝ドラマ「まんぷく」の立花萬平と同じ）。父は、近隣農家の田起こしなどの農作業や、国内各地の土木工事の現場監督を続けた。また、鎌倉大仏を艦砲射撃から守るための板囲い作業や、調布飛行場の建設に、地元の人たち数十人とともに現地に赴いた。

戦時中、二人の兄は国民学校に入学した。戦前の小学校を、ドイツのフォルクス＝シューレを日本語訳して改名したのが国民学校で、教育内容も変えた。四、五歳頃の子どもの遊びは、鬼ごっこや隠れん坊のほかには兵隊ごっこがあった。「俺は陸軍だ。俺は海軍だ」などと言い合っていた。戦後はチャンバラごっこに代わった。

富山と東京の空襲

六歳（昭和二〇年）の夏頃から、富山県内にもB29が来襲した。警戒警報のあと空襲警報が発令され、灯火管制が施かれた。「家庭防空の心得」が各家庭に配布されていたが、主要毒ガスの性能と救急処置法までもが記されていた。八月一日富山市への空襲の日は米空軍の記念日とかで、満載の焼夷弾を全て投下させるために、何度も何度も旋回して市の全域を焼き尽くした。私の家からは数十キロ離れていたが、北東の空が真っ赤になったのを今も覚えている。

さて。私の妻は一八年一一月六日の生まれで、空襲を東京三軒茶屋で受けた。防空壕に母たちと避難していたが、のどが渇いたとむずかる一歳の赤ん坊（妻）に水を飲ませるために、母親は毛布を濡らして共に被って井戸水を飲ませた。焼夷弾が雨霰と降り注いだので毛布がすっかり乾いたと、平成二九年一一月に一〇三歳で亡くなった義母が語った。基地でも軍事工場でもない住宅地への空襲は、民間人への機銃掃射や原爆投下などとともに、戦時国際法違反であるが、枢軸国に一〇〇%の非があるとして、将来共に公的に非難されることはなさそうである。

平成三〇年八月九日のA紙のオピニオン&フォーラムに、読者の声として「戦時国際法に違反した非戦闘員の無差別大量虐殺。アメリカ人は戦争犯罪のためにいばらを背負うべきだ」を載せている。私的には、アメリカの無差別爆撃を不当だと考える人は多い。

戦時国債の発行・統制経済

政府は、戦費を賄うために、戦時貯蓄債権や大東亜戦争割引国庫債券を発行した。また、多くの会社が統合された。たとえば、数多くの電力会社が「日本発送電株式会社」一社となり、株式を公開した。戦後のインフレで、債券や株券は紙くず同然となった。父は相当に懲りたらしく、我々五人の兄妹には、株や国債を買うなと常々言っていた。

国家総動員法下、統制経済が行われ、生産統制・配給統制・価格統制等が行われた。物価庁が衣料・食料などの価格を公定し、切符がないと購入できず、役所や警察が監視・監督した。

ノモンハン事件

私の生まれた昭和一四年五月、満州北部モンゴル国境付近で関東軍とソ連・モンゴル連合軍が国境紛争で交戦した。航空戦は日本軍が優勢だったが、日本戦車はハルハ川を渡れずトラックに変えた。ソ連側は大型戦車を中心とする機械化部隊で、日本軍陣地を攻撃した。

当時のソ連側の資料では、日本側の戦死者一万九千人に対してソ連側は死傷者を合わせて九八〇〇人とある。ソ連崩壊後公開された資料によると、ソ連軍の被害は二万数千人、日本軍の被害は一万数千人と逆になっている。情報に怠慢な日本政府は、一個師団を失ったことで完敗と判断して三国同盟へと突き進んだという説もある。（参考『年表で読む日本近現代史』海竜社）

私が初めて赴任した都立三宅高校で、保護者のS氏と懇意になり、ノモンハン参戦の体験を聞いた。燃えやすいソ連戦車への火炎瓶攻撃が有効で、ソ連軍に多大な損害を与えたという。しかし夏の暑さは日本の比ではなく、塹壕に何日もいるとウジがわいて閉口したと、その闘いの悲惨さを語られた。

インパール作戦

米華軍や米印軍が蒋介石援助のルートとして印中ルートを建設しようとしていたが、そのインド側の起点がインパールだった。ミャンマー（ビルマ）との国境近くにあった。反英・独立運動のインド人指導者チャンドラ・ボースを援助する目的で、日本軍が戦力の劣勢を知りながら仕掛けた無謀な戦闘であった。案の定、惨敗した。私が荒川商業高校定時制に勤務していたとき、主事（定時制教頭）のM先生より体験を聞いた。所属部隊はほとんど戦死したが、M先生は、爆撃で負傷し気絶したので助かったという。腕に爆弾の破片が突き刺さっているが、手術もできないので、このままあの世へ持っていくと話された。土砂降りの雨の中、土まみれの戦死者が重なり合ってこの世の地獄だったという。

中国での接近戦

二〇年くらい前、近所のS氏と世間話をしていた時、出征時の体験を聞いた。中国で行軍をしていた時、突然国民党軍と鉢合わせした。敵兵の顔が見える近さだった。先に撃たないと自分が撃たれると思い、急いで引き金を引いた。すぐに伏せたので、命中したかどうかはわからなかったという。各地を転戦したが、一度も八路軍（共産軍）には遭わなかった。戦後の再度の国共内戦に備えて、毛沢東は蒋介石の国民党軍に日本軍と戦わせ、八路軍の力を温存していたのだろう、中国の師範学校出身の毛沢東が日本の陸軍士官学校に留学した蒋介石より戦略が優れていたのではないか、とS氏は戦友と語り合ったという。

未成年の志願兵

集落のN氏はまだ10代で、出征を命じられないのに志願兵となった。この家は、長男のN氏以外は全て女子だったので、両親をはじめ家族は全て反対したが、忠告を聞かず出征した。戦争に行く前に終戦を迎えた。私の兄によると、家に帰ってからはおとなしくなり、あまり話さなくなったという。戦地に行きたくない若者が多かったと想像するが、行かなくてもよいのに志願する若者がいたことは、今の若い人には全く理解できないと思うが、あのとき生きていた人にはわかる人が多いと思う。（特攻隊も形式上は志願兵になっていた。）

木炭自動車

アメリカの対日禁油政策により石油不足が深刻になり、インドネシアを占領して供給したが全く足りず、終戦直前、木炭自動車が出現した。馬力が弱いので上りの坂道では動かなくなることがあり、助手や近くの人が押して上っていった。蒸気機関車の運転手が足りなくなって女性が運転していたのも、この頃である。馬耕に従事する女性も見かけられた。

終戦と進駐軍

ラジオで終戦の玉音放送を聞いたが、意味はわからなかった。親たちは近所の人と、戦争に負けたので米軍が来たら男は全員殺され、女は全員乱暴されるから、山へ逃げなくてはならないなどと話していた。どこの山へ逃げるといってもあてもなく、無為に過ごした。

まもなく、城端町《じょうはなまち》（現南砺市の一部）にも進駐軍が来た。駅前に南山田村《みなみやまだむら》（現南砺市の一部）の農協事務所があり、その二階で若い兵士がブランコに乗っていた。田舎に来る米兵は田舎の出身者が多く、レベルが高くないのだろうと大人たちが話していた。子供心にも幼い兵士だと感じた。

小学校入学

二一年、山田小学校に入学した。一クラス五九名、日綿工業会社の工場長の息子と従業員の息子が集落内に疎開していて、入学した。出征した教師に未帰還の人が多くて教師不足となり、一部の学校には、旧制中学校を卒業しただけの代用教員がいるという噂が出た。

入学早々新聞紙大の印刷物を数十枚渡されて、家で切って表紙を付け、教科書として持ってくるよう指示された。戦時中でも兄二人は教科書をもらっていた。挿絵もない粗末な教科書だったので、がっかりした。先生の中には、背広がないのか軍服で授業される方もいられた。

学校給食は戦前から行われていたが、戦争で食糧が不足して一時中断した。戦後、米国から小麦粉や脱脂粉乳の援助を受けて再開した。コッペパンはまずくなかったが、脱脂粉乳のミルクはにおいが強かった。食器はアルマイト製で、一本でフォークとスプーン兼用のものが使われた。おかずは千切り大根が多く、煮干や油揚が入る程度で、たまに鯨の肉の一切れでも入ればご馳走であった。Y紙平成三〇年一二月四日号（夕刊）に、埼玉県北本市に学校給食歴史館があって公開されているとの記事が掲載された。

強制収容所

戦後、満州や樺太にいた日本兵等が捕虜としてシベリアに連行されて強制収容所に入れられ、奴隷的扱いで多くの日本人が死亡したことはよく知られている。

米国でもあった。義母の姉は戦前渡米したT氏に嫁いだ（西部のワシントン州居住）。日本軍の真珠湾攻撃後、日本人はスパイの容疑をかけられ、ほぼ全員が強制収容所に入れられた。同じ敵性国人でも、ドイツ人やイタリア人は入所させられなかった。戦前、アメリカでは「排日移民法」が制定施行された。日系人の名誉と地位向上のために、多くの日系人が志願してヨーロッパ戦線で戦い、多数の犠牲者を出したことは知られている。この非人道的扱いに対して、戦後、日系人が強く政府や議会に働きかけた結果、一人あたり邦貨換算約二二〇万円の慰謝料が支払われた。カナダでも同様、日系人が強制収容所に入れられたが、アメリカのように慰謝料が払われたかどうかはわからない。

ほかには、インドネシアでも類似のことがあった。第二次大戦後、旧日本兵一一万人以上が抑留され過酷な生活に耐えた島が、マラッカ海峡のインドネシア・バタム島に近いレンパン島である。米英を中心とした連合国側は、タイ・マレーシア・シンガポールなどにいた日本兵らを一年間抑留した。食料事情はきわめて劣悪で、ネズミやヘビ・サソリなど食べられるものは何でも食べたという。戦時中の日本軍による敵国兵虐待への仕返しとみられている。一一万二七〇八人中一一二八人が死亡（約一%弱　S紙平成三〇年八月一六日号）。

日ソ中立条約を破って参戦したソ連は、八月末まで終戦を認めず、ソ連のシベリアに抑留された日本兵は、五七万五千人だった。氷点下四〇度の下、木材の伐採作業をさせられた。食糧や住環境が悪かった。傷病者の中には、鼻や目からウジが湧いている人もいたという。重労働や病気で五万五千人が死亡（約一〇%）した（Y紙平成三〇年八月一一日）。

無謀な戦争を始めた日本の非は計り知れないが、連合国側に一点の曇りもないと言えるか。

私の戦中戦後忘れ残りの記

越岡　禮子

私は太平洋戦争が始まった翌年、昭和一七（一九四二）年八月に、群馬県前橋市で生まれた。

現在、私は、都内の史跡散歩のガイドをしているが、時には靖国神社や千鳥ヶ淵の無名戦没者墓苑なども訪ね、明治以降の近代戦争の経過を知る機会であると同時に、その都度に目を通す当時の悲惨な記録や遺書、遺品などの解説を読み、現在の私たち世代の恵まれた境遇は先人たちの痛ましい多くの犠牲の上にあってのことと知り、感謝と悲しみの思いが交錯する。

何分にも戦中・終戦直後のことはほとんど知識のない世代であるが、遠く少ない記憶をたぐり寄せて、その断片を数編に記してみる。

今も忘れられないあの嗅覚

広島に原爆が投下される前夜の昭和二〇年八月五日、群馬県前橋市では、B29約三〇機による空襲があった。波状攻撃で焼夷弾の雨を降らせ、全市が火の海になり焦熱地獄だったという。民間人の死者は五三五人、負傷者は約六〇〇人と、後に前橋市役所から発表されている。

その八月五日は、私の三歳の誕生日であった。当時、父は新前橋にあった理研工業の技師であった。母は工学部を卒業している父に出征はないだろうと、東京の虎ノ門から前橋に嫁いできた。しかし、父の仕事は東京の本社に出張することが多く、その夜も不在であった。

三歳だった私には、当日の記憶は薄い。空から何か光る物体がヒラヒラと数多く落ちてきたこと、利根川の河原で布団や掻巻《かいまき》を水に浸して身体を覆い逃げ惑う家族の群、必死で母に手を引かれて炎の中を逃げ回ったことをかすかに覚えている。

いつもは和服姿の母が、この夜はモンペ姿に父の革靴を履いていたことや、熱風が渦巻く中、死を覚悟したのか母が私を強く抱きしめてくれたこと、どこか工場の片隅で小休止をした場所に大量の古タイヤが積んであり、警防のおじさんに「火がついたら危険じゃないか。早く離れろ」と怒鳴られたことなども、頭の片隅に残っているが、これは、後に母が話したことを、自分の記憶のように勘違いしているのかもしれない。

幸いにも私たち母子は空襲で命を失うこともなく、我が家のある駅裏一帯の住宅地は、無事であった。国鉄駅前から北に広がる繁華街や官庁街や住宅地などは、無残な焼け野原となった。

私には、戦争の記憶として強烈に、確かに身体で覚えていることがある。

群馬県は養蚕の地として知られている。駅前に繭や生糸を納める大きな石造りの倉庫が何棟か並んでいた。傍らに大きな池があり、なかなかの風情であったと聞く。戦時中は、空襲の直前までその倉庫に配給の物資が納められていた。

八月六日、空襲のあった翌早朝、母は一人娘の私を急ぎ立てて、近所の人たちと一緒に、ブリキのバケツを下げ、その倉庫へと馳せた。幼い私は、我が家を出るなり、異様というか香ばしいというか、子供心にも何のにおいかすぐわかった。祖父母の出身地は銚子であったので、我が家ではそのにおい、その味はなじみのものであった。町中がスルメのにおいでいっぱいなのだ。

駅前の倉庫には、その日、県内に配給されるはずだったスルメが大量に在庫されていた。石倉が崩れ、炎を浴び、在庫が焼けこげになっていた。毎日の食物に事欠く時代、母たちは、内心、一枚でも多くとたくましく、そのスルメを拾いに行ったのだろう。三歳だった私に、そのにおいは、生涯忘れられない嗅覚として残った。

七〇数年を経た現在、私の家族は、ハレの日や酒を楽しむ時、大きな分厚いスルメを炙って食べる。皆、大好物だ。そのスルメを裂きながらいつも思い出す、あの昭和二〇年八月六日のことを。原爆があと一日早く前橋の町に投下されていたら……、あのスルメを皆で拾っていた時刻に、世界最初の原爆が広島を地獄絵のようにしたのだ……などと。少し複雑な気持ちとともに、今、平和な毎日を過ごす幸せを感謝し、再び戦争を起こしてはならないと心から願うスルメの思い出である。

私の名付け親、幸治叔父さん

私の名前は、戦死した幸治叔父さんがつけてくれた。叔父は父の次弟である。禮子という名前は平成の人には難しいようで、何と読むのかと度々尋ねられる。「れいこです。祭りの提灯に書いてあるあの字です。」などと説明している。堅いイメージで、大雑把な性格の私には過分で恥ずかしい。

私は、叔父のことは何も知らない。私が四歳の戦後まもなく、私の両親は父の実家つまり私にとって祖父母たちと別居して、川崎に移った。祖父母たちは、疎開先の前橋から都内に戻ることはなかったから、叔父の短い生涯を聞くことはなかった。私の実家に残る数葉の写真に、「これが幸治だよ」と父が指さす若者は、穏やかな笑顔の好青年である。無口だった父は、思い出話などをすることはなかったが、叔父が実業学校を卒業直後に出征したことや、昭和一七年一〇月に中国の四川省で特別攻撃の命を受け、二一歳の若さで戦死したことなど語っていた。

その叔父が、父と初めて身ごもった母宛に、「もし、女の子が誕生したら禮子と名付けて欲しい」と、戦地から手紙に書いてきた。昭和一七年春の頃と聞く。私の名付け親の由縁だ。死を覚悟していた叔父は、新しい生命に恋人の名を託し、自身の思いを込めたのだろう。

「幸治叔父さんの恋人ってどんな人だったのかしら」と時々思う。祖父は明治の教育者の下田歌子女史に大変心酔していたので長女に歌子と名付け、次女になる叔母ともども下田女史が創立した実践女学校で学ばせた。叔父の恋人もこの女学校に在籍していたのかしらなどと思い、勝手に、優しくてたおやかな人、などと想像をふくらましている。

戦争がなく平和の時代であったなら、二人は結ばれて子供や孫に囲まれて幸せな家庭を築いていただろう。存命なら今年（二〇一八年）は九七歳かと思う。爆弾を抱いて敵地に飛び込む決死隊であったことから、戦功により、今、多摩霊園の軍人墓地に永遠の眠りについている。彼岸や盆に、甥や姪に当たる私たちが時々墓参りをしているが、いずれ近いうちに子供を残すことができなかった叔父は、皆から忘れられてしまうだろう。私は、飯田橋あたりに用ができると、何時に限らず靖国神社に祀られている叔父を詣でる。私が叔父に敬慕の気持ちを抱いている間は叔父の存在があったということなのだから。そして、世界の平和を願ってくる。

幸治叔父さんに感謝していることが他にもある。私と私の夫との出会いは、叔父の二七回忌の法事の席での親戚同士の世間話の中から生まれたものだ。私が幸せな今の生活を過ごしているのは、叔父からの賜物なのだ。

私には三人の幼い孫がいる。近年の国内では、安保法制でもめている。ぜひ三人の孫たちの未来に、戦争に苦しむ時代が来ることのないようにと祈るばかりだ。

悲しい思い出に繋がる色

鮮やかな赤には、情熱・闘志・華麗などと、多くの人が抱くイメージがある。けれど、この真っ赤な色は、私にとって悲しい記憶につながる切ない色である。

私が生を受けた街、群馬県前橋市に、幼い頃のわずか四年間ほど住んだ。父の転勤先だった。現在は近代的な駅舎に建て替えられている前橋駅は、奇跡的に戦災を逃れ、当時、県都にふさわしい重厚な建物であった。

私は、昭和二一年の春浅い頃、この駅で、私の両親・祖父母とともに、海外から引き揚げてくる一組の家族を待っていた。父の長弟の家族である。当時の私は三歳と七か月、両親から、これから同居する同じ年頃の従姉妹たちのことを聞かされ、一人っ子の私は、遊び仲間のできる嬉しさで、列車の到着を今や遅しと待っていた。

この日のことは、幼心にも今もしっかりと覚えている。無事の帰国に祖父母は涙して、父は満面の笑みで歓迎を表した。初めて会う従姉妹たちは愛らしく、二人が着ていたふっくらと暖かそうなすてきな毛皮のコート、姉の啓子ちゃんは真っ白な、妹の美智子ちゃんは真っ赤なコートであった。

亡くなった私の母は、この日の印象を、「敬吾さんの天津での豊かな生活ぶりがすぐにわかったわ」と、後年、話題にしていた。

叔父は、終戦まで三井物産の天津支店に勤務していた。現地ではＧＨＱによる財閥解体により会社の存在が危ぶまれ、家族をもつ社員は帰国を優先にと伝えられていたという。当時、三歳と二歳の幼子を持つ叔父は、即刻退社し、帰国を優先にして前橋に住む私の両親を頼って引き上げてきたのだ。その夜は数年ぶりの再会を喜び、大きく変動した社会、これからの生活の不安など家族で話し合ったことだろう。

悲劇はその数日後に起きた。妹の美智子ちゃんが急死したのだ。天津の港を出港するときに予防接種は不可避であった。受けないと乗船できず、発熱の身体に接種したのだ。次の帰還船の予定がわからない当時のこと、叔父夫婦にとってつらい判断であったと思う。当時は食料もままならず、抵抗力の落ちた幼児に、冬の日本海を渡るということは、体力を大いに消耗させたに違いない。

私が今も悲しい記憶として鮮明に覚えていることがある。それは、父と叔父がどこからかリンゴを入れる木箱を求めてきて、その木箱に美智子ちゃんの小さな遺体を納め、その上にあの素敵な真っ赤な毛皮のコートがかけられていたことだ。当時の私にはあまりにも衝撃的なことだった。あのときに三歳であった私の脳裏に今も深く刻まれた鮮やかな赤。儚い命。忘れられない笑顔。

今、思う。あの鮮烈な印象を私に与えた真紅は、美智子ちゃんの無言の反戦の叫びではなかったのか。手向けの香華は一輪でもあったのか、なかったのか、他の記憶は薄い。

翌日、我が家から数キロほどの所にあった仮堂のような粗末な火葬場まで、叔父と父が風呂敷に包まれた小さな棺を抱き、赤城おろしの田舎道を皆で歩いて行った。悲しみに耐え、火葬の煙を見つめていた静枝叔母さんの姿を語っていた母も、今年一三回忌を迎えた。

宝石に思えたヤミ市のゼリー

新憲法公布の記念花火大会が日比谷公園で催された日と記憶しているから、昭和二一年の一一月のある日、私は母と手をつないでウキウキと歩いたことを懐かしく思い出す。

軍事産業に関わっていた父は、終戦まもなく失業し、東京で工具を造る会社をおこす準備で奔走していた。その頃父は、前橋から長兄が住む祐天寺に移って、一人、借家住まいをしていた。戦中から引き続き前橋の我が家には、父方の祖父母や天津から戻った叔父家族、独身の叔母など、九名が住んでいた。社宅ではあったが、ほどほどに広い屋敷だったので、平和な時代であったならそれなりに暮らしていけたと思うのだが、何分にも敗戦後の食糧難のこと、母は随分と苦労したようだ。戦争中は地元の農家からの産業戦士の皆さんへの好意で、あまり苦労はなかったようだが、戦後、社会体制が変わり、我が家は売り食いの毎日であった。母は、大勢の家族との同居で心身とも疲れはて、女学校時代はバスケットの選手であったという堂々の体格が、見る陰もなくヒョロヒョロであったという。

それは、一合の米、一束のうどんにしても貴重な時代、随分と気を遣うことが多く、頼りの父は不在、幼な子の私と肩を寄せ合って居候のような遠慮がちの生活に疲れて、東京にいる父の所に悩みを相談に来たときだ。

その日の母は、虎ノ門から三軒茶屋に疎開していた実家を訪ねた後、父と待ち合わせのため渋谷のヤミ市を歩いていたという。幼い私に、ヤミ市の雑踏や情景の記憶はないのだが、何か嬉しい気持ちで充ちていたように思う。思いがけなく母は、ある露店の前で足を止め、私に一包みの美しい菓子を買ってくれた。それは、苺色、レモン色、メロン色、桃色、ソーダ色と、現在ならそう呼ぶのだろうか。そう、赤、黄、緑、等々、二センチ角のゼリーで、一粒一粒透明のセロファン紙に包まれていた。その昔、駄菓子屋で量り売りをしていたあのサイコロ状のゼリーだ。

太陽に映えてキラキラとまばゆい色は、宝石にも勝る美しい色に見えた。今となっては、何時その一粒を口に入れたかは忘れてしまったが、その感動は今も忘れられない。多分、人工甘味料であっただろうが、母の手をにぎりながら、片方の手で新聞紙で作られた小袋に入ったゼリーを大切に抱えていた幸福感は、七〇年を過ぎた今も懐かしく思い出す。

平成も終わり、令和となった現在の街中には、美味が溢れている。季節に応じて美しく飾られたケーキや菓子、珍味、世界中の美味が日本の各所で楽しめる。けれど、私にとって幼い日、渋谷のヤミ市で母に買ってもらったゼリーほど、心ときめく素敵な菓子にその後出会ったことはない。

はやり歌で顧みる戦中・戦後

小林　和彦

私は一九三五（昭和一〇）年の生まれです。

一九四五（昭和二〇）年三月一〇日の東京大空襲での罹災、これに伴う多くの家作の焼失、私付きの〝姉《ねえ》や〟が行方不明になったこと、さらに、厳しい学童疎開、加えて、戦後に父親がシベリア抑留で餓死したこと、まさに「一夜乞食」のすさまじいまでの戦時・戦後の体験は、思い出すのも嫌で、今まで人には話さないで、今日に至りました。

このたび、我孫子市史研究センターの歴史部会の企画に賛同して、ボケにならないうちに筆を執らせていただきます。

軍国少年

当時は誰でもそうですが、私は典型的な軍国少年でした。緒戦の大戦果は、幼いながら鮮明に記憶しています。ハワイ真珠湾の戦果、それに続くマレー沖海戦の大戦果、イギリスの誇るプリンスオブウェールズ、レパレスの轟沈、さらにイギリスの東洋支配の拠点香港・シンガポールの陥落……。

♫　起つや忽ち撃滅の　かちどき挙る太平洋
　東亜侵略　百年の　野望を　ここに覆す　……

列強の植民地政策は、ここで事実上終焉を迎えるのですが、日本が遅れてきた帝国主義国家になろうとは……。私も、幼いながら有頂天になって、大戦果の度に「提灯行列」「旗行列」に参加したものです。夜はチンチン電車（市電）の花電車の見物に出かけました。

私が入園した幼稚園は、キリスト教幼稚園です。私も家族も信者ではないのですが、たまたま自宅の近所にあったからです。キリスト教幼稚園ですから、当然賛美歌も習いましたが。

♫　ニッポン　　ニッポンヨイオ国　　花ハ桜ニ　　山ハ富士
　日ノ丸揚ゲテ　　元気ヨク　　ススム日本ノ子供タチ

紀元節には

♫　ムカシ神武天皇ガ　　悪モノ共ヲタイラゲテ　　ハジメテ天子ノミクライニ
オオツキナサレタ　　メデタイ日コノ日ハ二月ノ十一日ヨ
　　イワイハイワエ紀元節

不思議なことに、賛美歌は覚えていませんが、このような戦時歌謡はよく覚えています。

国民学校入学・初空襲・配給制

国民学校（小学校）に入学したのは、一九四二（昭和一七）年です。この年、東京初空襲がありました。敵空母ホーネットから発進したB25一六機が、東京をはじめ川崎・横須賀・名古屋・四日市・神戸を奇襲攻撃したのです。

♫　空襲だ警報だ　怖い怖いも瓢箪《ひょうたん》お化けだよ
　心一つの隣組　守る覚悟があるからにゃ……

戦局の悪化に伴い、国民総動員態勢が敷かれました。各家庭には、空襲に備え、防火用水の設置と火叩き、バケツはしごなどの設置が義務づけられました。

ラジオから「東京軍管区情報、東京地区に警戒警報発令」と放送されると、近在の工場・事業所から一斉にサイレンが鳴ります。ウーンと途切れずに鳴るのは警戒警報で、ウーン・ウーンと途切れて鳴るのが空襲警報です。電灯の廻りに布を巻くなどして、光が外に漏れないようにするのです。警防団の方々が町内を見廻って、灯火が漏れていると、「○○さん、灯が漏れてますョ」と注意を受けることがあります。東京の夜は一斉にブラックアウトになるのです。

♫ 今は非常時　節約時代　　パーマネントはやめましょう　　革靴よして　下駄を履く

　銃後の務めを果たしましょう　　国民精神総動員

どなたか素人の方が創作した替え歌と思われますが、巷ではけっこう口ずさみされていました。

♫ 戦に勝つにゃ　お互いが　　持場・職場にいのちがけ　　こんな苦労じゃまだ足りぬ

　そうだその意気その気持ち　　揃う揃う気持ちが国護る

「一億一心火の玉だ」「足らぬ足らぬは工夫が足らぬ」「欲しがりません勝つまでは」「一本のタバコを二人で吸い合う兵もある」、このような標語が、銭湯や町内の掲示板などに貼られ、一億国民に禁欲生活が要請されました。食料・衣料などが配給制になり、衣料品は衣料切符がないと買えません。

　奈良の大仏腰巻巻けば　　衣料切符は百万点、百万点

団体行動

一九四四（昭和一九）年四月に、私は三年生になりました。三年生になると、大日本青少年団の一

員になります。学校に登校するにも集団登校で、団長の発唱で、団訓唱和を唱えます。

私たちはみんな仲良くいたします　心と身体を鍛えます　御国《みくに》の為に尽くします

この団訓唱和は当局（学校も）が指示したのか、あるいは自発的なのかわかりませんが、唱えながら登校しました。校門の三〇m近くになると、団長が「歩調とれ」と命令を下します。私たちは両手を振って歩調を整えて、校門をくぐります。校門の両脇には、上級生の週番が、襷をかけ棒を持って立っています。校門を入ると、奉安殿があります。奉安殿には、天皇・皇后両陛下の御真影が飾られています。奉安殿の前に横一列に並び、団長の「奉安殿に対し奉り最敬礼」の命令で一斉に頭を下げてから、各クラスの教室に入ります。

上級生の一部が、集団登校の前に、近くの牛島神社に必勝祈願の朝参りをしていると聞いて、何回かご一緒させていただきました。

♫必勝祈願の朝参り……

と、必勝祈願の歌を歌いながらの参拝です。歌いながら涙を流した記憶もあります。自然に涙がこぼれてくるのです。

戦局悪化

しかし、戦局のますます悪化している様子が、大人たちの動静でわかります。我が家の前では、国防婦人会と思われますが、女性ばかりで竹槍の稽古をしています。本土決戦になっても、竹槍では勝てる道理がないことが、子供心にもわかっていたからです。

人々は、防空頭巾と三角巾を持ち歩いていました。私たちも、登校するときは、防空頭巾を右肩に、救急袋を左肩に掛け、胸には、本籍・住所・氏名、それに血液型を記した名札をつけ、下着・ズボンにも名前を書くように指示されました。

学校など大きな建物の周りは爆撃の対象になるとのことで、建物疎開で取り壊されました。私たち児童も、三年生以上は疎開が命じられました。縁故疎開と強制疎開（集団疎開）です。田舎に親類・縁者がいる児童は縁故疎開に、縁故のない児童は強制疎開です。私は、父親の実家が福島県の会津にありましたので、幸いにも縁故疎開です。私の疎開先は、祖父母、それに叔父・叔母が健在でしたので、恵まれた疎開生活でしたが、集団疎開は大変だったと聞いています。

疎開先の学校教育

当時の田舎は、都会と違って平和そのものです。防空頭巾も救急袋もいらない生活です。ただ、学校だけは都会と同じで、軍事教育が徹底していました。音楽の授業でも、ドレミファソラシドという音階は敵性語なので使ってはいけないということで、ドレミに代えてハニホヘトイロハ・ハロイトへホニハと教えられました。音楽の試験では、このハニホヘトイロハの音階の和音、たとえば、ハニホ、この音階の和音をオルガンのハとニとホの三つの鍵盤を同時に鳴らして聞かせます。これを聞いて「ハニホ」と答えれば、正解です。これは耳の訓練で、敵の航空機、たとえば「グラマン」「カーチス」あるいは「ボーイング」を聞き分ける訓練です。体操でも、上級生は、本土決戦で敵兵が上陸してきた際にアメリカ兵の急所を足で蹴る訓練をし、蹴り上げる足の高さで評価されると聞いています。

時間割で、「作業」という教科が多いのも特筆されます。正式の教科ではないでしょうが、作業には「落ち穂拾い」「いなご捕り」「藤蔓《ふじづる》取り」などがありました。藤蔓は、皮を剥いで軍事用のロープを作るためと聞いています。

なかには「松根油掘り《しょうこんゆ》」というのもありました。松の木を伐採して、松の木の根を掘り出すことです。一本の松の木の根を掘り出すのに、クラス全員で二日あるいは三日かかります。これを、田んぼの中に即席で作られた製油所で乾留して、油を絞るのです。この油で飛行機を飛ばすのです。とれる油は、一本の松からはごく少量で、こんなものかと溜息をついたことがありました。

こんな日々の中に、八月一五日を迎えました。軍国少年であった私は、これで私自身の一生を含めて全てが終わったと思いました。

敗戦直後

八月一五日を境にして、価値観が一変したのです。戸惑ったのは私ばかりではありません。学校の先生方も戸惑っていました。私の担任の先生は、

「今まで君たちに教えたのは間違っていた。私を殴れ。」

と言って、黒板の前に座りました。たとえ間違っていたとしても、恩師です。殴れと言われた生徒も、戸惑いました。教科書に墨を塗ったのも、この頃です。

八月一五日以前は全てが悪で、八月一五日以後は全てが善です。ちょうど、明治維新の時の「旧弊打破」と同じ。……ご維新の前は全て悪で維新後は全てが善。

識者の中からは「俺は本当はあの戦争は反対だったのだ……」「俺はこの戦争は負けるものと初めからわかっていた……」。お先棒担いだ連中が、俺も俺もと発言するのを聞いて、腹が立ったものです。冒頭に書いたとおり、戦中・戦後に触れたくないと言ったのは、このためです。

♫向こう通るはジープじゃないか　見ても軽そなハンドルさばき

または、

♫粋なジャンパーの　アメリカ兵の　影を追うような　甘い風……

ご存じ、岡晴夫の「東京の花売り娘」の一節です。昨日まで「鬼畜米英」と言っていたのが、嘘のようです。アメリカは粋で日本は野暮、このような自虐思想は、ラジオで連日放送された「真相はこうだ‼」の影響もあろうと思われます。わが国の戦前・戦中の悪を、連日のようにこれでもかと、しかも夜八時台のゴールデンタイムで放送されたのです。最初のうちは、「嘘だよ、デマ放送だよ！」と言って聞いていた人も、連日のように放送されると、「本当かな」と言って、受け入れるようになりました。

何か事にふれると、「だから日本人は駄目なんだよ！」。このようなフレーズは、よく耳にしたものです。アメリカ製の映画で、海賊の首領の金属製の義手が毀れるシーンがありました。そのときの字幕に「何だ、日本製かよ！」というくだりがありました。観客は、一斉にどっと笑うのです。「日本人はだめだ！」「日本の商品は粗悪品」。日本人自身が日本人も日本製品も否定するようになったことは、戦勝国アメリカの占領政策の成功と言えるでしょう。

こんなこともありました。東京駅の北口から八重洲口に抜ける通路があります。たしか、道幅は九mくらいだったと思われますが、その道幅の三分の二の六mは「進駐軍専用通路」とされ、ロープで仕切られています。何人かの駅員が、日本人が通らないよう監視していました。残りの三mくらいが、日本人の往復の通路で、肩が触れあうほど混雑していました。専用通路を通れる唯一の日本人は、アメリカ兵に同伴して歩くパン助（パンパンガール＝街娼）かオンリーさん（一兵士専属の慰安婦）だけです。パンパンガールがアメリカ兵の腕に寄りかかって、鼻を高くして通り抜けるのを目撃しました。こんな一件に遭遇して、確かに日本は敗戦国なんだと痛感させられました。

中学生になって

昭和二三年に私は新制中学生になりました。戦災で教室が足らず、焼け残った小学校に同居させてもらっての授業です。しかも二部授業で、一部の授業が終わった後に二部の授業が始まるのです。

新制中学には給食もなく、弁当持参なのですが、雑炊やすいとんなどは持参できないので、「夕べ」といって家に帰って昼食をとるのです。昼休みの一時間に家に駆け帰り、食事を済ませ再登校するという毎日です。

ヤミ市で「丼ぜんざい」で済ませる子供もいました。丼ぜんざいとは、サツマイモを粥状にしたもので、サッカリンやズルチンなど人工甘味料で甘くし、それに小豆を少量散らしたものです。食べた瞬間はおなかいっぱいになり、当時としては好評な食べ物でした。

まもなく、朝鮮戦争が始まりました。日本経済は、特需で息を吹き返しました。これまでは、鍋や釜など付加価値の低いものばかり作っていた工場も、朝鮮戦争の軍需品、焼夷弾やナパーム弾を作るようになりました。神田岩本町にあった特別調達庁では、連日、特需景気にありつこうとする人たちで列をなしていました。朝鮮の方には気の毒ですが、この戦争が、高度成長のきっかけになりました。

一九五六年六月の時の経済企画庁の『経済白書』は、「もはや戦後ではない……」と言いはなちました。その後、日本経済は順調に発展して、世界第二位の経済大国になったのは、ご承知の通りです。

八月一五日、川遊びから帰って

財前　重信

昭和二〇（一九四五）年八月一五日、その日は雲一つない日差しで暑い一日であった。私（小学三年）が川遊びから帰ると、家人が、ラジオの前で沈痛な面持ちで座っていた。終戦の玉音放送であった。何か、いつもと雰囲気が異なる。子供心に尋ね難い空気を感じた。玉音放送の内容を知らされ、戦争が終わったのだという安堵感を覚えたが、同級生の、父親の戦死を知ったときの悲しみ顔が忘れられなかった。日本は、大東亜共栄圏の野望に燃えて、日本帝国一丸となり突き進んでいた。その野望が潰え去った一瞬であった。

私の両親は昭和八年、満州へと希望に燃えて旅立った。昭和一二年、私はハルピンで生まれた。程なく父は病に倒れ、昭和一四年に彼の地で亡くなった。私が二歳足らずの時であった。やむなく母は、幼子の私を連れて帰国し、母の実家（大分県豊後高田市）に身を寄せた。母は、自活のため、別府市で看護士と産婆になり、私を養育することになった。その後母は再婚し、私を実家に預けることになった。

昭和二〇年の七月・八月になると、爆撃機B29の編隊が北九州工業地帯を空爆するため、まるでハチが空に群がるように、真っ黒になって飛んで来た。ラジオの大本営の発表する戦果とは何か違っている、と子供心に感じていた。

私はこの豊後高田市の母の実家で暮らし、小学校、中学校に通った。高校は伯母の嫁ぎ先の寺（曹洞宗・ここで私はお経を上げることを学んだ）に寄宿して大分県立杵築高等学校に通った。長じて広島大学に学ぶことになり、この目でつぶさに広島の戦火の惨状を見ることになった。当時広島は、原爆が投下されて一〇年経っていたが、悲惨な状況であった。

ある銀行の玄関先の石畳に座っていた人物が、原爆の熱線により一瞬にして蒸発して、今はその人影を残すのみとなっている。また、母親が、迫り来る火の中で、我が身を置いて逃げるよう涙ながら我が子に諭したという話も聞いた。広島ガスのガスタンクに今も残っているのは、熱線で焼き付けられた陰影などである。

—今年も、暑くそして長い夏の一日がやって来た。

「原爆許すまじ。我等の上に」

平凡で穏やかな暮らしを願う一市井人の思いである。

「過ちはくり返しませんから、安らかに眠って下さい。」

一部の人間の利益追求のための侵略戦争を引き起こすことなど、絶対に阻止しなければならない。言論、信教の自由は保障されなければならない。我らが住むこの世界から、戦争はなくさねばならない。言論、信仰の自由を守るために、今こそ決起しなければならない。そして、全てを破壊尽くす戦争こそが諸悪の根源である。

今こそ自由と平和を死守するため、身を捧げねばならない。決意を新たにする時である。

貧しくても生き生き
—茨城・利根川辺の子どもたち—

逆井　萬吉

昭和一五（一九四〇）年、我孫子からそんなに遠くない茨城県の純農村に生まれた自分。太平洋戦争の記憶は数々ある。その中から、特に忘れられない思い出を二、三あげてみたい。加えて、戦後の子どもたちがどのように生きてきたかを、自身の体験に基づき振り返ってみる。

艦載機の銃撃を受ける

戦時の記憶で最も鮮明なのは、昭和二〇年三月九日夜の東京大空襲である。寒い夜中に家族と起きて、近所の人たちと高台から東京方面の空を眺めた。まるで夕焼けのようだった。それが東京大空襲だとわかったのは、終戦になってからである。真夜中の真っ赤な夜空を見てから間もなくして、東京に身内がある人たちは互いに声をかけ合い、安否の確認に上京して行った。亀戸駅近くで焼死したらしい叔母は、見つからなかった。叔母が働いていた店は今も同じ所にある。叔母に助けられたと言う、自分と同年齢くらいの女性がいて、空襲時の模様を聞きに行ったことがある。

戦争も終期の頃と思うが、役場の屋根に乗っていた空襲警報のサイレンが、頻繁に鳴るようになっていた。ある日母と畑にいたとき、遠くから「艦載機が来る！」と叫ぶ声が聞こえた。ほとんど同時にサイレンも鳴った。母は自分にリヤカーに乗るように命令し、すぐに走り出した。艦載機が数機、低空飛行してくるのが見えた。三百m程のところに杉の大木が数本、そこを目指した。母のリヤカーは速かった。母四五歳ぐらいか、以後あのように早く走った母を見たことがない。後ろの方から、バチバチバチと弾丸が落ちたような音も聞こえた。リヤカーに乗りそこなった自分は、母からどんどん離されていった。母が杉の木の下に無事避難してリヤカーを見たら、私がいなかったので仰天した、とよく聞かされた。自分もはっきりと記憶の中にある。

母の思い出でもう一つ。空襲警報で家族みんなが防空壕に逃げ込んだ夜。避難した直後に母が急に防空壕から飛び出そうとした。

「おっかさん　どこへ行くんだよ」

「ランプ消すのを忘れた」

「行くなよ。爆弾にやられちゃうよ。行っちゃあ駄目だよ」

母はみんなが止めるのを聞かず母屋に走り、まもなく裸足のまま戻ってきた。あの時の安堵感も忘れない。その晩は近くの沼に、キラキラ、キラキラ光りながらゆっくり落下する不思議な物体を見た。翌日、みんなと小舟でキラキラを探しに行った。銀色に輝く長い長い鉢巻のようなものが、水辺の杭に引っかかっていた。後になって、アメリカ軍が使う、電波を妨害するものと知ったが、その時は、大人たちもわからなかった。

その頃だと思う。隣村の麦畑にB29が撃墜され落下した。畑に大きな穴、中に飛行機の残骸。お祭り以上の人がいた。側溝に放置?されていた焦げ茶色の死体を、大人が竹槍で突っついていた。『死んじゃったのに、可哀そうなことをする』、本気で思ったことを覚えている。

「流作《りゅうさく》の田んぼ（現坂東市矢作《やはぎ》新田）を田中飛行場と間違えたんだっぺ」

「富勢《とみせ》の高射砲隊に撃たれたんだっぺ」

大人の会話が聞こえていた。今日、田中飛行場は「柏の葉」に変貌している。富勢の高射砲隊の跡も、現富勢中学校の近くに確認しに行ったことがある。自分が近くに住むことになるとは思わなかった。〔編集注　流作＝流作場《ば》のことで、河川や湖沼の堤防の水辺側に開拓された水害を受けやすい農地〕

昭和二〇年八月一五日、ラジオのある家に父と行って聞いた玉音放送。父は自分を自転車から降ろさず、大勢の人の中に消えた。放送の内容なんか全く知る由もなかったが、大人たちが口々に、「日本は負けた」「戦争が終わった」。家に帰ったら、五つ上の姉が号泣。

「アメリカ人に殺されちゃう。先生が言った」

父は兵役の年齢は超えていたが、家業の鶏卵商を国家に奪われ、日立精機に軍事徴用されていた。食堂から貰って?来たのだろう、缶入りふりかけの美味しかったことが忘れられない。でも、なぜか父は、八月一五日には家にいた。調べてみたらその日は水曜日、今ごろになって疑問を持った。父からの手紙があるが、差出人のところは「千葉県某郡某町某工場より」だった。大砲の部品を作っていると聞いた気がするが、その頃はもう材料の鉄もなくなっていて、帰宅させられたのだろうか。聞いておけばよかった。手賀沼での社内水泳大会など、我孫子の写真がたくさんあった。それも、もらっておけばよかったと後悔している。

〃異様な〃体験だった採取と回収

食べ物や生活物資が悉く不足していた戦後、自分らの農村では、小中学生を動員した奉仕?・活動を、教育活動の一環として行っていた。今思うと、異様な体験。振り返ってみる。

まず、松根油《しょうこんゆ》採り。これは太平洋戦争中のこと。里山に行き、直径約二〇センチ以上の比較的太い松の幹に、鎌などで魚の骨を逆さにしたような疵をつけ、いちばん下に竹筒や空き缶を下げる。数日後見に行くと、やや硬くねばねばした香りのある淡黄色の樹液が溜まっている。航空機の代用燃料のテレビン油を採取したらしいが、ホントに軍用機の燃料に利用できたのだろうか。姉たちが学校に持っていくので、いっしょに里山を歩き回った。楽しかった。季節によって異なるが、アケビ・シドメ(ボケ)・栗・柿・椎の実・グミ・タルグミ・ヨーシドメ(ガマズミ)などをよく採って食べていた。

「仙人のご飯だ」

と、松の枝にあるタンコブ、その割れ目に橙色の樹液。小指の爪につけて舐めていた。甘かった。あれは松の病気に相違ない。やはり病気だろう、山ツツジの葉が丸く膨れているのを見つけ、口にしていた。どんな味だったか覚えていない。誰もしていたことであったが、単なる遊びだったのか、ひもじかったのか。思い出してみても、空腹だったから食べたという記憶ではない。学校帰りに友だちとよその畑に入り、さつま芋や落花生を掘り、食べたこともある。誰も腹をこわさなかったのが不思議。

学校が早仕舞いか休日などには、こんなことをした。

まず、廃ゴム集めである。カバンを家に置いてから、地区単位で小学四年以上が集まる。中学の最上級生がリヤカーを引っ張り、一緒に家々をまわる。

「ばあちゃん、イラネ（要らない）ゴム、アッカイ？」

「こんな物でいいのケ？」

履けなくなったズックや自転車の古タイヤを差し出す。

終戦後でゴムは不足していたのだろう。自分が小学校低学年の頃は、靴がなかった。誰も下駄履き。雪が降ると大変、下駄は歯の間に雪が詰まって立つことさえ困難。登校には無理だった。それで何と、雪の日に裸足で登校した人もいた。大人の地下足袋を履いた人もいたが、すぐに濡れてしまう。裸足と同じだった。家によっては、古い長靴もあったが、ほとんどが破れていて、履ける状態ではなかった。こんな経験、現代の人は多分大人だって信じないと思う。

ガラスの破片を集める日もあった。コップやビンの破片、割れた鏡などである。ゴムのときと同じで、家の並びが途絶えたところなどに木箱が設置されていた。上級生が箱に杭を打ちつけ、横に墨で大きく「公徳箱」と書いてあった。その中も棒でかき回し、ガラス片を集めた。

針金や穴の開いたバケツなど、金属集めの日もあった。割り当てみたいのもあったのか、友だちが毎日使っていた匙（スプーン）を持ってきたことを覚えている。上級生がリヤカーを引っ張り、小学生が後を押す。学校で勉強するよりもずっと楽しかった。子どもの人数も多かったから、リヤカーの後押し担当は奪い合っていた。みんな生き生きしていた。敗戦で物不足・不景気なんて、自分らはあんまり考えていなかったと思う。

学校を早仕舞いにして一斉に行ったわけではないが、茶の実や樫の実・トウヤク（センブリ）を持っていく日もあった。猿島《さしま》茶の産地ではあったが、自分らの地域には茶園は少なく、畑の境界に植えられていただけ。しかも、誰かが実を拾った後は、当分の間落ちていない。あれで学校の廊下を磨いたこともあるが、実際は何に活用されたのだろう。一人一升以上と決められていた。

樫の実は一人三升以上がノルマ。自分の家には大きな樫の木があったから、秋に飴色になって落ちた実はいくらでも集められた。友だちも呼んであげた。でも、あんな物、何に役立ったのだろうと今でも不思議に思っている。

トウヤクは腹痛のときに必ず、母に煎じたのを飲まされた。とても苦かった。今でも山の温泉場などで売っている。白く小さい可憐な花が咲く薬草を、姉たちと里山に採りに行った。でも、乾燥すると量がかなり減ってしまう。持っていく量は決められていなかったと思う。だから、カブトやハサミ虫（クワガタ）をよく捕まえていた。地面近くに、黄色く熟していたシドメ（野ボケ）をかじっていた時季だった。すごく酸っぱかった。楽しかった。

生き物を捕る日もあった。イナゴ・シジミなどである。これは、夏休みの決められた日に、地区担当の先生が来て朝から捕った。イナゴ捕りは、翅《はね》が濡れている朝方がいい。跳ねるだけで飛ぶことはできない。でも、先生が来るのは太陽が高く昇ってから。みんな待ちきれず、畦道で捕り始めている。

そうして、

「センセ、クン（来る）のオセーよ。ハー（もう）、ナゴ（イナゴ）は飛べるようになってっと」

「ホウガ（そうかあ）、じゃあ運動神経の鈍いのだけ捕っぺ」

竹筒に手拭で作った袋をつなぎ、競い合って捕った。

「ブッツァッテンの（おんぶしているの）また捕ったぞ」

大声で自慢する。カップルなのだろう、二匹いっぺんに捕まえられる。嬉しかった。これらも学校でドッジボールや文具を買うためだと教えられていた。

沼ではシジミ以外のタヌシ（タニシ）やタンケ（イシガイ）、カダッケ（カラス貝）も捕れたが、学校にあげるのはシジミだけ。男の子は水泳を兼ね半分は遊び。沼のことはよくわからない先生が、

「そんな深いとこへ行っちゃあ駄目だ」

「センセ、こっちの方がシジメ（シジミ）はイット」

と、うそをついて遊んでいた。だから、岸辺の砂地で足首ぐらい水に入っていた女の子の方がたくさん捕っていた。大人の靴ぐらい大きいカダッケは、家で食べた。味噌煮がうまかった。エビガニ（ザリガニ）なんかとともに、あの頃の貴重な家庭の蛋白源だったと思う。

国語や算数の時間なのに、急にキノコとりに変更になったこともあった。学校の近くに里山があった。先生たちが決めたのだろう、よそのクラスと一緒にはならなかった。図書室の本を揃えるためと聞かされた。季節によって違うが、ショウロやシメジ、乳茸・初茸が女の子の持つバケツにいっぱい

になった。梅雨のころか、
「ショウロッコ、ショウロッコ、松山のショウロッコ。松山が火事だから早く出て来い出ーて来い」
口々に言い里山を歩き回った。真っ白くまん丸いショウロ、いい香りがした。男の子は蛇を捕まえたり、クマンバチ(スズメ蜂)を枝などで押さえて尻の針を抜き、手のひらに乗せ女の子に見せたりもした。

昭和三二年ごろまでは、田植えや茶摘み、稲刈りの時季にそれぞれ数日間学校が休みになった。いわゆる農繁休である。我が家は、耕地が狭かったからすぐに終わってしまう。だから友だちの家を手伝った。先生が、
「必ず家の仕事を行うこと。先生が見回る。遊んでいるやつがいたら学校に来てバツ掃除」
先生がいつ廻ってくるかわからないから、あまり外には出なかった。

田植えが機械植えでなかった当時は、田んぼに蒔いた苗代の害虫駆除(薬剤散布)も、子どもらが一斉に行った。でも、噴霧器の数があまりなく、上級生しか仕事ができない。苗代の場所があちこち離れていたので、時間はかかった。小学生だった自分らは、エビガニやカエルを掴まえ楽しんでいた。

地域のドブに殺虫剤散布もした。釣りの餌のメメズ(ミミズ)が死んでは困るので、自分のところは撒かなかった。この活動はなぜか新聞に載った。当時人気があったＮＨＫの藤倉アナウサーも村に来て、自分ら少年衛生団の様子が夕食時にラジオで放送された。昭和二六年、小学五年生の時だった。

棕櫚《しゅろ》の葉でハエ叩きをつくり、取ったハエを学校に持っていったこともある。はじめ、新聞紙に包んで持っていったが、悪臭がして気持ち悪かった。あとで、先生がＢＨＣやＤＤＴの粉末をかけて広

口瓶に入れる方法を教えてくれ、そのようにした。この方法は一匹一匹がくっつかず、嫌な臭いもしなかった。先生が、一人一人の捕ったハエの数を帳面につけていた。中学三年の時だった。

最後に、奉仕活動とは言い難い子どもたちの仕事を述べる。昭和二〇年代だったが、子どもたちが選挙活動に参加した。当時、各自治体では投票率を競っていたらしい。選挙の日の夕方、子どもたちが投票所に集合。リヤカーが何台か置いてある。投票所の職員が、子どもたちに

「○○の爺さんがまだ選挙に来ていねー」

「わかった。すぐ連れてくる」

と、自分たち。リヤカーを走らせ爺さんの家に行く。

「役場の人が選挙にコー（来い）と言っテット」

と言いつつ寝ている爺さんを、みんなで無理矢理抱きかかえてリヤカーに乗せ、投票所まで運んでいた。リヤカーには座布団一枚だけ。子どもたち数人が引くリヤカーは速い。爺さんは両手で手すりをしっかり掴み、顔が引きつり恐怖の顔。投票所に着くと、待っていた職員が

「爺ちゃん、この中でどの人がいい？」

何にもわからない爺ちゃんは、手を震わせながら適当に人さし指を出す。職員が、持っていた候補名簿を爺さんの指にこれまた適当に触れる。そうして

「はい、○○爺さんはこの人に投票」

と、言って別の係の人に告げる。子どもたちには
「オメーラ　ご苦労さん。気をつけて送ってよ。あんまり吹っ飛ばす（スピードを出す）なよ」

「オッケー」

子どもたちは、また走っていく。そうして、大人らは
「今年は投票率九九・××パーセント。〇〇村には絶対勝ったッペ」

こんなこと、今日では考えられない。当然、法に触れるだろう。

　休み中のことはともかく、学校を早仕舞いにして一斉に実施した廃ゴムなどの収集は、昭和二七年頃にはなくなっていた。褒美のようなものは、鉛筆一本・あめ玉一つもらった覚えがない。

　戦後の貧しく物不足の時代、それでも子どもたちは生き生きと明るかった。大勢で行動していたからかもしれない。農村ゆえ、貧しくても、子どもたちには最低限の食物も家もあった。家族や家を失った都会の戦災孤児たちとは、環境が全く違っていたからだろうか。

　しかし……、しかし、これからの日本の子どもたちには、こんなことは経験させたくない。国家が、国民に人間を殺せと命令する戦争。いかなる言い訳があっても、絶対に、絶対にしてはいけない。

　関東平野の真ん中、茨城県の我が故郷での思い出である。


（二〇一八・九・一五）

米軍ミリタリーポリス同乗勤務顛末《てんまつ》記

―警視庁巡査、米兵の行状にびっくり仰天―

佐藤　章

警視庁巡査、ＭＰ（Military Policeの略）同乗勤務を命ぜらる

私は二〇歳になった昭和二二年五月一二日、警視庁巡査を拝命、警察練習所（現警察学校）で約四か月の教習を終え、同年九月一五日、新任巡査として京橋警察署（のちに同署は日本橋警察署に統合され中央警察署と改称、京橋警察署のあとは警察博物館）に配属され、約九か月の交番勤務を経験したのち、創設された警視庁予備隊南部区隊（現第三機動隊）の会計係となり、さらに英会話講習生（身分は警視庁教養課勤務）に選抜され約六か月の研修を終え、大森警察署警備係渉外担当を経て、昭和二六年一月二〇日、警視庁警備部警ら課警ら第二係に転勤、ＭＰ同乗勤務を命じられました。

米軍ＭＰ、東京23区をパトロール

当時、日比谷交差点角のビルに米軍憲兵司令部があり、その指揮のもと、第720憲兵大隊のＭＰが原則二名一組で東京23区の要所をパトロールしていました。そのうちノーマルパトロールとトラフィックパトロールのジープに、警視庁巡査が同乗しました。運転席と助手席にＭＰが、後部座席に警視庁巡査が同乗したのです。

ノーマルパトロールは23区をいくつかの方面に分け、夜間、方面内の警察署を順ぐりに巡回しながらパトロールに従事、その近辺で米軍将兵に関わる事件事故があると、憲兵司令部からの指令で現場で処理に当たりました。すべて米兵の日本人に対する暴行、傷害、器物毀棄、ときには強盗事件で、日本人が加害者になった例はありませんでした。

当時、日本警察官には米軍将兵に対して逮捕権を行使することができず、「アメリカ兵が暴れている」と訴えを受けた日本警察官は、現場に着いても、口頭で制止するだけでした。うっかり米兵の体に触れると、「日本警察官から暴行を受けた」と言いがかりをつけられるおそれがありました。私もこの例を二、三聞いたことがあります。どうしても日本警察官は及び腰になってしまいます。そして、現場に到着したMPに事情を説明して処理してもらうのです。こういう時が同乗の警視庁巡査の出番です。当時この種の事件が毎夜数件発生し、特に週末は多発しました。

トラフィックパトロールは、昼間、第一京浜、第二京浜、甲州街道、川越街道、環状4号線を行ったり来たりして、主として米軍将兵の交通違反の取り締まりに当たりました。そして、パトロール路線の近くで事件事故があると、指令を受けて処理をしました。粗暴犯もありましたが、多くは交通事故でした。この時も同乗の警視庁巡査の出番です。

当時まだ道路事情が悪く、市街地での米軍の速度規制は二〇マイル（三二キロ）でしたが、米兵の無謀な運転で多くの日本人歩行者、自転車、バイクが交通事故の犠牲になりました。MPのなかには、被害者が意識不明のまま路上に横たわっているのに、「CID（Criminal Investigation Department〈犯罪捜査局〉）が来るまで動かすな、触るな」と言って救急車も呼ばせないのがいました。私の拙い英会話で、喧嘩腰でMPと怒鳴り合うときもありました。

これらの当事者となった米兵がどのような処分を受けたか日本側には知らされることもなく、新聞やニュースで報道されることもありませんでした。

なお同乗の警視庁巡査には、ノーマルパトロールの場合は夕食が、トラッフィックパトロールの場合には朝食と昼食が支給されました。食事の内容は兵士と同じで、Mess Hall（大食堂）でMPといっしょに、時には会話を交えながら食事しました。

第720憲兵大隊の兵舎は晴海通りの勝鬨《かちどき》橋のたもとにあり、同乗勤務の警視庁巡査はこの兵舎に出勤しました。トラフィックの場合は、午前六時、隊庭に整列しているMPの末尾に我々も連なり、米国国歌の旋律のもと掲揚される星条旗に「注目」の礼をとり、ノーマルの場合は午後五時、同様に降下される星条旗に「注目」の礼をとるのでした。当時、日本国内では公式には国旗の掲揚や国歌を歌ったり、演奏することは認められませんでしたので、旧敵国の国歌や国旗に敬意を表するのはいまいましい思いでしたが、仕方がありませんでした。

そして日比谷の憲兵司令部に立ち寄り、必要な指示連絡を受け、パトロールに出発するのでした。トラフィックの場合は午後五時頃、ノーマルの場合は翌日午前一時頃、憲兵司令部に戻り、勤務終了になるのでした。

性の防波堤？ パンパン・曖昧屋・Ｏｎｌｙ《オンリー》の存在

私はこの同乗勤務を命ぜられた時、軍隊特有のレイプ事件も取り扱うこともあるだろうと覚悟していましたが、意外にも、私の在勤中レイプ事件を扱ったことはありませんでした。また、同僚からも、扱ったという話も聞きませんでした。上記の存在が防波堤になっていたのかもしれません。

当時、米軍施設の周辺や盛り場には、パンパンガール（略してパンパン）という街娼が徘徊していました。表向きは小料理屋やバーの営業を装いながら、奥で売春をする店もありました。江戸時代から言われている曖昧屋《あいまいや》が、米軍施設の近くにもあったのです。赤羽に米軍兵器廠があって、その近くにそのような店がありました。米軍から OFF LIMITS（立ち入り禁止）の指定を受けていましたが、違反者が絶えませんでした。

私がこの勤務を命ぜられて間もなく、兵器廠の下士官とＭＰがその店を臨検、居合わせた米兵数人を摘発、兵舎へ護送したのですが、なんとそのＭＰがその店に戻ってビールをガブ呑みしはじめたのです。これには私も唖然、茫然、びっくり仰天、この国の軍隊の規律はどうなっているんだろう、こんな国の軍隊と日本軍は戦って敗けたのかと、情けなくなりました。

別の日に別のＭＰに同乗した時、運転担当の米兵が、後部座席の私を振り返りながら、盛んに「Thirsty」「Thirsty」（のどが渇いた）と言うのです。そんならドライブインかコーヒーショップで水かコーヒーでも飲めばいいじゃないかと思っていたのですが、その店に立ち寄り、ビールをガブ呑みしはじめたのです。これにも驚きましたが、「Thirsty」にも、もうひとつの意味があると知りました。

別の日、別のＭＰもこの店に立ち寄り、ビールをガブ呑みした揚げ句、女と連れ立って店の奥に入り三〇分ぐらいして戻ってきて、悪びれる様子もなくパトロールを続けたのです。私はそれからは、ＭＰがサボリでジープを降りたときは、車内に残ることにしました。ＭＰによっては、「オマワリサン ドウソ」と言うのですが、断って車内で待つことにしました。

日本に比較的長く駐留している兵士のなかには、日本人女性を「お妾さん」のように囲っている者もいました。日本人住宅の六畳間か八畳間を借りて女を住まわせて、休日に通ってくるのです。このような女性は「Ｏｎｌｙ《オンリー》」と言われました。当時二〇歳ソコソコの若い兵士でも、一〇〇ドルぐらいの月収があったようです。まだそのころは講和条約締結前でしたので、日米間は国際法上では戦争状態と見なされ、戦時手当が加算されたのです。今の一〇〇ドルは大したことはありませんが、一ドル三六〇円の時代、二〇代前半の独身巡査の私の月収は一三〇〇〜一四〇〇円ぐらいでしたので、米兵が日本人女性を囲うのはなんでもないことでした。ＭＰのなかでもＯｎｌｙを囲っているのもおり、パトロールをサボって時間を潰す者もいました。

Ｏｎｌｙは相手米兵から暴力を振るわれることが多く、しばしばＭＰが取り扱うことがありました。私もしばしばお供をしたのですが、彼女たちの部屋には家具等はなく、部屋のすみに寝具がたたまれて置かれているだけでした。私は「Ｏｎｌｙは SＥＸの道具で人間扱いされていないのじゃないか、Ｏｎｌｙもそれに甘んじているのではないか」と思いました。ＭＰはＯｎｌｙに Complain（訴え）するか、しないか確かめるのですが、通常「しない」と答えるので、ＭＰはその場を納めるだけで引き揚げますが、私の扱いのうち一人だけ「する」と答えたのがいて、相手米兵は二〇歳ソコソコの若者でしたが、憲兵司令部に連行されることになりました。Ｏｎｌｙは二四〜二五歳と見えましたが、泣きながらそれを見送っていました。

Ｏｎｌｙは譲渡の対象にもなりました。ある時、私が Mess Hall で昼食中、隣のテーブルで、近くアメリカ本国に帰還するＭＰと、新たにＭＰになった兵士が、食事しながらＯｎｌｙの取引の相談をしていたのを耳にしたことがあります。

ＶＤ

パンパンや曖昧屋の女を相手にしていると、ＶＤ（venereal Disease〈性病〉の略）にかかるおそれがあります。憲兵大隊の兵舎のアチコチに、ＶＤの予防啓発のポスターが貼られていました。文面は忘れましたが、ロダンの「考える人」の写真が使われていました。トイレにも貼ってあるのには笑っちゃいました。

私が第一京浜のトラフィックパトロールに同乗した時、運転担当のＭＰから「ＶＤの医者を知らないか」と尋ねられたので、「知らない」と答えたのですが、イキナリ沿道のクリニックの前にジープを止め、「ＶＤのことを聞いてくれ」と言うのです。その時応対に出た医師や看護師の困惑した、とまどった表情は忘れられません。それはもっともなことで、ヘルメットをかぶり、ＭＰの腕章を左腕に巻き、腰に拳銃をブラさげた米兵と日本警察官から突然ＶＤのことを尋ねられたのですから。そのＭＰもＶＤにかかっていたに相違ありません。

ＡＷＯＬ

「Hey! オマワリサン×ＭＰが最初に覚える日本語はオマワリサン）Let's go! Hurry up! AWOL AWOL!」

ＡＷＯＬは「Absent Without Leave」の略で、米軍では脱走兵を意味します。Ｏｎｌｙに一晩へばりついていると、兵舎へ帰るのがイヤになるらしいのです。グズグズして帰隊時刻に遅れるとますます帰りづらくなり、二日も三日も居続けることになり脱走兵にされてしまい、憲兵司令部に身柄拘束の要請があり、ＭＰが派遣されることになります。

ＡＷＯＬはＭＰに抵抗することもなく、しおしおと連行されるのでした。私の在勤中、Ｏｎｌｙのもとに居続けるＡＷＯＬの拘束を二件扱いました。そのほか、パトロール中の職務質問でも二件扱いました。同僚もそのくらい扱っています。

憲兵司令部のＭＰ待機室の壁に、ＡＷＯＬの兵籍番号と氏名がギッシリ記載されたリストが貼られていました。こんなにＡＷＯＬが多いのかとびっくりしました。全世界に派遣されている米兵や朝鮮戦線で行方不明になった、あるいは捕虜になった者も含まれていたのかも知れません。

私ー警視庁巡査の劣等感

私の英会話能力がサッパリ向上しないのでした。同僚はドンドン上手になって、米兵とジョークを飛ばせるほどになっていくのに、私はチットモ上手にならないのです。このことは大きな劣等感になりました。聞く方は何とかなるのですが、それに対応する適切な言葉が咄嗟に出てこないのです。毎日ヘドモドしながら、どうにか勤務をこなしている有様でした。

同年代の女性に対する不信感

私が日常的に勤務で接する女性は、パンパンか曖昧屋の女性かＯｎｌｙだけで、まともな女性はいませんでした。

こんなこともありました。第一京浜と羽田に向かう産業道路の三叉路に Midway Drive Inn という米民間人経営のハンバーガーショップがありましたが、その店に数人の若い日本人女性が働いていました。そのうちの一人の女性は、ＭＰから「cute」とか「pretty」とか言われていました。彼女はこの店から三〇ｍぐらいのところにあるお菓子屋に間借りしていたのですが、隣が大森警察署でした。私は同署勤務当時から同署の独身寮に住んでいましたので、お菓子屋のオバサンとは顔見知りでした。オバサンは彼女について、「気立てのいい、優しい娘さんよ」とほめて、若いオマワリサンに紹介したい様子でした。ある日その店に買い物に行ったところ、オバサンが「あの子がアメリカの兵隊さんと所帯を持つと言って、出ていったのよ。随分止めたんだけどねえ、今の若い子は何を考えているか、わからないわねえ」と言って嘆くのでした。私は「彼女もとうとうＯｎｌｙになりさがったか。もっとも、彼女は真剣な恋愛感情を持っているかも知れないが、相手の米兵はどうなのかなあ」という思いをしました。こんなこともあって、私はますます同年代の女性の貞操観念に大きな不信感を持つようになりました。

上記の彼女に、あるＭＰが「Are you cherry?」（お前は処女かい？）とからかったところ、彼女は理解できず、怪訝な顔をして私の顔を覗き込むのでした。彼らは日本人女性をこの程度と思っているのか、と少々むかつきました。

また、こんなこともありました。女子中学生か女子高生の集団行進の列を見たＭＰが「Oh! Cherry girls!」と叫んだのでした。私は、彼らは、髪をお下げにしたりオカッパにしているのが Cherry であって、パーマをかけるほどの女性は Cherry ではないと思っている、と感じました。彼らにこんな考え方をさせたのも貞操観念を失くした日本人女性のせいであると、その当時は思っていました。

白人の持つ優越意識

アメリカ人はおおむね、朗らかで親切、若干お人よしのところがあるようで、ＭＰにも意地の悪い者もいましたが、多くのＭＰは親切で友好的でした。しかしあからさまに言動に出さないものの、そこはかとなき優越意識を持っているように感ぜられました。いちばん優越しているのが、アングロ・サクソン系のピューリタンで、その他の白人は、人種によって多少の格差があるようでした。

ある時期、黒人兵がMPとして憲兵大隊に配属されたことがありました。兵舎内では白・黒ゴチャマゼの生活でした。ある白人MPが、「朝目がさめたとき、となりのベッドに黒いのが寝ているとゾッとする」と語っていました。

新宿追分の交差点近くに米軍施設があり、なかにコーヒーショップがあって、白人兵士がコーヒーをいれたり、ハンバーガーを調理したりしていました。パトロール中のMPは休憩のため時々利用していたのですが、ある時黒人MPのお供で入店したところ、白人下士官が来て、なにやら耳許でMPに囁いたのです。MPは「**I'm Sorry**」と言ってソソクサと飲食を済ませたので、私が「どうしたのだ」と尋ねたところ、「この店は武器を持った者は利用できない、と言われた」と言うのです。そんなことはありません。白人MPとは度々来ているのです。私は「黒人差別だな。白人兵士に黒人MPに対してサービスさせたくないのだ」と思いました。黒人MPは三か月ぐらいでいなくなりましたが、われわれに対して白人MPより友好的で親切、かつ職務にも忠実でした。

またある時、日系米兵が憲兵大隊に配属されたこともありました。彼らはパトロールにはほとんど従事していませんでしたが、私は最初「彼等とは今は国籍は違うけれど、先祖は同じ日本人だから、われわれに親切、優しく接してくれるだろう」と期待していたのですが、アベコベでした。いつも横柄な態度をとり、なにかにつけて大声で怒鳴るのでした。特に気の毒だったのは、兵舎内で雑役に従事していた日本人労務者でした。ことあるごとに口汚く罵るのでした。私は「人種差別の劣等感の裏返しだな」と思いました。しかし、彼等も二か月ぐらいでいなくなり、憲兵大隊は元通りの白人だけの部隊になりました。

巡査部長昇任試験に合格

当時警視庁では、巡査の実務経験三年で巡査部長の昇任試験の受験資格が与えられました。しかし、私は三年たっても受験しませんでした。受験勉強をしていないし、実務経験三年といっても、私の場合は実質的には交番勤務の九か月、しかも下町の平和で穏やかな地域の交番で、警察上の取り扱いはほとんどありませんでした。そんな未熟な人間が間違って合格しても、四〇代、五〇代で巡査の階級にある、人生経験も実務経験も豊富なベテランを指導監督なんかできるはずがない、と思ったからです。ところが、受験資格があるのに受験しないと、ふだんの仕事もやる気がないと見なされるのでした。それで、仕方なく次の年に受験することにしました。

試験場で答案用紙を目の前にすると、やはり真剣になります。どうした風の吹き回しかわかりませんが、学科試験に合格しました。次は口述試験と術科試験です。口述試験は、身上や警察実務、ふだんの仕事に対する心構えに関して試問されるほか、試験官室に入る、試験官のテーブルの三歩前で正対して一礼、受験番号と氏名を申告、促されて椅子に座る、試問に答える、終わって退室、これらの動作がすべて警察礼式に適っているか、警察官としての節度を保っているかも厳しく採点されるのでした。

警察の一個分隊は、分隊長に巡査部長、隊員に巡査一〇名、計一一名で編成されます。術科試験では、受験者を一一名ずつ一組にして、かわるがわる巡査部長役をさせて部隊指揮をとらせ、採点するのです。たとえば、「縦隊に集め行進をおこし、隊型変換、方向変換を各一回行い、もとの位置に横隊で停止させよ」などです。もちろんひとりひとり課題は違いますが、どれも似たりよったりです。これらをどうにかクリアして合格しました。私としては望外の喜びでしたが、これでこの職場から離れられるという喜びもありました。

しかし合格者全員を一度に昇任させるのではなく、欠員の状況に応じて昇任試験の成績順に昇任させるのでした。私は成績が良くなかったので、かなり遅く昭和二七年一〇月四日昇任、築地警察署勤務を命ぜられました。同署には私と同じ試験でよい成績で合格し、先輩巡査部長としてすでに勤務している同年代のものが三人いました。私は二五歳六か月でした。

その後私の英会話が実務上役にたったのは、交番のオマワリサンと協力して米兵五人組によるタクシー強盗を逮捕したときだけです。当時米兵に対する逮捕権はありましたが、裁判権はなく、米軍に引き渡すだけでした。この事件で私は警視総監賞をもらいました。長い警察官生活のうち、犯人逮捕で警視総監賞をもらったのは、この事件だけです。

大戦と私の学業―寺に生まれて―

椎名　宏雄

一九八〇年中国再訪の折に

一九八〇年一二月、私は駒澤大学からの第二次中国仏教史蹟参観団の団員として、再度大陸の土を踏んだ。その際に南京を訪れ、かの大虐殺がなされたという場所の近くで、現地の老婆から「日本人帰れ！」と罵声をあびせられた時のことを、いまも忘れることはできない。敗戦後三五年を経ても、この声は、日本人が中国で犯した殺戮が決して虚構などではなかったことを物語るものであろう。

また、その後、浙江省大梅山の仏蹟を訪れた時、現地のガイドから、ここは日本軍が人体実験をした所で特に対日感情は悪いから行動は慎重に、と注意を促されたこと、湖南省徳山の有名な禅道場が住宅地に変貌している理由を尋ねて、「ここは日本軍の大空襲で全焼し、残がいは一か月も燻っていたのですよ」との答えに、私は返す言葉もなかった。

思えば、大陸の至る所にこうしたツメ跡は残されているのだ。ましてや強制合併させられ、〝日本国〟として戦争させられた半島はいわずもがなであろう。だから今、大戦後七三年ぐらいではどうにもならぬ諸問題が、まだ山積みしているのである。それほど対外的な戦争は、人類の大きな悪業であり、最たる罪過なのだ。

太平洋戦争についての体験・検証・論評などは、それこそ世におびただしい。だが、ある地域でのある年齢者の体験は千差万別。だから、私が子どものころに東京と現住地の沼南で体験した戦中戦後の体験は、私だけのものだろう。以下、そうした体験や境遇を、学校生活・両親・わが寺の三つをキーワードにして語ろう。

戸山ヶ原から沼南に、手賀沼上空で空中戦を見た

私が生まれたのは昭和九年。所は東京府淀橋区戸塚町《とつかまち》三丁目。現在の新宿区高田馬場四丁目である。父が沼南の龍泉院《りゅうせんいん》住職のかたわら、日本大学の宗教科に勤務していたので、ここに借家一軒をもっていた。すぐ南側には、広大な〝戸山ヶ原〟が広がっていた。昔は尾張藩領で、明治政府が摂取してからは、ずっと緑地帯となっていた。広い林や小池もあり、子供たちのぜいたくな遊園地として、大人たちの催しや祭りの場として、それぞれ利用できる、いわば野外の大公園であった。私が入った学校は戸塚第二小学校。入学のとき、あたかも〝国民学校〟と呼称が変わった。

一九四一（昭和一六）年秋、国際情勢は悪化の一途をたどり、もはや戦争は不可避という空気を察知した父は、四人の子を龍泉院に移住させた。母が付き添い、父は週末に帰るという変則的な家庭となった。私は手賀西国民学校一年に編入し、「東京ッポ」「疎開ッポ」といういじめをどれだけ受けたことか。じっと耐えても目に余るときは敢然と向かっていき、相手を倒した。母がひそかに教えてくれた柔道の〝ある手〟を用いて。すると、上級生でも二度といじめなくなった。

昭和一七年ごろ、一度、生家の高田馬場の家に帰った。戸山ヶ原に行くと、有刺鉄線が張り巡らされて中には入れず、林などが姿を消した大地を戦車が走り、機関砲の音が轟いていた。あの野草や虫の音の美しかった天然の公園は、いつしか陸軍の野戦練兵場にと一変していたのである。

戦争が激しくなるにつれて、家庭も学校もすべて圧迫されたのは、国中みな同様。学校で配られた教科書は新聞大のザラ紙印刷であり、これを切ってページを合わせた。ノートなど、白いところがなくなるまで書き込んでまっ黒になった。売っていないからガマンしなければならないのは、アメ玉も同じ。サトウキビを畑に作り、茎を喜んでかじった。

昭和二〇年、私が五年生になるや、学校では朝礼だけで、片道三キロの県道を歩き、大松の豊富な山林まで行き、松根油《しょうこんゆ》の採取をさせられた。マムシのいる林もあった。子供心にも、勉強をせずにこんなことをしていいのかという思いは募り、やるせなかった。そのころ男の若い先生が少なくなったのは、みな兵隊に招集されたからだ。代わって、得体の知れぬ先生が赴任し、軍隊教育さながらのスパルタ式訓練を行った。驚くべし、児童に兵士と同じ階級をつけ、学業の成績や教練の優劣によって階級の昇降をするなど、思えばとんでもない〝教育〟がなされた。敗戦と同時に、そんな先生はどこかに消えていった。

大正生まれの男子は、いわば兄貴分の先輩たちであったが、次々に兵隊に招集され、昭和一九～二〇年にかけては、頻繁な〝兵隊送り〟に児童も駆り出された。手製の国旗や幟を手に、かならず大声で歌った軍歌は、かの「天に代りて不義を撃つ……」であった。歌いながら、児童は鎮守の森から県道を約一キロほど、高等科の生徒や大人たちは柏駅までの約八キロの道を行進して〝出征兵士〟の士気を高めた。反対に、戦死者の遺骨を迎える〝遺骨迎え〟の時は沈痛無言。手賀沼を船で渡る〝英霊〟のお迎えには、沿岸まで児童も迎え出た。

若い兵士などは結婚などご法度だったのであろうが、ある程度高い階級の兵隊さんには許されたらしい。寺の近くから出征した学業優秀な檀家さんの長男が、大陸から戻り、寺で〝お見合い〟をし、のちに再度戻って自宅で結婚式を挙げた。私の父母が媒酌をし、私は婚礼の晩に男女の子供が行う〝火灯し〟をした。花嫁は母が裁縫を教えた〝お針子さん〟で、子供心にも美しく眩しい人だった。だが、兵隊さんは再び戦地に赴いたまま敗戦。その後長くシベリアに抑留され、三年後に死亡。こんな悲劇は、夥《おびただ》しい犠牲者の中の一コマにすぎない。

直接的な戦争シーンの目撃といえば、手賀沼上空での戦闘機空中戦も何度か目にした。今なお生々しく眼底に残るのは、昭和一九年の夜、異常な爆音だ。灯火管制で暗い家から外に出ると、北の夜空に何本もの探照灯に照らし出された日米の戦闘機が、上から下から接近したり離れたり、必死の飛行操縦！　すさまじい光景なのに子供の眼には美しいパノラマと映ったのは、思えば不謹慎の極み。照射のサーチライトは、たぶん根戸（柏・我孫子の境）にあった高射砲連隊からのものだったろう。B29などの重爆撃機にもたびたび高射がなされたが、砲撃は敵機の高度には達せず、みな途中で火の玉と化する徒花《あだばな》に過ぎなかった。

ある日、我が家（寺）から約五〇〇mほど南の畑に、珍しく米軍の戦闘機が墜落した。大人も子供も走って駆けつけたが、私は行かなかった。その時、パラシュートで降下した米兵がどうなったかは記憶にない。

こんな危険が迫れば、沼南の農村の学校でも非常態勢をとらざるを得ない。学童も先生も、いつしか服装が変わった。男子はカーキ色の服を〝国防色〟と称して着用し、足にはゲートルを巻く者が増えた。女子はモンペ姿。一九年冬の学童は、登下校時に綿入りの三角頭巾をかぶった。暖かかったが、自家製を義務づけられた母親たちの負担はたいへんであった。ズック靴など売る店もなく、完全に配給制。私は一度だけクジに当たったが、大半は下駄か草履ばきの状況だった。

働き手の若者がいなくなった農家に、裏腹の〝一億増産〟は酷だった。学校では、校庭の隅まで耕してイモやムギを作った。二キロも離れた場所に広い畑を借り、なんと「生産大隊」と大書したリヤカーを引いてイモや麦束を運んだ覚えがある。

終戦直後、生徒が先生を養う

こんな〝食〟の非常体制は、戦後の方がもっとたいへんであり、遠くの田んぼに行って米を生産した。いつも一度だけ生徒にふるまわれ、残りは先生に提供。学校の宿直室には、家のない先生が常に一人か二人は〝長期滞在〟していた。農業実習の名目でブタやニワトリも飼われていたが、飼育は当番制の生徒ながら、最後は宿直先生のお腹に収まったらしい。だから戦後の一時期は、たしかに生徒が先生を養っていたのである。

千葉県では、教育の大革新とされる六三制が昭和二二年五月にスタート。校舎・教員・用具などの不足は、私の入った手賀中では教員一名で全生徒の全教科を担当したが、これに象徴される。運動のためのグランドも、生徒の自作だった。競技はもちろんハダシ、野球のバックネットは手製、グローブは布製のミット。ボールやバット、それに卓球の用具などは、夏休みに草刈りをして干草を作り、その売上金で購入した。だから、皆で協力し合い、労力や品物を大切にする心の豊かさと喜びは、自然に培われた。

野球といえば、戦後再開されたプロ野球の観戦に何度か後楽園まで行ったが、常磐線の汽車はいつも超満員。デッキにぶら下がったり、連結された貨物車で牛と一緒だったこともある。辛うじて車窓から見える光景は、上野に近づくほど見渡す限りの焼け野原。私にはなぜか、幼いころの戸山ヶ原原風景と重なっていた。

寺院は—梵鐘・仏具の供出〜大木寄付〜農地改革

私は今、龍泉院住職となって六〇年を超え、これまで伽藍の新改築一五棟をはじめ、両親ができなかった多くのことをさせてもらった。それは、戦後になってからではあるが、私が高校生のころ相次いで五〇代の若さで他界した両親のおかげである。つまり、両親は完全に戦争の犠牲者であった。

手賀中生徒の田植（昭和24年夏）

ようやく弁当だ（昭和24年夏）

全員ハダシの手賀中野球部（昭和23年夏）

大勢のお針子から母のように慕われていた母
（昭和21年３月31日）

母は神奈川県厚木市の郊外で、料理屋の六女に生まれた。店が全盛の大正期、八人の女中に囲まれて育ち、高等女学校（現・厚木東高校）までの通学は、人力車の送迎だった。龍泉院に来てすぐ大戦下となり、細腕一つで約二反歩の畑を耕して麦や芋を作り、冬場の三か月は近在の娘たちに和裁を教え、四人の子の糊口を養った。昭和一九年春、人が大勢定期的に集まる場所には防空壕の設置が義務づけられ、母はお針子さんたちと大きな壕を掘った。だが、実際にこの壕に皆が避難したのは一、二回だったようである。とまれ、無理が母の身体を蝕み、死を早める結果となった。

花野井（柏市）大洞院で生まれた父正雄は、祖父大由の転住に随って龍泉院に移住。千葉師範を出て小学校教員を勤めてから日大宗教科に入り卒業。その後は生涯にわたり日大に一身を捧げた。敗戦の直前に久しく寓居した高田馬場の家が爆撃で焼け出され、身一つで龍泉院までたどり着き、「とうとうやられた」と嘆息した表情を、私は忘れることができない。

その後は神田三崎町にある日大本部の一室を寓居として、ここを根城に、事務や教育、講演や執筆に寧日もなかった。それでも週に二、三日しか帰らない寺では、法務や布教活動のほか、地域の教育や文化の振興に努め、映画会・講演会・農事研究会・日曜学校・婦人会などの実施や育成に貢献した。

昭和二六年一月二五日、地元自治体に先立って成年式（成人式）さえ行っている。この間宗門の要職も兼ねているのは、驚くほかはない。だが、二足ならず三足以上のワラジ履きづめの過労がたたり、二八年春、母校の事務室で倒れ、そのまま五七歳の生涯を閉じた。

　だいたい、戦中戦後の寺院は全国的にどこもかしこも、多大の犠牲を強いられた。旧手賀村の場合、まず金物の供出が強行され、梵鐘は役場のある柳戸《やなど》地区の弘誓院《ぐぜいん》のものだけが残され、あとはすべて接収となった。龍泉院では、昭和一八年正月、〝供出〟供養を行い牛車で搬出。手賀中に、村中の寺院から集められた梵鐘六、七個が校庭の片隅に並べられること数か月余、やがてどこかへ持っていかれた。我が寺のものが最大で多数の文字が鋳出されていたのを覚えているが、いかんせん、三、四年生では記載しておくことなど思いもよらず、何の記録も留めないのは今にして痛恨の極み。供出の供養文に「二百年云々」とあるのが、鋳造年時を知るべきわずかな手掛かりに過ぎない。戦後、父は、関東各地から集めた梵鐘三百ほどが栃木県足尾銅山にあると聞き、行ってみたが徒労に終わった由。

　梵鐘のほか、香炉・燭台・蓮華・仏餉器《ぶっしょうき》などの金物類は、使用中のものを除いてことごとく供出。逆に入ってきたものといえば、やはり一八年の夏、最大七〇名もの在郷軍人たちであり、何か月もの間、無償で本堂に宿泊していた。石川県の者が多かったが、地元の泉の娘たちとの交際もあったようだ。今思うに、かれらは昼間、いったいどこで何をしていたのだろうか。

　寺院の犠牲の第二弾。戦後六三制の電撃的な実施により、新たに校舎建立に要する莫大な経費のなにほどかは自治体に課せられた。市町村は学区に割り振ったが、泉地区へは三六万円の寄付割当。万事払底し耐乏の時期の大金である。困惑したこの地区では、神社と寺院の大木を売却してこれに充てようとした。とはいえ、神社の木は切りにくい。そこで、大半は龍泉院が負担することになった。山門から南側にかけて豪豪と林立していた樹齢何百年の大杉は、その時に大半は伐採されてしまった。全国的に木材不足の時、大木は比較的高値で売買されたのである。

第三弾。ほぼ同時期に始まった農地改革の大嵐が、これに拍車をかけた。龍泉院が〝解放〟の大義名分のもとに国に強制買い上げされた土地は四町三反余歩。その中には地目山林の畑一町五反ほどや、寺で母が自ら耕作していた畑二反歩弱なども含まれる。母は「なぜ耕作している土地まで取りあげるのか」と嘆いていた。これだけの解放地買上金は、わずか二万四千円ほどであった。

戦争の惨禍の怖ろしさは、美しい国土を破壊し多くの人命を奪うことだけではない。人類が営々と築きあげた文化を破壊し、精神を蹂躙することにある。破綻した文化や精神の復興は、生やさしいことではない。だからこそ、戦争への痛切な反省や懺悔がなされなければならないのだ。

私は、前記のように、不用意に両親や寺院が大戦の犠牲といったが、父は宗教者である。その信条に立って殺人や戦争を悪とする仏教の根本思想をいったい説いたか否か。ただ時勢の空気に迎合するのみであったなら、私は父になり代わって深く懺悔したいと思う。

とはいえ、私自身、そんな時代に生き、むしろ両親の早逝や手足を失った寺院に鼓舞されて乗り越え、復興ができたのだ。今回顧するに、これまで幾多の人々からお世話になったことか。感謝の一語。余命の短い今、どれだけその恩に報いられるか。まさに死ぬまで努力、死んでも努力の心境である。

一九三二年生まれの戦争・敗戦の思い出
―神奈川で、そして和歌山から―

柴田　弘武

暗い谷間の時代へ

私は一九三二年（昭和七年―以下S7等と書く）一月、九人兄弟姉妹の次男として、神奈川県藤沢市（当時は高座郡藤沢町）で生まれ、一九四四年（S19）の旧制中学一年途中までそこで育った。

一九三二年と言えば、前年満州事変が起こり、この年には五・一五事件（海軍青年将校が犬養首相らを暗殺）などが起こり、大正デモクラシーと言われた比較的自由な雰囲気の社会から、軍国主義の社会に転換し始める頃だったようである。いわゆる「暗い谷間の時代」の始まりである。

幼少時代の最初の戦争記憶は、夕暮れ時、家の前の道を赤い提灯の灯がチラチラと動いて行く風景である。調べてみるとそれは一九三七年（S12）の一二月一一日に行われた、南京陥落の祝賀行列で、全国一斉に行われたものの一つであった。その年の七月七日にいわゆる盧溝橋事件が起こり、日中戦争（当時は支那事変と呼ばれた）が始まっていた。南京は当時の中華民国の首都であったから、南京陥落は、支那事変に日本が勝ったとばかりのお祭り騒ぎであったのだろう。無論国民は、その陰で南京大虐殺が行われたなどとは全く知らないで浮かれていた。まして五歳の私には、その提灯行列の意味など知るわけもなく、ただその幻想的な風景が記憶の片隅に残っているだけである。

翌一九三八年（S13）、私は藤沢第一小学校に入学した。支那事変は、泥沼に入ったように拡大し続けていた。一九三九年、小学生の間に流行した歌が、

♬ 肩を並べて兄さんと　今日も学校に行けるのは　兵隊さんのおかげです
お国のために　お国のために戦った　兵隊さんのおかげです

であった。

皇民化教育

一九四〇年（S15）、この年は神武天皇が即位してから二六〇〇年になるという触れ込みで、紀元二六〇〇年祭が盛大に行われ、私達も歌を歌いながら町中を旗行列で行進した。

翌四一年（S16）四月から小学校は国民学校と改称された。私達の担任も軍隊帰りのY先生に代わり、軍国主義教育が強化された。例えば体操は軍隊式の整列、運動は騎馬戦、唱歌は軍歌ばかり、修身科では神国日本の尊さを繰り返し教えられた。

この年の一二月八日、日本は太平洋戦争（当時は「大東亜戦争」と言った）に突入した。

この日は、私が朝、顔を洗おうと思って戸外の井戸端に出ると、隣家のおばさんが「大変だよ、戦争が始まったよ」と教えてくれた。私は急いで家の中に入って父母にそのことを言うと、父がすぐラジオをつけた。確かに日本軍がハワイ真珠湾を攻撃し米主力艦を撃破し、マレー半島沖では英艦船を撃破したという意味の放送が繰り返されていた。その大本営発表の華々しい戦果に、国民は小躍りして喜んで

いたように思う。もちろんその中には私たちのような小学生も入っていた。私は国民学校四年だった。

四一～四二年辺りまでは戦勝のニュースばかりであったが、やがてそれもだんだんと低調なトーンに変わっていくようだった。この頃から、私は新聞を読むようになった。

一九四四年（S19）四月、私は藤沢市にあるS中学に入学した。英語や漢文の授業に新鮮さを覚えたが、やがて英語の授業はなくなっていったように思う。学校には配属将校という名の軍人が常駐して、軍事教練を行っていた。その年の秋、私の家は横浜市に引っ越した。弟妹たちは母と共に奈良県の阪合部村（現五條市）の父の家（長男なので、名義は父のものとなっていた。叔父が家守をしていた）に疎開した。兄（中三）と私は中学があるので、横浜に残り、長女（二一歳）が私たちの食事や洗濯の面倒をみてくれた。私は今も、腹違いであるがこの姉が懐かしくてたまらない（四〇歳代で亡くなった）。

横浜に移って間もない一二月七日、昭和東南海地震があった。私が学校から帰り、家の前に来た時ぐらぐらときた。玄関前に置いてあった防火用水の桶の水が、ジャブジャブと湧きたっているような光景を思い出す。この地震は一〇〇〇人近い人が死んだそうだが、戦中のこととて殆ど知らされていない。

学徒動員

中学一年の秋、二～三日であったと思うが、相模原辺りの農家に泊まりがけで稲刈りの手伝い動員があった。夜、布団に入っていると隣りに寝ていた友人がしくしく泣いているので、びっくりした。まだそんな年だったのだ。

四五年（S20）、中学二年になった。前半は殆ど学校へ行った覚えがない。まず五月に入ると、国府津の旅館に合宿して、小田原あたりのミカン畑で塹壕を掘らされた。相模湾から上陸してくる敵軍を迎え撃つためである。指揮をとるのは少尉だったか、とにかく軍人である。しかし、彼の軍刀は竹製であった。労働はいやではなかったが、とにかく腹が空いてたまらない。宿舎の近くにあった畑の青い豆をちょいと摘まんで口に入れたことがある。その苦いことといったらたまらない、すぐ吐き出してしまった。

丘の塹壕掘りが終わったら、今度は大磯海岸の塹壕掘りである。砂地に蛸壺状のたて穴をいくつか掘り、それを横につなぐ。人一人がやっと通れるような道を掘るのであった。砂地だから、掘っても掘ってもすぐ砂で埋まってしまう。さすがに私たちも、これで敵を迎え撃つことができるとは思えなかった。

そんな中で五月二九日がやって来た。この日も朝から海岸に出た。警戒警報が出ていた。一〇時ころであったか、夥しい数のB29（米軍爆撃機。後の記録によると五一七機で、これは三月九日の東京空襲よりも多かったという）が、東に向かって飛んでいった。暫くすると、遠く東の空に黒い煙がもくもくと湧き出してきた。友人たちと、「あれはまだやられてなかった横須賀が爆撃に遭っているのではないか」などと話し合ったりしていた。翌朝、私は担任教師に呼ばれ「君の家は空襲にあって焼けたらしいからすぐ帰るように」と言われた。その時初めて、昨日の空襲は横浜だったのかと知った。

私は、どうやって国府津から横浜までたどり着いたのか、今は思い出せない。迎えにきてくれた父ともどこかで落ち合っているはずだが、その記憶もなくなっている。ただ現JRの桜木町駅を降りて、一面の焼け野原を見たときの驚きは、今も思い出せる。山手町辺りまで見渡せたのではなかったか。桜木町から本牧《ほんもく》まで歩き、二の谷の我が家の焼け跡に立ったとき、「あれ？　家はこんなに小さな場所に建っていたのか！」という思いの記憶は、鮮やかである。焼け跡には小さな金庫がポツンと残っていた。当時家には長女と次女と父の三人がいたが、幸い三人は無事だった（父は左手に火傷を負っていたが…。兄は学徒動員で家にはいなかった）。

桜木町から本牧まで焼け跡を歩いているのだが，不思議なことに、横浜空襲について書かれた保田吉治さんの日記（二〇〇五年五月二八日付けの朝日新聞夕刊で紹介）の、次のような情景は見た記憶がない。空襲の翌日本牧を訪れた氏は、「初音町（中区）のガード下にはトタンにて囲まれた中に、無惨にも黒こげの焼死した死体が累々として幾十もなくある。あるものは手足の焼け落ちて黒いかたまりとなったもの（中略）、実にその惨状見るにしのびない」と書いている。

ともあれ、私たちは命だけは助かった。次女は、その後奈良の母と弟妹たちの疎開先に合流し、父と長女、長男と次男の私の四人は、父の友人・親戚方を転々とした。それでも、兄と私は何とか学校に行った。藤沢も横須賀も戦災は受けておらず、当時は学校の友人たちの中で家を焼かれたのは私一人であった。でも不思議な感情であるが、これで俺も立派な日本人になれたという誇りみたいな思いがあった。

高見順の『敗戦日記』にも、こんなくだりがある。

「焼け出された当座は、さっぱりしたなどと云っていても、やがて気持ちがひねくれて荒んでくる人が多いという。なかには、国のために焼かれて無一物になったのだと云って、知らない人の家までもどんどん入って行って、国のための犠牲者なんだから泊めてくれというのもあるとか、ひどいのになると、焼け残った家から、いろんな物を堂々と持ち出して行く。

〝焼かれるより、焼け残される方が、こわいそうだ〟

と某君は云っていた」(二〇年四月二十四日)

六月の半ば頃だったろうか、私は姉と兄の三人で、茅ヶ崎の遠い親戚の家にやっかいになることになった。父は奈良と茅ヶ崎の間を往復していた。

やがて、当初の「誇り」みたいなものは現実の前に雲散霧消していき、私もだんだんひねくれてきた。何しろ着る物がない。着たきり雀のようなもので、いちばん困ったのはシラミだ。姉は熱湯で着る物を煮沸して退治してくれるのだが、追いつかない。友人たちのこざっぱりした服装がねたましくなってきたのである。

七月に入った頃か、今度は平塚の海軍工廠が動員先になった。ここは人間魚雷を作っているということだった。ここで、私は初めて旋盤というものを扱った。大勢の朝鮮人徴用工が働かされていた。

七月一六日夜、平塚が空襲にあった。馬入川《ばにゅうがわ》を隔てた茅ヶ崎は一部の被害ではあったが、焼夷弾の落ちるザアーという雨のような音は、身近に聞こえてきた。友人たちの中にもかなり被災者が出た。恥ずかしい話であるが、これでようやく友人たちも俺の苦難を理解できるだろう、と思ったのも事実である。

海軍工廠は、もちろん丸焼けになった。翌日からはその後片付けが仕事になった。その間にもグラマン戦闘機の機銃掃射にあった。あのヒューンと耳を掠めるような音を思い出す。父と押し入れに入って布団をかぶっていたのだが、弾が直接あたればこんなものは簡単に貫通するだろうと考えていた。

敗戦

八月一五日。暑い日であった。昨日まで毎日聞こえていた警戒警報のサイレンの音もなく、妙に静かな日であった。正午、海軍大佐だったか、工廠長の命令で工場の焼け跡の一画に整列させられた。いわゆる玉音放送を聞くためである。私たちはいよいよソ連との決戦に入ることの宣言か、などと噂しあったものである。ラジオのスピーカーから流れる声は、雑音混じりで全く理解できなかった。

工場長が何か言ったようだが、記憶にない。持ち場（といっても何もない工場の一画）に戻ったところ、しばらくして朝鮮人徴用工の働いていた辺りから、どよめきと共に機械をぶちこわす（もっともすでに焼けこげていたであろうが）音が聞こえてきた。その中で「日本は負けた」という声も耳にしたように思う。私たち動員学徒は、その時点で初めて、あの玉音放送はそれであったのかと知ったのである。そのときどんな気持ちだったのかは、どうしても思い出せない。しかしその日の夜になって、いくつかの家の窓に電灯が明るく灯った（それまでは灯火管制で電灯が外にもれないように覆いが掛けられていた）。また一軒の家からはレコードの流行歌が流れてきた。そのとき始めて、「ああ、戦争は終わったんだなあ」という実感が湧いてきた。

その後のことはよく覚えていないが、家も鎌倉市腰越《こしごえ》に移っていた。八月の末のことだと思うが、友人と二人で、腰越の丘に登った。戦争中そこは高射砲陣地があって一般人は入ることは許されなかったが、もう見張りの軍人もいない。おもしろ半分で登って海を見たときの驚き。相模湾に真っ黒な軍艦が海を埋め尽くすように、此方に大砲を向けて停泊しているではないか。これでは日本が負けるはずだ、と悟らざるを得なかった。物量が全く違うのである。

敗戦と共に困窮が迫ってきた。戦中は食料はわずかではあれ、ともかく米や雑穀の配給があったので何とかしのげたが、敗戦と共に、その配給が途絶えがちになった。ある日などは兄と共に海岸に出て、浜に打ち上げられていた海草を昆布と思い拾ってきたことがある。しかし、それはたしか「あらめ」という海草で、食べられたものではなかった。

学校へ行っても教科書すらなく、何をしていたのやら、今は覚えがない。そんな中でひとつだけ印象深いものがある。それは音楽の授業であったか？ 突然教師がピアノを弾きながら大声で歌い出した。

♬ 赤いリンゴに 口びる寄せて だまってみている 青い空
リンゴは何も 云わないけれど リンゴの気持ちは よくわかる
リンゴ可愛や 可愛やリンゴ

私は学校でこんな流行歌を教師が大声で歌っていいものなのかと驚きながら、ともあれこれが平和ということなのか、と妙に納得した。調べてみると、この歌が爆発的にはやったのは、四五年の一〇月以降のことだったようである。

姉と兄と私の三人の生活はとうとう行きづまってしまった。このリンゴの歌を背中にして、私たちも奈良の家族のもとに疎開し、私も中学二年三学期から和歌山県の中学校に転校し、新しい戦後生活を始めることになったのである。

少年Aの戦中・戦後

関口 一郎

Aの家族

少年Aは、越後でも信州との県境近くに位置する、通称、妻有《つまり》盆地の十日町に昭和一〇年（一九三五）に生を享けた。「妻有」とは詰まったところ、奥深いところという意味を持っていて、周囲を山に囲まれた盆地である。昔、近在の中心地として「市」が立ったことが町の名称の由来となっているが、現在でも伝統行事として、新年一月には、町の名称の半分の五日ごとに、わら細工や竹細工の節季市《せっきいち》が立ち、冬の風物詩となっている。また冬の副業から発達した「明石《あかし》ちぢみ」などの絹織物の産地として名が通っている。

Aが生まれた頃は人口一万数千人ほどの町であった。その後町村合併が繰り返され（昭和二九年市制施行）、昭和の一時期は一〇万人近くになったようだが、現在の市域は五万数千人と人口の減少化が進んでいる。半年は雪の銀世界と言われ、昭和二〇年の積雪量は、一万人以上の人口の居住地では世界一と言われた。これは統計からの評価である。

Aは難産の末、うぶ声も上げず胎内から出てきた。ダメかと思われたが、そばにいた祖母がなんとか助けてくれと懇願し、産婆が足を持って振ったらやっと小さな声で泣いたという、ウソのような誕生噺があるほどに、小さい頃から病弱だったようだ。昭和一七年の国民学校一年生の集合写真を見ると、気管支が弱かったようで真綿を首に巻いている。昔はこんな子がよく見かけられた。
Aの生まれた後、驚くほどの正確さで二年置きに男の子が二人と、昭和一六年に初めて女の子が四人目として生まれた。ところが唯一のこの女の子が、数え三歳のとき急逝してしまった。近所でも評判のおしゃまな可愛い子だった。戦時下の昭和一八年当時は、通常の家の前にはコンクリートの防火用水桶が設置されていたが、中の水はボウフラが湧いているような不衛生な状態だった。女の子は一人遊びで、この水を毎日のように飲んだのが原因ではないかと取り沙汰されたが、原因はわからない。将来最も頼りになるだろうと期待していた女児を失い、一番がっかりしたのは母親だったに違いない。母はお琴を教えていた。

国民学校三年生になったA

Aは、昭和一九年には国民学校三年生になっていた。近在の寺院には学童疎開の生徒が東京から大勢来ていたころで、世の中は戦時体制一色となり、緊張感の張りつめていた時期であった。体格の細いAも、三年生になると最年少ながら地域の「少年団」（昭和一六年、これまであったボーイスカウトなどが廃止され、団体が統合されて文部省指示の「大日本青少年団」がつくられたとの記録が残っている）に入る。高等科か六年生の上級生が分団長になり、隊列を組んで登校することになる。これまで近道を通って通学していたが、そうは行かなくなった。隊列が本町通りから諏訪神社の鳥居に近づくと「歩調トレ！」の号令で膝頭を高く上げて行進、同時に「カシラ右！」の号令で首を神社に向け、「直レ！・歩調モトヘ！」で前を向き、歩調も元に戻る。やがて校門を入ると校庭の右手に奉安殿があり、これにも同様な敬礼をして下駄箱のところに行く。少年団では、他人の家に上がったら畳の縁《へり》や敷居は踏まぬこと、家のご主人の頭を踏むことになるから、と教えられたのが印象に残っている。

「子守」と出征兵士

四男坊がこの年（昭和一九年）の四月に生まれた。これで男の子ばかり四人である。祖母が事情で家に居なく、長男のAが赤ん坊の「子守」をしなければならなかった。当時Aは数えでは一〇歳であるが、満年齢では九月生まれだからまだ八歳だったはず。やっと首の座った赤ん坊を背中に括りつけられ、ある時間を歩かなければならない。間もなく、いいコースを発見した。当時住んでいた家には「雁木《がんぎ》」が通っていた。雁木とは隣り合う家の二階の屋根を庇《ひさし》のように連ね、今でいう商店街の小型アーケードのようになっていて、積雪の多い冬期の往来を容易にする通りである。教科書にはよく出ていた。その雁木の下の南向きの玄関を出て、本町通りの三之町の角に出る。ここは通りの両側に雁木が通っている。右折して雁木通りの三之町を進むと、四之町の手前の十字路に出る。左折（ここには雁木はない）して、三〇〇mほどで駅（当時は停車場といっていた）に着く。

この時期は毎日のように駅から出征兵士を、近親者を含め大勢の歓呼の声で見送っていた。Aはここで赤ん坊をあやしながら三〇分から小一時間を過ごす。帰りは駅から少し引き返し、来た道と平行になるように戻り、二之町を経て家に戻る。要するに道路を四角形に歩いていることになる。全体で一三〇〇mほどであろうか。赤ん坊を負ぶった八歳の少年にとってはけっこうな距離である。赤ん坊がむずかるときや疲れたときは、四角形の真ん中を突き抜ければ、半分の距離で家に戻れる。

Aが、駅まで通《かよ》っていたのには意味があった。この時期、毎日のように駅から出征兵士が歓呼の声に送られて出発した。そこでは、列車の窓と駅のホームが舞台となって毎日シリアスなドラマが展開されていたのだ。発する喚声は「御国の為」ではあるが、出征する人にも、送る人にも実際には悲壮な表情があったのを、子どもながらに感じとっていたからかもしれない。発車後も、駅頭では旗を振りながらの大音響の軍歌がいつまでも体の芯に響く。

まず〝天に代わりて不義を討つ〟で始まる「日本陸軍」が、出征兵士を送る定番の歌である。歌詞はさらに〝忠勇無双のわが兵は　歓呼の声に送られて　今ぞ出《い》でたつ父母の国　勝たずば生きて還らじと　誓う心のいさましさ〟（出陣）と続く。これは明治三七年につくられているので、日露戦争のときの作品である。後《あと》に「斥候・工兵・砲兵」などと職務ごとに歌詞が一〇番まで続く。さらに〝勝ってくるぞと勇ましく　誓って故郷《くに》を出たからは　手柄立てずに死なりょうか　進軍ラッパきくたびに　瞼にうかぶ旗の波〟の「露営の歌」は昭和一二年で、日中戦争（当時は支那事変といった）のときの歌。また、〝敵は幾万ありとても　すべて烏合の勢なるぞ　烏合の勢にあらずとも味方に正しき道理あり〟の「敵は幾万」は日清戦争の前、明治一九年につくられている（実は中国の『史記』の一部が基になっているというから、皮肉である）。この曲は「大本営発表」の戦勝ニュースの前後にも流されたという。現在放映中のＮＨＫ「いだてん」の金栗四三《しそう》がオリンピックに出発のときの新橋駅頭では、「敵は幾万」の大合唱が流された。以上の三つが出征兵士を送る歌の定番であろう。

さらに、〝見よ東海の空開けて〟の「愛国行進曲」（昭和一三）や〝父よ　あなたは強かった　兜も焦がす炎熱を〟の「父よあなたは強かった」（昭和一四）も、よく駅頭で歌われた。戦争末期になると、年配者の出征が多くなったせいかもしれない。後年、Ａの口を衝いて軍歌がよく出るのは、ほとんどこの時期に覚えたもので、まさに軍国少年であった。Ａの従兄弟にあたる本家筋の次男、三男も戦死している。戦争のまだ激しくないころ、この従兄弟から現地の話などを直接聞いて、広い満州にAは夢を馳せたこともある。それが最後の挨拶であったとは後にわかったことだが。一家で続いて二人も戦死と、まことに不幸なことである。本家に行くたびに掲げてあるお二人の遺影を見る。

国民学校四年生――軍歌の響きに変化、空襲へ

ところで、この年の後半や翌年の昭和二〇年に入ると、出征兵士を送ることより、駅頭で荘重な曲が奏でられ、白木の箱が家族に渡されるシーンが多くなってきた。〝海行かば　水漬《みず》く屍《かばね》　山行かば　草生《む》す屍〟の「海行かば」（昭和一二）や〝ここはお国を何百里〟の「戦友」（明治三八）が代表的である。前者は、万葉集にある大伴家持《おおとものやかもち》の歌を信時潔《のぶときぎよし》が昭和一二年に作曲したもの。後者は日露戦争のときつくられた。軍歌も定番三曲以外には、哀調を帯びた調べが多い。例えば、右の二つ以外に、〝徐州、徐州と人馬は進む　徐州居よいか住みよいか〟「麦と兵隊」（昭和一三）や〝ああの顔であの声で　手柄頼むと妻や子が　ちぎれる程に　振った旗〟「暁に祈る」（昭和一五年）、〝恩賜の煙草をいただいて　明日は死ぬぞと決めた夜は〟「空の勇士」（昭和一五）などがある。実は「出征兵士を送る歌」（昭和一四）とずばりの題名の歌もある。しかし、〝わが大君に　召されたる　生命光栄《いのちはえ》ある　朝ぼらけ〟とどこかしら哀調漂う曲で、駅頭ではあまり歌われなかったようだ。

昭和二〇年には、Aの住む小さな町にも空爆に備える「警戒警報」が頻発していたが、とうとう八月一日には本格的な「空襲警報」となった。Aの家族は、父を家に残し全員で東側の寺院の裏山に避難した。町民のほとんどが、同じ山につながる高台や森林などに走ったはずだ。携帯ラジオなどないから状況がまったく掴めない。しかし頭上は飛行機が飛び交っているようで、ただごとでない様子が

感じとれた。しばらくすると、北の先の方向に花火がどんどん上がっているような光景が見えてきた。「長岡」ではないかと誰かが叫んだ。その通りで、花火のように見えたのは、豪雨のごとく投下された焼夷弾の爆発だったのだ。四〇キロほど離れた長岡市は、市内全域が壊滅状態で、死者は一五〇〇人と公表されている。Aの父母の知人も何人か亡くなり、母のお琴の師匠も焼け出され、Aの町に移られることになった。長岡市は、連合艦隊司令長官山本五十六の出身地である。

戦時下の父との旅

Aの父親は、町役場の農林関係の責任者だったようだ。昭和二〇年の夏休み、父はAを連れて普段日帰りでは行けない近在の所管する村落を二泊三日で廻った。公務の出張だったのだろう。最も奥の村は、今地図を見ると曲がりくねった山道で、一〇キロくらいはある。次の村は「けものみち」のようなところを登ったり降りたりして行く。こうした五か所の村々を廻り、それぞれの村長《むらおさ》のような家を訪問し、大座敷で寄合を始める。壁面の上部には明治天皇・大正天皇・今上天皇の御影や先祖累代の遺影が飾られている。戦死者のいる家では黒と白のリボン付きである。寄合が終わると白酒（どぶろく）を呑みながらの食事になる。坊やもといって注いでくれるが、父は止めもしない。当然すぐ眠くなる。ところが、用を足すのが大仕事だ。この辺の農家は中門造りといって、土間になっている家のなかに馬小屋があり、それを通って外側にある便所に行かなければならない。狭い土間に降りるとすぐに馬の長い顔が現れるので、子どもにとってはとても怖い。さらに便所には豆電球がついていればいい方で、なければ月明かりが頼り。天井から垂れ下がっている縄につかまって慎重に長方形の切り口を跨ぐ。緊張の連続である。こうして最後の日の朝を迎えたが、村民の大勢の集まりがあった。

壇上からの挨拶や行進もあった。それが何の会なのか、時局に即した在郷軍人の結団式なのかよく判らない。帰途についたが、途中の村にも二か所ほど寄った。途々《みちみち》Aは父親とどんな話をしたか覚えていない。口数の少ない父は、ほとんど何もしゃべらなかったようにも思う。

家に着いたら知り合いの人が来ていた。そこでAは、日本が戦争に負けたことを知った。アメリカ兵が上陸したら日本人はみな殺される、という話も出た。Aは落胆して畳に倒れ込み、何度も天井を見詰めながらため息をついたことをよく覚えている。今朝の村での集会は何だったんだろうか。朝の時点では玉音放送のことは知らなかったのか。とすれば、あの行進はやはり在郷軍人の会だったのか。こうしたことを何故父の生きているうちに訊き出さなかったのか。父はどういう意図でAを三日も農村を連れ廻したのか、など……。これが少年Aの八月一五日であった。そこから戦後が始まった。

国民学校五年生——戦後の駅頭

敗戦後の昭和二一年、まだ国民学校五年生（六・三・三・四制は翌年から）のころ、幼児になった弟の手を引いてやはりときどき駅に行った。そのころ、中国や旧満州・シベリア方面からの引揚げも始まり、歓呼の声で送られた元出征兵士も引揚者として還ってきた。ところがその駅頭では、戦闘帽を被った元出征兵士が、赤旗を拡げ〝聞け万国の労働者〟のメーデー歌を歌い、同じ駅頭の一方では片腕・片脚を失った白衣の傷痍軍人が跪《ひざまず》き、ハーモニカやアコーディオンなどで軍歌や〝リンゴの歌〟などを弾いているではないか。Aは、学校の教科書の墨ぬりより、この駅頭の状景のショックの方が何倍も大きかった。世の中、どうなったんだろう！　と。

記憶違いではないか、戦後間もなくのこんな早い時期にと疑問に思っていたが、先般ある記録を見つけることができた。渡辺京二氏（『逝きし世の面影』〈和辻哲郎文化賞〉、『黒船前夜』〈大佛次郎賞〉などの著作があり、石牟礼道子氏を長年支えてきた思想史家）が、敗戦時大連にいて、昭和二一年秋に「大連日本引揚対策協議会」の事務員をやっていたとき、共産主義の活動家が多く、一六歳の氏も感化されたと述べている。当時そうした機関での学習活動がすでにあったようだ。（朝日新聞・平成三〇・一二・一三）

早朝の畑仕事

借家だったAの家は、終戦前後に新築工事をして駅に近いところに移った。Aが五年生になった春である。五男が二二年に生まれ、祖母を含め八人の大勢の家族を抱え、食料事情は日に日に厳しくなっていた。町役場の職員の給料だけではということもあるが、世の中には食料が圧倒的に不足していた。父親の出身は、隣村の農家の三男坊であることから、実家の畑地を借りることになった。しかし、隣村だから距離は遠い。新しい家から二キロ以上はあったと思う。その畑にAは父親と毎朝のように通うことになる。Aは学校があり、父は役場への出勤があるから、毎朝のように五時に起きて、鎌や鍬類二・三本、堆肥などを担いで行かなければならない。三年生の弟も時には行くが、まだ頼りにならず、ほとんどは二人である。コースは鉄道線路の脇道を歩くが、途中に映画にもなった山本有三の『路傍の石』で片山明彦がぶら下がったのに似た鉄橋がある。ここを重い背負籠《しょいご》を担いで渡るのには慎重を要した。下には川が流れ、渡る板は狭いので不安定である。汽車はめったに来ないが、渡り初めに前後の確認が必要だ。

朝食前の野良作業を「茶前しごと」という。作付けの種類によって畑の掘り返しの深さは変えなければならない。長芋《ながいも》や牛蒡《ごぼう》はかなり深くしなければならないので、子どもにはとてもきつい。一時間半ほどで切り上げ、帰宅して朝食のあと学校だ。授業は眠気に襲われる。日曜日は朝から昼過ぎまでか、時には夕方までということになる。戦争直後の生活はこんなことの連続であった。

新築の家の周囲はまだ人家が少なく、道路までの家の前面に田んぼもつくり、苗代、田植え、田の草取り、稲刈り、天日干し（はぜ掛け）など、かなりの農業経験をした。また、家ではウサギやニワトリを飼っていて、子どもたちで一生懸命世話をする。大晦日の配膳にはその料理がのるのだが、それを世話した「いきもの係」としてはギャップがありすぎ、味わうどころではなかった思いがある。

今思うに、二キロの道のりを肩にくい込む重い荷を背負ってよく通ったとAは思うが、それ以上に、父親があのいっぱい入った肥桶を天秤棒で担いでよくぞ運んだものと感心する。腰への負担は尋常でなかったはずで、後年、足腰に大きく影響が及んだのもむべなるかなである。

Aも大変な生活が続いたのだが、お蔭でひよわな体格が、かなりしっかりしてきたことに感謝しなければならない。当時はとてもそんな気持ちにほど遠かったのであるが。

町中から西に二、三キロ下ったところに信濃川が流れている。以前は台風に襲われるたびに川岸は決壊し、この治水事業は町の大きな課題であった。子どものころ台風の後の信濃川の様子を見にいったことがあった。おそるおそる川辺に立つと、上流からの濁流のなかに、樹木や家畜に混じって浮き沈みするたくさんのリンゴを見つけたことがあった。そのとき、この川は隣りの信州とつながっていることを初めて実感し、自然界への畏れと新しい発見に小さな胸をときめかせたことを覚えている。母は終戦直後、汽車を乗り継ぎ信州にリンゴや果物の買い出しに出掛けている。あのからだの弱い母親が、よくぞ一人で行ってきたものと、これも今に思いをいたしている。

祖父母の戦争体験

竹森　真直

祖母の話

祖母の空襲体験

あのころ私は渋谷に住んでいたのよ、松濤《しょうとう》公園の近くに。やけぼっくりのこんな農地で、食べられるものは草までみんな食べていた。その頃はサツマイモなんかみんな盗られてしまっていた。

今は本当に幸せ。私が二三歳ぐらいの時に東京が丸焼けになった。空襲でね、家がつぶれちゃって圧死しそうになっている人がいるんだけど、助けられないの、もうそれどころじゃなくってね。火の手がすぐそこに迫っているのだから。私の家も一九四五年五月二五日の空襲で焼けてしまった。麻生さんの家の近くみーんなやられてしまった。ひどかったわよ。

あんなのね、遭う人はめったにないわよね、今はもうそんなことはないよね。空襲ったって政府が面倒見てくれるわけじゃないもん、火災保険なんか当然下りない。

東京の食料事情

食べるものがなくて飢え死にしちゃう人もたくさんいるのよね。ともかく何でも食べてね、生き延びてきたの。でも危ない物も出回っていたから、闇市のほうでもいろんな表示…これは食べない方がいいとか、そんな表示をしていたんだけど、毒草とかこんなものは食べちゃいけないってね。それを無視して食べざるを得なかった人もいる。小鳥や雀なんかもみんな食べられていた。葉っぱでも何でも、みんな食べて、ひどかった。そうやって生き延びたのが私たちあの時代の人らよ。江戸時代の本草学《ほんぞうがく》の本なんかも流行ってね、こんなものなら食べられるとか、そういうことが新聞に書いてあったりもしたわよ。そんな状況で、一〇歳ならこのくらいの体格というのがあるはずなのに、皆一歳以上小さくなっちゃった。

この流山も空襲があって被害があったようだけど、東京はみんな焼夷弾でね、バーッと落ちて、本当にひどかったわよ。一八歳まで徴兵年齢が引き下げられちゃったのよね、男はみんな戦争にとられちゃってね、ひどかった。畑作ったってみんな盗られちゃってね、青田刈りというか、まだ熟れきってないのに盗っちゃう人がいた。

皇太子様お生まれになった

今の天皇陛下がお生まれになったときにね（昭和八年一二月二三日）、サイレンが鳴ったのよ、ポー、ポー、と二回ね（女子が生まれた場合はサイレンは一回、男子の場合は二回と決められていたといわれる…筆者注）。「鳴った、鳴った、ポー、ポー」ってちょっと流行語にもなったわよね。なんか、歌もあったな。「日の出だ日の出に　鳴った鳴った　ポー、ポー　サイレンサイレン　ランランチンゴン　夜明けの鐘まで　天皇陛下お喜び　みんなみんな柏手　うれしいな母さん　皇太子様御生まれになった」

戦争に負けるまでの日本というのはね、折に触れてこうした歌を作って歌ったりしたものだね。そうやって集団で動くことが多かったから、非国民だなどと言われるのが恐ろしかったこともあり、戦争に突き進んだのかもしれないな。今でも日本人は集団に合わせて行動しようとするわよね。

私は師範学校に居てね、少国民に軍国主義を受け継がせるために、お国からお給料をいただきながら学校に行ったわよねえ。

祖父の話

祖父の学生時代と戦争

戦争から今、ずいぶん経っているなあ。その間戦争がなかったのはいいことだと思う。まったく戦争づけの時代だったよ、私の青春は。先生が回ってきてね、その中で覚えていたのがドイツ語の武山道夫先生が来て、ナチスの話をしてくれた。ある時期を境に、勉強どころではなくなったね。

高等学校の時にね、アメリカのB29が真昼間にどんどん飛んでくる。迎撃する飛行機がない。そんな時に、一高の庭に蛸壺みたいなところがあって、そこに入って空を見ていたんだ。敵ばっかり飛んできて味方の飛行機はない。敵の機関砲の弾が二～三mの所まで飛んできた。首を縮めてね、あれもちょっと怖かったな。もうちょっと位置がずれていたらやられていたな。ほっとしたね。あとで弾を拾ってみたよ。

私はカニになりたい

身が縮む話をもう一つ。学徒動員で海軍の技術研究所に行っていたときのこと、真空管の検査などをやっていたんだ。横須賀の追浜にあったんだが、そこにトンネルを掘って、兵隊さんも、動員の我々も働いていた。日曜日に交替で宿舎の方へいくという番があったんだ。俺もちょうどそれにあたっちゃったんだなあ。バラック小屋に詰めてね、海軍士官の人も同じように番をやっていた。天気がいいから海岸に出てうなぎでも捕まえようやって、ウナギを捕まえていた。

その時のこと。「逃げろ！」と大声がして、見てみたら米軍の艦載機がやってきていた。海から岸に向かって飛んできた。俺真っ先に逃げたの、先頭。そしたら逃げてる最中にね、後ろにいる仲間がアッいけねえっていうんだよ、どうしたと聞いたら、草履落とした、と。何言っているんだこんな時にと思いながらスったもんだをやっていた。そうこうするうちに、逃げる集団の一番最後になってしまった。他の集団が丘の上にあった宿舎の方にいっていたのに、こっちは一等最後、崖のあたりでバババババッと機関砲の音がした。崖だからね、音が反響してすごいんだ。ところが、崖の石と石の間、小さいカニが石の間を出たり入ったりしている。こいつらは本当に機関砲が来てもなんともない。その時に私はカニになりたいと思った。やっとの思いで宿舎に行った。映画で「私は貝になりたい」というのがあったが、俺は「カニになりたい」と思ったね。

まるで自分が狙われていると思うんだ、射撃されてるときは。後で人から聞いた話ではどうもそうではなくて、波打ち際に少し大きな漁船が係留されていて、米軍機はそれを狙ったようだった。波打ち際に弾が落ちてパパパーンと水しぶきが上がっていたようだ。しかしあの時は九死に一生を得たような思いだったな。崖だから音が反響して、弾の音は実に耳をつんざくような音だった。

ほっとして、海軍士官ととったうなぎを、これで安心して食べられると思ったのだが、なんとそのうなぎは、海軍士官だけでみんな食べてしまった。あんまりに恨めしいからね、あるときに海軍士官を橋の上から落としてやろうかと思ってぐらいだ。

横須賀から見た、東京への空襲

戦争も末期になると、アメリカの飛行機が、今話したように自由に日本に来れるような事態になってしまった。海軍研究所から見るとね、夜中、遠くの方に何か動いている光が見えてくる。何かというとこれがアメリカ軍機である。京浜とか千葉市辺りを空襲しにやってくる。日本軍のサーチライトがこれを捉えて味方の高射砲が打たれる。打つのだけど、米軍機の高度が高くて日本の高射砲は届かない。むしろ味方のこちらの方に高射砲が着弾する始末。その頃はもう、日本の迎撃機もそんなになかった。そうこうしているうちにどんどんとサーチライトが東京の方に送られていって、米軍機の高度が急に低くなったかと思うと、北の方の空がポッと赤くなる。

あんまりのことで、もう放心してみているよりは他になかった。そんなことがほぼ毎日のように続いていたな。

食料の苦労

まだ一高の宿舎で勉強していた時代。お昼というと芋二本ぐらい、夜は雑炊《ぞうすい》。米粒がやっと。そういうものでしのいでいた。ただ食堂ではね、みんな食べたあと寮生が残ることになる。飯がどっかに貯めてある。夜中にね、飯泥棒にいこうと、僕が言いだしっぺになってね、同じ部屋で泊まっている奴と示し合わせた。残った飯を手づかみで、うまい、うまいと言って食べていた。ところがね、仲間の一人がガタガタガタと大きな音を立てる。うるさいからばれそうになる。何ガタガタやってるんだって注意してやった。思い出だね。

別の夜だ。腹減った、芋を盗みに行こうや、という話になった。校庭でね「耕す会」という会の人たちがトウモロコシを植えたり、サツマイモを植えたりしていた。雨が降っていただろうか、三人くらいで夜中に芋ほり行ったの。ところがね、おれが掘っても小さい芋ばっかりだったんだけどね、もう一人が大きい芋ばっかりとってね、なんかコツがあるんだなと感心したね。それを火鉢で焼こうとしたんだけど、薪がないもんだからね、自分のベッドを壊して、それを薪にして食べた、うまかったね。

ところが、だ。仲間の一人が財布を落としたんだ。「拾得物あり　財布　心当たりの方は来るように」って掲示がされてあったんだ。先生に呼び出されてね、「お前これどこにあったと思う？」とか聞かれたんだ。「芋畑だ！」と、そいつは先生に随分どやされたね。

寮の食事というのもまずかった。雑炊だからなあ。雑炊一杯。寮生の中にはね、家が東京で、家に帰って飯を食べるやつもいる。そいつが食券を置いていってくれたりすることもあってね、そういう時は雑炊一杯が二杯になったりはしたかね。

秩父への疎開

私は松戸に中学校二年ぐらいからいたかな。ところが戦争も終戦が近くなって、秩父に疎開に行ったんだ。それまで借りていた松戸の家を引き払ってね、週末になると、池袋の東上線か西武の池袋線で秩父まで行ったんだ。あのころの電車なんて窓は割れているし、故障が多かった。今でも東武線と秩父鉄道の駅名見ていると、懐かしく思い出すね。一高から池袋に行って、東武東上線に乗って、寄居から秩父鉄道線に乗って秩父に行ったんだ。

終戦直後の饅頭作り

親父が当時定職がなく、戦争が終わる前は、自分で小さな会社を作って紙を作っていたんだけど、戦争が終わった時にパタッとそれもやめて、隠居してしまった。お金もないし、親父さんは「なんせ戦争で負けましてなあ」と、虚脱状態になっちゃってね、預金封鎖もあったし。お金もなく大変だったんだ。筍《たけのこ》生活だよ。筍の皮を一枚ずつはがしていくように、身の回りのものを段々に売っていって、食べ物を得る。食べ物といっても大したものはないけどね。あのころはサツマイモが非常においしく感じられた。しかし筍生活だから、売るものも二〜三年くらいでなくなる。

そんな状態だから、おふくろが饅頭作りを始めた。あるいは、かりんとうというか、かりんとうのようなものを作っていたな。あんこ抜きでね、ところが統制の時代だから、そういうのはみんな闇だ。闇市に売るのも仕方ないと、おふくろが朝から夜まで一生懸命に揚げてたな。そうやっておふくろが作っていたのを俺は自転車に付けて売り回った。当時まだ勉強どころではなかったね。ところがそれももう、二年ぐらいしたら続かなくなった。

そうこうしているうちに私が建築会社に入ってね、会社が半月ごとに給料をくれるようになった。半月に二〇〇〇円くらいだったかと思うんだけど、そのお金でなんとか回るようになったんだ。

祖父の懸念

特定秘密保護法とかが思想統制につながっちゃいけないと思ってね、当時は似たような雰囲気で戦争につながっていったと記憶しているんだ。もう一つはね、教育勅語に関する政治家の発言が出たね、四八年に教育勅語が終わったはずなんだけど、それを今取り上げて、いいところはいいじゃないか、と。あの人たちとしては、教育勅語の精神は今でも使えるというようなことなんだろうけど、それを言い始めると拡大解釈になって、戦争になったりはしないかと考えているんだ。グローバル化の限界も見えてきて、その反動で「自国第一主義」なんていうのも出てきてしまった。いつか来た道になるのか。

もう対立の時代は終わらせなきゃならない。東とか西とか、白とか黒とか、右とか左とか、新とか旧とか、なんでも対立的にとらえるのが人は好きで、しかもお互いにレッテルをはり合い、深刻な対立を生んで、争いの輪を広げていく。でもそういう対立の時代というのは…もうやめなきゃならない。

みんな仲良くしなきゃいけない。人間同士もそうだし、自然とも仲良くしなきゃいけない。ことさらこれが叫ばれなきゃいけない時代に、だんだんなっているんじゃないかな。

一人旅のこころの道連れ
―土浦で見た予科練生の親との別れ―

渡鹿島　幸雄

路上で見た予科練生の猛訓練

大戦の末期に、米軍機Ｂ29が編隊を組み日常的に飛来した土浦から移り住んだ母の実家常陸太田で終戦を迎えたのは、国民学校三年の九歳四か月の時期であった。

当時、父は税務署勤務の関係からほぼ三、四年ほどの間隔で、関東甲信越管内の税務署を転勤して廻り、兄は宇都宮、妹は大田原の共に栃木県で生まれ、茨城県水戸で生まれた私が、国民学校へ入学したのは土浦である。

土浦の校庭には、米軍の戦車に似せて迷彩色を施した木造の戦車を据え、土浦市当局がもんぺ姿に防空頭巾を被った大勢の婦人たちを招集し、竹槍を掲げ戦車めがけて次々に突撃する訓練に、悲壮感が漂っていた。平和な現今では滑稽極まりのない情景だが、戦時下では、挙国一致を徹底するという気概が、国全体を覆っていた。

今年（二〇一八）の夏、一〇〇回目を迎え甲子園を沸かせた高校野球の球児たちと変わらぬ年齢の、多くの学生が動員され、早朝に天候の善し悪しに関わらず、白ずくめの戦闘帽に予科練服を身にまとい、心身鍛練のもと、飛行訓練の拠点霞ヶ浦航空隊基地から、数十kmほども隔たりのある土浦市内を、隊列を組んで駆け巡っていた。

時には土浦市内の道半ばで、隊列から徐々に遅れて耐えきれずに路上に倒れ込んだ予科練生を指導官が見咎め、大声で「隊列止まれ」と号令をかけるなり、入魂棒で倒れ込んだ予科練生の背中を叩きつけた。駆け寄った最後尾の僚友たちが左右から両腕を肩と両手で支え、隊列を立て直して市内を駆け抜けて行くのに、子供ながらに複雑な想いを抱いた。

子供仲間の戦意高揚を煽る「ルーズベルトのベルトが切れて、チャーチル散る散る花が散る」「米英撃滅だ、必ず神風が吹いてくれるぞ」と、当たり前のように口ずさんだ子供心にとって、訓練半ばで路上にへたりこんだ少年に同情を抱けぬまま、幼な過ぎた想いを重ね、戦争が招いた様々な悲惨さを総括し、〝過ぎたるは及ばざるが如し〟と気づくには、はるかに後のことであった。

自宅を予科練生の家族との面会場所に

土浦の我が家の周りには、ソース工場に併設された邸宅や、屋上に居宅を構えたコンクリート造りの倉庫などが建ち並び、我が家は、門から玄関へたどる前庭に、家族五人が潜める防空壕があり、母がキューリやトマトを育てた畑が広がっている、奥座敷など部屋数の整った家であった

土浦市からの要請にすすんで応えようとした父母は、奥座敷を、予科練生の両親をはじめとした家族との水入らずの面会の場にし、家族を笑顔で迎え入れた。予科練生にとって、心底安らぎを覚えたであろう。予科練生の母が心をこめてこしらえて持参したご馳走を囲み、積もる話に目を輝かせる家族団らんの和やかな戦時下の奥座敷の雰囲気は、ただ一昼夜に過ぎなかったが、我が家のつつましい

生活のなか、父から予め聞き心待ちにしていただけに、私たち兄妹にとって、若き予科練生と家族との計り知れぬほど濃密な再会と感じ取れて、嬉しく胸に響いた。

夜には、敵機襲来に備え、明かりを屋外に漏らさぬ灯火管制下で、天井から吊るした電灯を黒布で覆って室内は薄暗く、なおも声を潜め温もった家族団らんを密かに見守った記憶が蘇った。

恩義を重んじた予科練生の家族と父との交流はその後も続いた、と聞き及んだ覚えがあるものの、その後の予科練生の消息は不明であった。

ただ、敵機の空襲に警報を告げるサイレンが途切れ途切れに市内に激しく鳴り響く度に、急ぎ防空壕への避難を繰り返す戦争末期に、土浦税務署勤務の父はとどまり、父の意向にそって母の実家へ疎開しての後、終戦を迎えた。紆余曲折の年月が流れ、私は成人式を迎え、やがて結婚した妻の父との出会いが、かつて土浦での奇遇、若き予科練生の消息を探る切っ掛けになった。

岳父の末弟が霞ヶ浦での飛行訓練の後、鹿児島から飛び立ち特攻戦死したという、悲痛な想いのこもった回想を、墓参りに同道した際に聞き及んだのである。

軍用会社の工場長を勤めた岳父は、軍務の免除を受けていた。末弟が霞ヶ浦航空基地での訓練に邁進していた当時、岳父は岳父の父親を伴い、土浦市内の民家での末弟との慰問再会を果たした後、土浦駅での親子の別れ際に、

「僕は覚悟が出来ているから、もう来てくれなくとも大丈夫ですよ」

と言って、発車する汽車の窓から身を乗り出して見守る父親へ向かって、見えなくなるまで最敬礼の姿勢をとり続けた。その、家族の温もりへの未練を断ち切ろうとした末弟の心情を、改めて噛みしめ

ようとする岳父の面持ちに、差し挟む言葉に詰まってしまったものの、一人で死地へ向かった予科練生は、家族の温もりを心に抱いて、心の道連れに飛び立ったに違いない、と言う確信が脳裏をよぎったのであった。

大戦の数々の悲惨な歴史を振り返り、歩み続ける自分に責任を持つためにも、軽んじてしまいがちな、心の糧を見直す機会を得ることができ、心から感謝する次第であります。

長崎原爆の体験記

中川　健治

今（二〇一八年）から七三年前、昭和二〇年八月九日午前一一時〇二分、長崎に原子爆弾が投下された。高度約九〇〇〇ｍから投下された原子爆弾は、約五〇〇ｍ上空で爆発したと言われている。

当時、私は長崎市北部に位置し、大村湾に面する現在の長与町《ながよちょう》に住んでいた。原爆による被害は長与村にも及び、爆風や熱線の影響で家屋、その他の建物が損壊・焼失し、多くの人々がガラスの破片などで外傷を負った。爆心地から近かったことで、長崎市から多数の負傷者が運び込まれ、又は避難してきた。そのため、現在の道ノ尾駅前、長与小学校などに救護所が設けられ、救護活動が行われた。

また、長与駅と道ノ尾駅は、負傷者を各地に運んだ救援列車の運行について重要な役割を果たした。

一　原爆が投下された日のこと

長崎市は三方を山に囲まれた港町で、戦争中は軍艦や兵器を造る大きな工場がたくさんあった。三菱長崎造船所は「大和」に次ぐ巨大な戦艦「武蔵」を建造し、三菱兵器製作所はハワイの真珠湾攻撃で使用された魚雷を造った。三菱長崎製鋼所は航空機の機材、鋼板などを生産していた。

そして、三方を山に囲まれ、約四〇〇年の歴史をもつ長崎の町に、昭和二〇年八月九日が訪れた。

自宅と母方の実家のこと

私は、当時は満五歳であったが、投下された時の状況は、はっきりと記憶している。その時、配給米を受けるために母に連れられて駅の近くの配給所に行っていた。突然、お経を唱える声が聞こえ始めた。外に出て長崎の方を見ると、空全体が煙のようなもので真っ黒に覆われていた。しばらくすると、駅の方から大勢の負傷した人たちが通り始めた。原爆による爆風でホームに停車中の列車の窓ガラスが破損し、その破片で負傷した人達であった。

先に家に帰るように母から言われ、親戚の小母さんといっしょに長与川に沿った道を自宅へ帰ったが、途中で二～三回爆発音が聞こえたので、川岸の竹やぶの中に避難した。家へ帰って見ると風呂場の煙突は折れ、障子の紙が部屋中に飛び散っていた。

母方の実家は、爆心地に近い長崎市城山地区にあり、原爆が投下された日、自宅には祖父母、義理の伯母、従兄姉が居た。祖父は原爆さく裂の瞬間、布団を被って庭に飛び降りたそうで怪我も火傷もなかったが、六カ月程して私の家で亡くなった。死因は、老衰ということで静かに息を引き取った。

祖母は、山に行っており、爆風による倒木の下敷きになり即死した。従姉二人は、負傷していたので長与国民学校の講堂へ収容された。三男の従兄は、家の陰に隠れていたらしく怪我もなく無事であった。伯父と長男、次男は、軍隊に召集されていたので、被爆を免れた。城山地区では、城山国民学校以外の建物はなくなっていたそうで、助かった人は本当に珍しいと言われた。

その後、従姉二人が救護されている長与国民学校に母といっしょにおにぎりなどを持って行ったことを覚えている。国民学校へ救護の手伝いに行った当時一九歳の女性は、「どの教室も負傷者でいっぱいで、軽傷者と重傷者は別々の教室に分けられており、比較的元気な人は座っておにぎりを食べ、お茶のようなものを飲んでいました。重傷者の教室では、真っ黒焦げで丸裸の男か女か分からない人たちが、わらのようなものの上に寝かされ、うめき声を上げていました。かわいそうで何でこんなことになったのだろうという思いでいっぱいでした」と語っている。

次に前述の原爆による被害の様子をよく知っていただくために、当時の長与駅、城山国民学校および長与村役場と長与国民学校救護所の状況についての説明を付け加える。

長与駅 原爆さく裂の一瞬、ピカーッ！と閃光が走ったとき、長与駅には、定刻より一五分遅れて到着した「長崎行」下り列車が、上り列車を待ち合わせのため停車中であった。列車内は買い出しなどの客でいっぱいで、もし、定刻どおりに運行していたとしたら、ちょうど爆心地付近を走っていたことになり、間違いなく全員が死亡している運命にあった。一方、これも出発が三〇分も遅れた長崎発「門司港行」上り列車は、長与駅の構内にさしかかったところで、目もくらむ閃光と、強烈な爆風を浴びた。窓ガラスは微塵に割れ、けが人が出て車内は大騒ぎとなった。乗り合わせていた助役と乗務員たちは、血を流している人たちに応急手当を施した。この下り列車が、後刻、被爆者救援列車第一号として活躍した。

城山国民学校（**現・城山小学校**） 城山国民学校は爆心地から西に約五〇〇ｍの緑の丘の上に大正一二年、三階建ての校舎として建設された。被爆当時の学校は、三菱兵器製作所の事務所として、運動場は芋畑として使用されていた。原爆の爆風は、校舎を土台から西に傾け、各階は内部が破壊され、教職員三〇人、兵器製作所従業員と学徒動員の約一一〇人は、一瞬のうちに亡くなった。

長与村役場と長与国民学校救護所　長与村役場も一瞬の熱風と爆風で、役場内は一面にガラスや書類が散乱し、手のつけようがなかった。しばらくすると、今度は長崎から負傷者が続々とやって来て、以後はその収容に忙殺される状態になった。この時、村長は長与国民学校を仮病舎にして全村のリヤカーを動員して駅から患者を運ばせ、次々と逃れてくる患者を収容し、婦人会、青年団、消防団員を動員してその任に当たらせた。

国民学校の校舎も爆風で窓枠が吹き飛ばされ、窓ガラスが破損した。救護所となった国民学校には、八月九日夕方頃から多数の負傷者が運び込まれ、又は避難してきて、教室八室と講堂は負傷者でいっぱいとなった。当時、長与村の医師は召集に応じて軍務についており、負傷者の手当は元看護兵であった男性と婦人会などにより行われたが、薬がないので、植物性油と小麦粉を供出してもらい、薬の代用に使った。翌一〇日には、佐賀陸軍病院から派遣された日赤救護班の一隊が到着して救護活動を開始した。婦人会は負傷者への食べ物の差入れも行い、村の造り酒屋も被爆の翌日から酒工場の鉄釜で救援食の炊き出しをして、約一、〇〇〇人分のおにぎりを配った。同国民学校における死亡者は、警防団により戸板の担架で主に小学校裏手の墓地へ運ばれ、埋葬された。その後、ここに「原爆受難者之墓」が建立され、毎年八月九日には、犠牲者の冥福と恒久平和を願い、慰霊祭が行われている。

父が働いていた「長崎兵器製作所」のこと

当時父は、大村湾に突き出た長与村堂崎鼻にある長崎兵器製作所の魚雷発射場で働いていた。ここは、爆心地から約一一・五㎞程離れているが、爆風でガラスがチリヂリにこわれた。この工場へ「長崎市にある本社工場が壊滅し、おびただしい死傷者が発生している」との情報が届き、翌一〇日の早朝救援隊が出発した。救援隊は約三百人、八月一〇日午前七時半長与港（魚雷発射場行の船発着港）を徒歩出発。車も汽車も利用出来ず、徒歩で長与駅を通り本社工場に到着、遺体の収容に当たった。

この本社工場は爆心地から約一・三㎞の所にあり、飛行機から発射される魚雷を生産していた。被爆当日は、約七、五〇〇人の従業員や学徒動員の人々が働いていたが、その八〇％以上の人々が死傷した。本社工場は、鉄骨に鉄板を張ったもので作られていたが、爆風で屋根や鉄板はこなごなに飛び散り、鉄骨は飴のように折れ曲がり、工場は折り重なって倒れた。

被爆した長崎の町のこと

アメリカのB29から落とされた原爆は、松山町の上空約五〇〇ｍで爆発した。爆発と同時に強い熱線が地上に降りそそぎ、激しい爆風で吹き倒された多くの家は火を噴いて燃えた。大やけどや大けがをした人達に火を消す元気はなく、時間がたつうちに火はあちこちへと燃え広がり、松山町など市内で六七の町が焼けてしまい、見渡す限りの焼け野原となった。

また、わずか数秒間に高熱の熱線が人々の皮膚に浴びせられ、普通の火傷では見られないひどい傷を残した。火傷によって表面の皮膚は焼けただれ、ズルズルと剥がれ落ち、皮膚の下の肉や骨まで外へはみ出した。爆心地の近くでは、あまりの高熱で身体が焼かれ炭のように焼け焦げた姿に変わった。

或る被爆者の被爆体験

長崎駅で被爆し、長与村の自宅へ帰り着くまでの記録

長崎駅構内で被爆　昭和二〇年八月九日、私は当時一五歳で長崎駅構内にある長崎機関区で機関助士見習いとして働いていた。浦上の空に落下傘二個につるされた火の玉が燃えながら落ちてい

る。写真のフラッシュの色のようでもあり、もっとピンクがかった色のようでもあった。その瞬間、左ほほに、ピシッと何か当たったような感じがした。同時に強烈な閃光が走り爆風でとばされ、うつぶせになって倒れていた。気が付くと長崎駅周辺には火災が発生していた。急に顔がヒリヒリするので左ほほを手でなでてみた。ペロリと何か手にくっついた。手をはなすとダラッと皮膚がたれさがり、熱いのでまわりにある泥水で顔を洗った。その日は自宅に帰ることができないので、防空壕に泊まった。

爆心地周辺を歩いて　爆心地から約二〇〇m離れた下の川付近では電車が黒焦げになり、川の中に死体が無数に転がっていた。大橋の電車の終点には、四～五台の電車が台車だけ残って木製部分は焼けてしまっていた。大橋の鉄橋を渡り始めた。川の中を見ると水を飲みに行ってそのまま死んだのであろうか、ずらりと両側の岸に死体が並んでいた。水の中に一頭の牛が火傷を負っているが、まだ生きたまま水を飲んでいたのが印象的だった（前日の九日には、鉄橋は枕木が燃えて、レールは飴のように曲がり、渡ることが出来なかった）。立っている人はほとんど両手を前にダラリと下げ、幽霊の恰好をしている。ズタズタにさけたり、たれさがった服を着ていると思いよく見ると、それは皮がむけて下がっているのであった。身体は黒いところと皮がむけたところは赤くなり、大きく腫れている。草むらに寝せられている人は「水、水を」と叫びながら私達の足を引っ張る。私は、何時来るかも分からない汽車を待つより歩こうと線路を歩いた。焼けつくような暑さとけだるさで気が遠くなった。その時、道ノ尾の方から救援列車が来た。

道ノ尾から自宅まで　私が乗り込もうとデッキに足をかけたとき、兵隊が上から引き上げてくれた。そして一歩中へ入ろうと客席を見てビックリした。負傷者を身動きできぬほどつめこんでおり、うめきと臭気で地獄絵のようだった。長与駅へ停車した。駅の待合室には、肉親を捜し求めて迎えに来ている人達がひしめき合っていた。足のふみ場もないほど被爆者が床の上に寝ている。油薬を塗ってもらい、他の被爆者といっしょに私も横になった。その後、父たちが持って来てくれたリヤカーで長与駅から四kmある自宅へ運ばれた。

道ノ尾駅は、爆心地から約三・五kmの距離にあり、爆風で窓ガラスが破損するなどしたが、駅舎は無事であった。これにより、道ノ尾駅は救援者の基点となった。原爆投下直後から駅付近は負傷者であふれ、九日の夜中までに三、五〇〇人の負傷者が諫早、大村、川棚の海軍病院などへ運ばれた。また、八月一〇日には、駅前の広場に、地元の警防団が丸太を組んで収容所が設けられた。収容所の中にはむしろが敷かれ、その中いっぱいに負傷者が収容された。

二　終戦直後のこと

自宅の新築と父の離職

原爆で倒壊した伯父の家の焼失を免れた木材を長崎から運んできて、自宅を建てた。屋根はわら葺で簡素な家だが、囲炉裏で薪を燃やすには都合がよい構造であった。平時であれば新しい家で楽しい生活が送れるはずであったが、長崎兵器製作所・堂崎工場で働いていた父が離職し、職を転々として生活苦と闘うことになった。

戦時中は繁忙をきわめた堂崎工場であったが、終戦とともに軍需を失い、従業者も離散して、昭和二〇年一二月には、わずかに五二人が残留しているに過ぎなかった。それすらも同月二〇日付で二二人が解雇された。

食糧難時代

終戦の日を境として重苦しい灯火管制も解けて、家々には明るく電灯がともったが、生活物資の不足はその後依然として厳しく続いた。

私は、昭和二一年春、小学校入学。ランドセル、洋服、靴もなく、ザラ紙の国語の教科書の記憶だけがある。特に食料の不足は深刻な問題で、その日その日の食べ物を手に入れるのに苦労する毎日であった。米の配給も減り、代わりに麺粉、麦、さつまいも等が配給された。母は、しばしば隣村へ米等の買い出しに出かけていた。玄米を空瓶に入れ、棒切れで時間をかけてついていたことも覚えている。この頃は、水の中に具（米粒）が浮いている雑炊、お粥、芋粥、だご汁が常食であった。

食料とするために自宅の周りの空き地には、至る所に芋やかぼちゃ等の野菜を作り、にわとりやうさぎを飼った。野菜への水やり、にわとりやうさぎを育てるのが子供の頃の日課であった。芋づるやかぼちゃの茎も食べた。さらに、何か食べ物はないかと、野山や海岸を歩き回り、スベリヒユ、ツワ、アオサ等を捜したものだった。

食料不足には苦しんだが、遊び道具などなかったから、毎日、自然の中で群れを作って夜暗くなるまで元気に遊び回ったことは、懐かしい思い出である。新年は投げ駒やかけ駒、春はレンゲが咲く田んぼで野球やハタ揚げ、夏は川で泳ぎ川魚を捕り、秋はハダシでカケッコ、冬は蹴り馬、おしくらまんじゅう、チャンバラ等をして遊んだ。

終わりに

これまで原爆のことはあまり思い出したくないことだったので、話したり、聞いたりすることはなかった。今回の投稿募集に応募したいと思い、生まれ故郷の長与町の親戚に電話したところ、『長与町郷土誌』、『長与町被爆体験談集』、『長崎原爆の記録』などが送られてきた。また、長与小学校時代の同級生からは『長崎原爆資料館、資料館見学、被爆地めぐり・〔平和学習の手引書〕』の提供を受けた。これらの資料により、私も戦争の悲惨さ、原爆の恐ろしさについて理解を深めることができた。そして、多くの部分を引用させていただいたこと、お許しください。

また、長与町で平成二三年に発行された『被爆体験談集』には、軍需工場、旧国鉄の各駅で学徒動員として働いていた方の体験が多く収録されているが、これらの体験を語ることが出来る人たちが少なくなっていることを強く感じた。

これらの資料は、戦争の悲惨さ、平和の大切さを次世代に語り継ぐのに大いに役立つものと思う。

〔参考文献〕

・長与町教育委員会編、一九九四年『長与町郷土誌上』、一九九六年『長与町郷土誌下』
・長与町編、二〇一一年『長与町被爆体験談集』
・（公財）長崎平和推進協会発行、二〇一三年『長崎原爆資料館、資料館見学、被爆地めぐり・〔平和学習の手引書〕』
・長崎市編、二〇一一年『ながさき・原爆の記録』
・長崎原爆資料館編、二〇〇一年『原爆被爆記録写真集』

「少国民」から「小学生」に

中澤　雅夫

はじめに

「国民学校」に入学して「少国民」となり、「小学生」になって「小学校」を卒業した。

昭和一六年度（一九四一）、「小学校令」が「国民学校令」に改正されて「小学校」が「国民学校」となり、昭和二二年度（一九四七）、アメリカ教育使節団の勧告に基づく「学校教育法」が公布されて「国民学校」が「小学校」に戻った。

「国民学校」は「皇国ノ道ニ則リテ初等普通教育ヲ施シ国民ノ基礎的錬成ヲ成スヲ以テ目的トス」（国民学校令第一条）とされ、義務年限が初等科六年、高等科二年の八年となって、

①国民精神を体認し、国体に対する確固たる信念を有し、皇国の使命に対する自覚を有していること
②透徹せる理知的能力を有し、合理創造の精神を体得し、もって国運の進展に貢献しうること
③闊達剛健な心身と献身的奉公の実践力とを有していること
④高雅な情操と芸術的、技能的な表現力を有し、国民生活を充実する力を有すること
⑤産業の国家的意義を明らかにし、勤労を愛好し、職業報国の実践力を有していること

の五つの資質を錬成することが目標とされた。

この五資質のそれぞれに応じて、国民科（修身・国語・国史・地理）、理数科（算数・理科）、体錬

科（体操・武道）、芸能科（音楽・習字・図画・工作・裁縫・家事）、実業科（高等科だけ）の五教科編成がとられた。儀式・学校行事が重視され、朝の宮城遥拝から団体行進、かけ足訓練、木銃をかついでの軍事教練、女子は救護訓練や看護訓練が行われた。

これに対し「学校教育法」は、昭和二一年（一九四六）三月に来日したアメリカ教育使節団の勧告に基づいて教育刷新委員会が建議し、昭和二二年三月に公布されたもので、前記の通り「国民学校」は「小学校」に戻った。そして、「小学校」と前期中等教育機関の「中学校」が義務制となり、後期中等教育機関が三年制の「高等学校」、高等教育機関が四年制の「大学」となった。いわゆる「六・三制」ないし「六・三・三・四制」である。これは男女共学、高等教育の門戸開放・拡大、学問の自由および女子教育の改善を図り、大学の門戸をすべての高等学校卒業生に開放するという徹底的に民主的な教育体系であった。

高等学校は昭和二三年度（一九四八）から、大学は昭和二四年度（一九四九）から発足した（一部私学は昭和二三年度から）。他方、新設の中学校は母胎になる旧制の学校がなかったので校舎や教員が間に合わず、青空教室や不正常授業が行われたり、必要な定数の生徒を集められなかったり、必要な免許状を持たない教師が多数いたりした（以上、『昭和史事典［一九二三―一九八三］』㈱講談社、昭和五九年〈一九八四〉刊より）。

1　少国民

入学を前にして気持ちは高ぶっていた。勿論、「少国民」とか「小学生」とかいう言葉は知らなかった。ただ「学校に上がるんだ」ということだけで、床屋でクリクリ坊主にして貰っての帰り道、手を引かれながら父に「これからは〝俺〟ではなく〝僕〟と言わなければならない」と言われた。

学校は旧制府立中学と区立国民学校が並んでいて、通学路としては手前の鉄筋コンクリート三階建ての中学校の先が、木造二階建ての国民学校だった。いずれも傾斜地に建っていたので、校庭は上下二段になっていて、上の校庭を囲んで三方に教室が、下の校庭に講堂（兼体育館？）があった。

国民学校令で指示されている「朝の宮城遥拝」は、毎朝教室で起立して行われた。そして少し方向を変えて「兵隊さん、ありがとうございます」と斉唱した。朝礼の時は「気をつけ—！」、「前へならい！」、「右向け—右！」、「敬礼！」、「後ろ向け—うしろ！」などと号令がかけられた。

教室の下には防空壕が掘られていて、退避訓練で入った時、空気抜きの穴から普段見かけない景色を見て喜んだ。

2　小・中・高と三回通った旧制中学（新制高等学校）の校舎

旧制中学の「下の校庭」には、「上の校庭」の校舎の先に二階建ての建物があって、一方は二層の体育館、他方は講堂（上）と図書館（下）になっていた。学校はぐるりとコンクートの塀で囲まれていた。

この旧制中学校舎には小・中・高と三回に渡ってお世話になった。というのは、夏休みで疎開先から家に一時帰ってきた時に終戦となり、そのまま元の学校に復帰したものの、国民学校は防火壁と土台と講堂のぐにゃぐにゃになった鉄骨、それに瓦礫しか残っていなかった。鉄筋コンクリート造の旧制中学校舎は焼けずに残り、幾つかの焼夷弾の抜け殻が落ちていただけだった。

疎開先から友達がポツリポツリと戻ってきて暫く青空教室が続く中、国民学校と旧制中学の境になっていたコンクリート塀が一部壊されて、出入り口が造られた。旧制中学の図書館にベニヤ板で仕切った四つの教室が造られた。床はあちこちで穴があいていた。

その後、元の学校に少しずつ教室が作られ、五年生の途中で元の学校に戻った。当時は初めストーブがなく、冬の寒い日には身体をかがめて勢いよく立ち上がる、その時両手を上に突き上げて「よいしょ！」と大声で叫ぶ、そんな体操をして身体を温めてから授業が行われた。

いよいよ卒業となった。卒業写真を見ると、校長先生以下先生方もわれわれ卒業生も、青空の下、ほとんどが国民服姿であった。

小学校を卒業したら次は中学校。しかし、中学校には学校用地も校舎もない。そこでまたベニヤ板の教室に逆戻りとなった。二年生になって元陸軍第二造兵廠内のレンガ造りの建物を改造した教室に移った。校庭の先に張られた鉄条網の向こうには銃を持ったMPが立っていた。一年生から三年生まで揃って同じ校舎に通うようになったのは、三年生の時であった。

中学校のあと、高校に行った。旧制府立中学は新制都立高校になっていた。今度はコンクリート塀の出入り口ではなく、正門を出入りした。教室もベニヤ板で仕切られた教室ではなく、本物の教室であった。もっともこの時はもうベニヤ板の教室はなくなっていた。一時、体育館に置かれていた郵便局も移転していた。

3　サイレン—「警戒警報」、「空襲警報」—

前述の通り、夏休みで疎開先から一時帰宅した時、終戦となった。

それまでひっきりなしに鳴っていたサイレンも、B29や戦闘機の爆音も、高射砲の砲撃音もピタリと止んだ。それまでは、少し間のあいた「警戒警報」のサイレン、間を短くして緊急感を煽った「空襲警報」のサイレンがひっきりなしに鳴っていた。疎開先でも同じだった。

今でもサイレンの音を聞くとぴくっとする。甲子園高校野球の試合開始と試合終了のサイレンもそうである。戦後暫くは、プロ野球の試合開始・試合終了の時にもサイレンが鳴っていた。サイレンが鳴り終わらないうちに「一番セカンド千葉」が試合開始初球をホームランしたのをラジオで聞いて、「やったー！」と叫んだ。しかし、サイレンの音は今でもあまりいい気がしない。

4　空中戦

晴れた日、日米の戦闘機がぐるぐる回って空中戦をした。その頃は日本の航空機のエンジン音と米軍機のエンジン音をはっきり聞き分けることができた。日本機のエンジンは軽やかで米軍機のは重々しかった。B29は七機編隊くらいで飛んできた。高度は一万mメートルだと言われた。学校に上がる前、父親に連れられて川下りをして海に出た時（何処だかわからない）、河口に何基かの高射砲が空を睨んでいた。子供だったので、よけい「大きいな！」と思った。しかし、高射砲の弾が届くのは七～八千mと言われ、B29が来て、あちこちから高射砲が撃たれるが、届かないらしい。或る時、父親が高射砲の弾の破片だと言ってするどく裂けた金属片を持って来てくれた。

別の日、遠く右から左（北から南？）に移動するB29の編隊があった。時折編隊の下の方でキラっと光り、細くて白い煙がメラメラと落ちて消えていくのが見えた。「ちくしょう！またやられた」と大人が叫んだ。すると突然編隊の真ん中辺を飛んでいたB29が真っ黒い煙をはいて上の方に真っ直ぐ昇っていった。「やったー！」。そのB29はやがて下向きになり、太くて黒い煙を出しながら落ちていった。

B29を迎撃する日本の戦闘機は装備を付けていたら一万mまで上がれないので、機銃などの装備を外して軽くし、Ｂ29に体当たりするのが任務だったという。Ｂ29は後ろにも迎撃用機銃を備えているので、日本機が後ろから行っても撃たれてしまうのだと言われた。Ｂ29を迎撃する日本の戦闘機は目に見えず、時折太陽にピカっと光るだけであった。

いつの頃の新聞か分からないが、多分、後に見たのであろう。日本の戦闘機がＢ29の尾翼の上にちょこんと乗っている写真があった。

5　資材置き場

陸軍第二造兵廠の前に軍の資材置き場があった。使用中の探照灯などもあったが、撃墜したＢ29の片方の主翼が置いてあった。子供の目とはいえ、その大きさにびっくりした。

戦後、子供たちは、資材置き場に張られた鉄条網を潜って小銃弾、手榴弾、ゴボウ剣、生ゴム、金属類などを持ち出して遊んだ。大きい子供たちは、小銃弾をばらして火薬を取り出し、それをまとめて、その上に弾頭などを置いて火をつけ、ロケット遊びをしていた。手榴弾は多分殆どが火薬を抜かれていたのだろう、二本の鉄棒にさして板を乗せ、四輪車にして坂道を下って遊んでいた。置き場には守衛もいたはずであるが、武器類や金目の物はすぐになくなったようである。

低学年のわれわれが潜り込んだ時は、ドラム缶から生ゴムを取り出すのが精一杯だった。生ゴムは空気に触れるとすぐ乾いてしまうので、空き缶に入れて持って帰ると素早く板の上に流し、生乾きのゴムの幕を作ってそれを丸めて球形にした。その玉はものすごくよく弾んで、路地の土の上でもポンポン跳ねた。ただ難点は球面が凸凹にしか作れないため、どこに跳ねるか予想できないことだった。玉を小さめにしてその周りをぼろきれなどで包んで、野球のボールを作った。勿論、表面は瓢箪みたいな形のものを二枚作って縫い合わせ、硬球のようにした。狭い路地で三角ベースというか二角ベースをしてよく遊んだ。本物の軟球を買って貰ったのは、四年生の時か五年生の時だった。嬉しかった。グローブは叔父が使っていたものを貰った。

6　疎開

小学校の同窓会会誌に「小学校の思い出」を書く短文の囲み欄がある。いろんな世代の同窓生が思い出を載せている中で、二〜三年先輩からわれわれまでの思い出は、圧倒的に「集団疎開」である。いずれも主役は「腹が減ったなあ」であった。

『昭和史事典』の年表によると、昭和一九年（一九四四）八月四日、「閣議、一億国民総武装決定」、「学童集団疎開第一陣出発」とあり、「サイパン島が米軍に占領されて日本本土がB29の行動圏内に入ると、都市の防空対策が緊急に進められた。防火地帯を作るために建物の間引き疎開を進め、人員の疎開も進めた。昭和一九年六月三〇日の閣議で学童疎開を決定し、都内の国民学校三年生以上がその対象となった」という。なお、サイパン島は七月七日に守備隊三万人が玉砕し、住民に一万人以上の死者が出た。また、建物の疎開は家の近くでも行われ、それによってできた道路は「疎開道路」と呼ばれた。

私は祖父母の家に「縁故疎開」し、そこへ、先に「集団疎開」をしていた姉が合流した。

新しい学校は、道路を挟んで斜向かいにあった。学校には兵隊さんが駐屯していて、ある時、直立不動をさせられた兵士が思い切り殴打されるのを見てしまった。

疎開先には艦載機がよく飛んできた。敵機が頭上を飛び去った直後、裏の田圃の方でドカーンと大きな音がした。敵機は学校を狙ったのだが、落とすのを一秒遅れたために爆弾は田圃に落ちたのだと大人の人が言っていた。田圃には大きな穴があいていたという。また、艦載機が沿線を走る電車を機銃掃射し、負傷した人が何人も担架で病院に運ばれた。「早く弾を抜いてくれー!」という声が忘れられない。

交番に人だかりができていた。何だろうと見に行くと、入り口の右手前に上下がすぼんだ二m程の円筒形の物が立てられていた。「危ないから近寄るんじゃない!」と姉に言われたが、近寄ってそっと触ったら、筒は軽くてちょっと動き、下の方から液体が流れてきて足の先にかかった。「足が腐る!」と慌てたが、なんでもなかった。敵機が落としていった空のガソリンタンクであった。

三月一〇日だったかもう少しあとだったか、疎開先で夜、東京の方の空が赤く染まっているのを見た。家に残っていた母や妹は、防火用水で防空頭巾を濡らし、それをかぶって逃げ回ったという。火災による強風が吹き荒れたというが、幸い家は焼けなかった。

7　配給・買い出し

戦争中、疎開先でも食料の配給がお粗末になり、畑を借りてお芋かなんかを植え付けていた。大豆の絞り滓が配給されたこともあった。鶏を飼っていて卵を得られたが、エサは、田圃のあぜ道で採ったセリを刻んで糠に混ぜたものや、蚕のサナギを与えたりした。セリはオシタシにして人間も食べ、タニシやドジョウは貴重な人間の食料であった。

戦後長らく食糧難が続き、多分戦時中に編成されたであろう、五人組ではないが一〇軒ぐらいずつの「隣組」単位に食料が配給された。配給は種々雑多で、さつま芋、ジャガイモ、メリケン粉、チーズ、赤い砂糖などなど、配給される物は気まぐれもいいところで、量的には全然足りなかった。芋などは一本多いの少ないの、そっちの方が大きいの小さいのと言い合っていた。そんな時は、親分肌の常日頃からおっかなかったおばさんが裁定を下していた。

地域には二〇歳ぐらいのお兄さんが指導者となった緩やかな少年団ができて、「タケノコ会」と名付けられた。すくすく育つようにという意味であったが、あとで思うと「親はタケノコ生活」を強いられていた。長火鉢やマンドリンがいつの間にか消えていた。タケノコ会で私鉄に乗って買い出しに出掛けた。リュックに入れて精々一貫目か二貫目しか担げない私は改札を通れたが、一部の子供が、駅員だか警官だかに止められてしまった。その後どうなったか記憶がないが、子供だからということでじきに通してもらったのかもしれない。

おわりに

あの戦争は一体何だったのか。

わが「少国民」は、戦争はどこか日本の外で行われるものと思っていた。空襲があり、焼け野原になったが、焼け落ちる所を見たわけではない。遠く疎開先で「ああ東京が燃えている」と見ただけである。戦地で生死を分けた兵士、玉砕を強いられた将兵、空襲で生死を分けた住民、戦後あちこちで見かけた傷痍軍人、ガード下にたむろしていた浮浪児、誰もがどうなっていたか分からない。

今も中東その他で戦闘が行われている。米中間の宇宙戦争も絵空事ではなくなってきた。

私の戦中　昭和二〇年五月三一日まで

中嶋　修一〔代筆　次男中嶋正義〕

私は大正三年（一九一四）生まれ。昭和二〇年（一九四五）五月には三一歳、妻と一女二男がありました。

地元の茨城県立下妻中学校卒業の折、祖父の代から始めた酒造業にやや陰りがみられたこともあり、当時の配属将校中村龍次大尉の推薦で陸軍士官学校を受験しましたが、残念ながら視力不足にて不採用となりました。心機一転し、仙台高等工業学校（編集注・現東北大学工学部）土木科に入学。卒業後、国有鉄道（国鉄）職員となり、岩手県盛岡建設工事事務所に配属となりました。昭和一一年、国鉄は花巻—仙人峠間（六四・四㎞）を買収し、その釜石線（後に釜石西線）の開設工事に昭和一六年七月まで従事しました。その間に結婚をして、昭和一三年二月に長女、昭和一六年一月には長男が誕生しました。私の実家からは母が、家内の実家からは母が既に亡くなっていたため祖母が、遠野の官舎まではるばる訪ねてきてくれました。写真はその時のものです。休日には家族を工事現場見学に連れていくなど、多

忙ながらも平和な官舎生活は続きました。

その年の昭和一六年六月独ソ戦が開始、「関東軍特種演習」が行われ、世人を驚かせた極秘の大動員令が下りました。その辺の詳しい事情は知る由もありませんが、私はこの年に宇都宮東部第四十四部隊（輜重《しちょう》聯隊）に応召しました。同部隊は李王垠《りおうぎん》殿下を師団長とする新編成の第五十一師団で、茨城、栃木、群馬の北関東出身の将兵で編成された新兵団でした。砲兵、騎兵および輜重兵聯隊要員は、宇都宮の各特科隊に入隊し、特に輜重聯隊には未教育高年齢の補充兵がかなり混入しているようでした。〔編集注　李王垠＝元大韓帝国の最後の皇太子。日本で王族となって軍人に。李垠が実名で、韓国語読みではイ・ウン。一九六三年に韓国に戻り、一九七〇年に死去。〕

師団は動員完結直後、南満州の錦洲県に移り、約一か月位して南支那派遣軍の隷下となり、昭和一六年一月上旬、各部隊相次ぎ広東省の黄浦湾に上陸しました。上陸後、昭和一七年（一九四二）一〇月位までの約一年間、広東州を中心として付近一帯の粛清討伐戦や治安工作に任じました。

当時、私は南支派遣軍第二八一〇部隊山本隊に所属していましたが、この時期（一七年六月二九日）は、まだ検閲済軍事郵便で妻宛に次頁のような葉書を送ることができました。

しかし、私はこの葉書を出してほどなく悪性のマラリアに冒され、広東陸軍兵站病院に収容されました。容体は回復せず間もなく内地病院に送還されました。

私はその後の部隊の動きを当時は知る術もありませんでしたが、私が本国送還の後、程なく師団はその年の一七年一一月に東南太平洋の南海派遣第十八軍の隷下に再度転属となり、東部ニューギニア戦線に編入され、米豪軍と終戦まで辛戦を交え、遂に壊滅状態になるほどの甚大な損害を被るに至り、

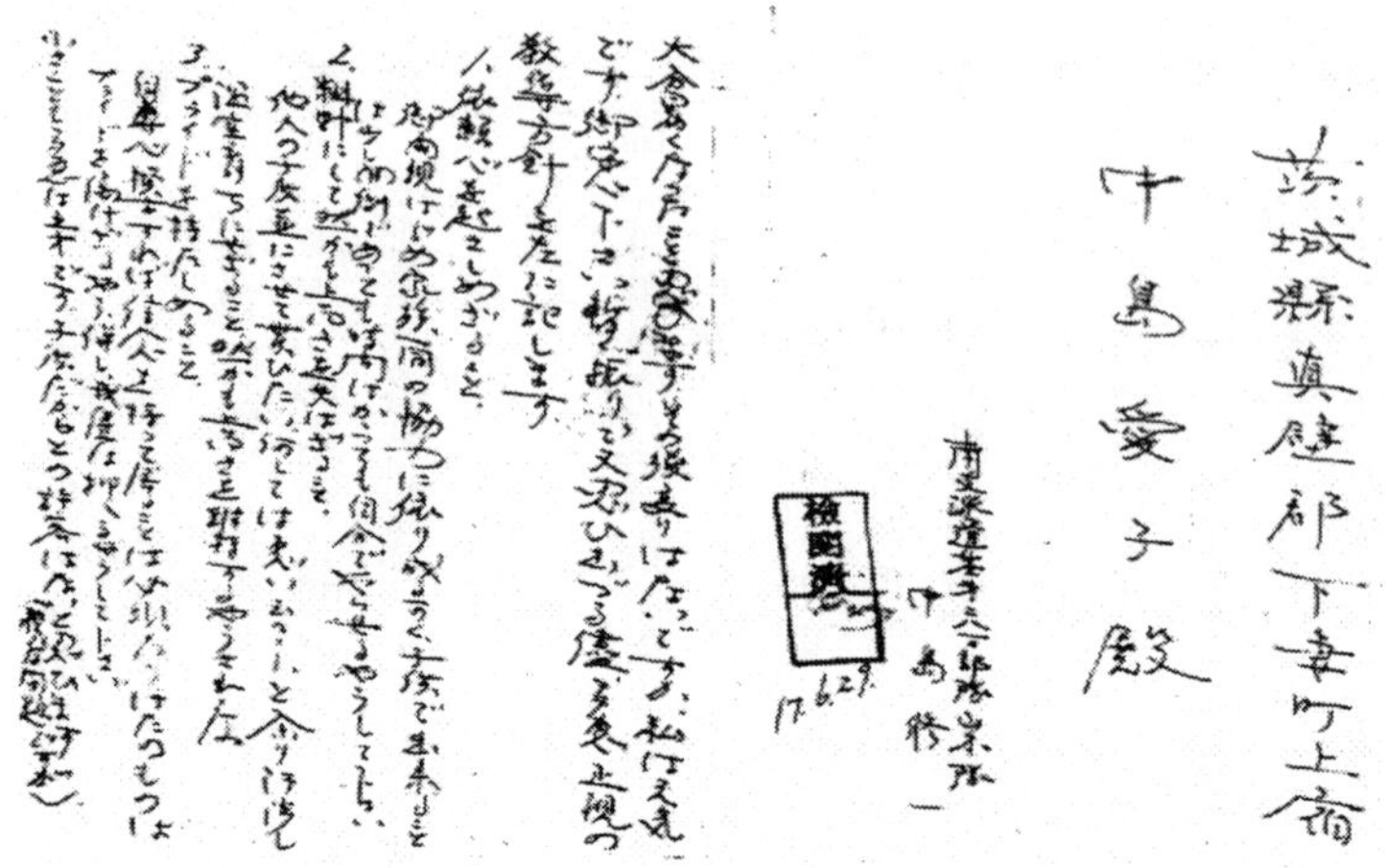
茨城縣真壁郡下妻町上宿
中島愛子殿
南支派遣第三六三部隊宗形
中島修一
検閲済
17.6.21

原文の内容

大分暑くなったことと思ひます、その後変りはないですか、私は元気です、御安心ください、暫く振りで又思ひ出づる儘、多恵　正視の教導方針を左に記します、

1、依頼心を起さしめざること、

御両親はじめ家族一同の協力に依り成る可く、子供で出来ることは少し面倒であっても時間はかかっても自分でやらせるやうにして下さい

2、粗野にして然も上品さを失はざること、

他人の子供並にさせて貰ひたい、何しては悪い云々…、と余り汗渉し温室育ちにせざること、然も上品さを維持するやうされ度し

3、プライドを持たしめること、

自尊心換言すれば信念を持って居ることは必須なり、はたのものはプライドを傷付ざるやう、併し我儘は押へるやうして下さい

小さくとも多恵は五才です、子供だからとの許容はないと思ひます
(程度問題ですが)、

一八年一月二日ブナの日本軍は玉砕したとのことです。同じ下妻市内出身戦没者の中には、同師団に所属する人が多数いたということなので、私も同じ道を歩んだと思います。

しかし、内地送還となった私は、輜重聯隊の補充原隊のある宇都宮陸軍病院に移送されました。ここで二か月療養するも完治せず、自宅療養のため招集解除となり帰郷しましたが、忸怩たる辛く悔しい日々でした。

昭和一七年末頃から、招集解除になった私は、自宅にて半年近く病後の体力回復に努めていました。ところが、当時、私の所属する国鉄盛岡工事事務所管内職員も応召や大陸方面への軍属としての出向者も多く、職員が欠乏しており、速やかに現職復帰を要請されたため、体力が十分に戻りきらないまま、急ぎ同事務所に復帰することにしました。

その当時、北上山脈横断の山田線（盛岡―宮古―山田）の開設工事が急がれていたので、この建設工事に全力を傾注しました。この間、昭和一九年五月に次男正義が誕生しました。建設工事の現場は次第に人的労働力も資材も日増しに枯渇し、加えて中部太平洋比島およびビルマの広大な各戦場における我が軍の不利が伝えられ、いずれは再度招集もあるものと覚悟しました。しからば、鉄道建設という自己の技術を十分伸長の可能な場のある戦場にて死を決せんと決意し、陸軍軍属（鉄道技術）を志願し、外地勤務を志望しました。

かくて昭和一九年一一月、陸軍技術中尉待遇官として、急遽単身、中支那漢口方面に赴任し、専ら粤漢《えつかん》本線（漢口―広東）確保のため、技術面より軍に協力しました。これより先に、軍は昭和一九年四月、京漢本線（北京―漢口）の全線開通作戦を行い、次いで五月下旬、粤漢本線開通の作戦を強行し成功。

ここに北京より南支の広東まで、大陸縦断、実に二千km全線が開通するに至り、この全通は作戦上にも、治安地域拡大にも極めて重要な結果をもたらしました。

しかし、その反動として、敵はこの路線の妨害には必死となり、鉄道の重要施設の破壊、列車の爆破、通信機の切断等々、あらゆる手段をもちいて抵抗反撃を繰り返したため、特に、山岳や河谷の多い粤漢本線の整備と復旧作業には鉄道聯隊、野戦工兵部隊、中支交通公司等により朝早くから夜遅くまで作業が敢行され、また防止対策に腐心しました。技術指導任務の私も、赴任後直ちに昼夜を分かたず、心身をすり減らして尽力しました。

かかる折、中支那中心都市漢口は昭和一九年一二月一八日零時過ぎ、当時、詳しい事情を私はもちろん知るべくもありませんでしたが、アメリカ陸軍航空機B29三編隊三三機からの焼夷弾による大規模な都市爆撃が行われました。その結果、市街地が三日にわたって燃え続け、日本租界の大部分は消滅、市街地全体の半分が焼失し、日本陸軍の防空戦闘機隊も大きな損害を被ったものの、日本軍も空中戦の結果p51戦闘機四機撃墜、三機撃破の戦果をあげたとのことです。同日午後にも第二波攻撃があり、B24爆撃機三四機・各種戦闘機一四九機が漢口上空に飛来し、これらの爆撃が、その後の日本本土焼夷弾による空襲戦術を導入する参考になったとのこと。

このような戦況にあったことと亜熱帯に等しい風土により、前回招集時に得た病の後遺症も有り、悔しいことに、私はまたしても過労により倒れ、漢口の陸軍兵站病院に収容されました。そして、肺炎を併発して重症となり、遂に還らぬ身となってしまいました。時に昭和二〇年五月三一日のことで、終戦を待たずに散ってしまいました。

私は、まだ二〇代の妻と七歳の長女、四歳の長男、一歳の次男を残し再び戦場に戻る前に、各人共に悔いの無い人生を過ごせとの趣旨の書き物を、各々に宛てて残してきました。それがどう読まれたか、各人がどういう人生を送ったかは、残念なことですが、先立った私にわかる術はありません。只々、残された人々の幸せを祈るばかりです。

追記　代筆者

わが父修一も、自分になり代わりよもや我が次男が、ここ我孫子の地で父の戦場での思いを語るとは想像もしなかったことと思いますが、父修一は常に私の胸中にはありました。

今回の我孫子市史研究センター編・つくばね舎発行の話を聞いて、私はすぐに私の兄が編集員として名を連ねていた一千ページ余の分厚い書物である「征きて帰らざる人々―大東亜戦争に於ける七百七十余柱の留魂録―」（下妻市戦没者遺族連合会発行）を思い出しました。そして読みました。七百七十余の方々の中には、父と同じ部隊に応召し、それぞれ旅立たれた場所は違いながらも『還えらぬ人々』となられた方々がいらっしゃいました。

わが父・同郷・同胞の諸兄の『征きて還らぬ人々』への鎮魂の思いと、残された家族の心労辛苦に思いを馳せながら、今回の企画に寄稿しました。

集団疎開顛末《てんまつ》記

原田　慶子

昭和一九年七月上旬、集団疎開申し込み

戦前から大森区は館山に寮を持っており、毎年、小学四年生以上の希望者を募り、プールのない学校の児童に、臨海学校として水泳と団体生活の習練を行っていた。私が四年になった昭和一八年、その申し込みを受け付けてすぐ中止になった。兄たちのはしゃぎぶりを見ていた私の失望は大きかった。そして、今度は学童疎開である。田舎がなく縁故疎開が不可能な級友は大勢いた。その上、先生たちの口調は、長期の臨海学校か修学旅行みたいなものだという感じで、戦争中なのに誰も不安を感じなかったようだ。毎月八日には鉄屑や古紙集めをしたり、出征兵士が級友の父君にまで及び始めたというのに。私は七人兄妹の末っ子なので、当然祖父母は亡くなっており、迷わず集団疎開に申し込んだ。

八月二三日、貯金通帳を

疎開用の仕度で、毎日新しい布団や赤い元禄袖や紫の絞りの羽織、たくさんの洋服などが荷造りされていく。この日、母が改まった様子で淡い緑の伊達巻《だてまき》（帯の下に巻く細帯）を渡し、「ここに千円の貯金通帳と印があります。大切なものだから、先生にも寮母さんにも、和子ちゃん（親友）にも絶対秘密にしてね。もし私たちと別れ別れになったら、これを少しずつ下ろせば生きていけるでしょうから。」

私は驚いたが、まさかそんなことはあるまいと多寡をくくっていた。母は今のお金で五〇〇万円くらいに当たると思っていたのだろうが、戦後のインフレで、ほとんど無価値になった。

八月二五日、伊東町へ

静岡県伊東町へ出発。大勢の友人と和子ちゃんと元気におしゃべりしながら到着、山の中腹にある青木館へ。五年生の男子組・女子組、三年生の男女組と、およそ七〇～八〇人である。これを書くに当たり母校の教頭先生に連絡を取ったが、「疎開の記録は多分ない。仮にあっても、個人情報漏洩になるので見せられない」の一点張りだった。人数や日時がどうして個人情報になるのだろう。そのようなわけで、日時や人数は全ておおよそである。友人と連絡を取ったが、誰も記憶が怪しい。

私たちの付き添い指導の先生は、男子組は飯田光先生、女子組は白荻末子先生、三年生は友寄先生。寮母さんは、女学校卒業したての浅野静子さん・田村英子さん、それに友寄先生の奥さんが幼女を連れてのオルガン持参で、寮母のキャプテンとなった。

青木館に到着すると、玄関ホールの広い板の間に、主人・奥さん・下働きの女中さんたちが迎えてくれた。床はぴかぴか、すぐに部屋割が告げられ、私たちは小部屋の七畳、変則な部屋だが、五年生四人、三年生三人の割当だった。部屋に届いている荷物をバラして、布団は押し入れに、手荷物や衣類は下段や板の間に、と整理に没頭、夕食はホールに細長い机を囲むようにして並べ、東京では手に入りにくくなったお刺身や多少のごちそうが並んだ。トイレは水洗で、当時の日本は汲取式だったから喜んだのも束の間、裏庭に粗末な急造の便所ができ、板から落ちそうで怖かった。浴場はライオンの口から絶えず温泉が流れ出していたが、一班一五分くらいの入浴時間が短かった。

八月二六日〜、付き添い教師に暴力教師が……

朝六時、「起床！」の当番の声。みな飛び起きて洗面所へ。上半身裸で下はモンペ。宿前の道に整列、乾布摩擦の後に体操、宮城へ向かって最敬礼！ そのまま上の特級旅館「かにや聚楽」の前を抜けて坂道を駆け上り、蜜柑《みかん》林を回って元の青木館前へもどる。急いで着替え、寝床を片付け、「食事！」という号令一下、玄関ホールの食堂に向かう。丼に団子《だんご》状のすいとんが入り、熱い野菜入りの汁を注ぐ。団子は巨大なのが一個で、なかは粉っぽく生煮えみたい。

汁の実は半月くらい同じ野菜―茄子《なす》・大根・菜っ葉・わらび・筍《たけのこ》が出て最初は喜んだが、半月続くと飽き飽きした。昼まで授業、昼食は丼にフワッと盛った飯にお菜が一品、または甘藷《かんしょ》（サツマイモ）三切、上にバター。甘藷は農林何号とかの大きな藷《いも》で、たまに紫色の斑点が染み出たようなのがあると、花魁藷《おいらんいも》だと喜んだ。甘みが強いので、得をした気分。馬鈴薯《ばれいしょ》（ジャガイモ）三個のときはバターと塩、すぐ麦飯になってくる。一度か二度、押麦・豆粕・大豆・高梁《コーリャン》・米の炊き込みご飯が出た。I先生は「今晩は五目ご飯だ！」と宣言。不味い！ 甘藷の茎と藷を甘辛に煮たのは親子丼である。

名付け親はI先生。御年二七歳、五尺七寸、スポーツ万能、色白で髭のそり跡が青い甲種合格の偉丈夫だが、とんでもない暴力教師。男子は連帯責任でほとんど毎日殴られていたし、女子でさえ、返事が遅いと耳の遠いSさんに五・六発のビンタ、全女子で「やめて下さい！ やめて下さい！」と連呼して抗議、カッとなると青くなり、発作のように殴る。前任校でも問題にされて転勤したと噂が立っていた。

白荻先生は、私たちが三年の時に師範学校を卒業して着任した初々しい先生。

温泉地のよいところで、冬になっても、源泉を入れた陶器の湯たんぽを寝床に入れると、朝まで温かい。夕食後入浴して八時に就寝するまで、トランプや百人一首で遊ぶ。別の部屋の名人が他流試合に来たりして愉快だった。ときには、寮母さんが読み手になったりした。

お正月には、おやつの蜜柑が、常は二個なのに三日分として六個ずつ配られたときなどは、どうやって食べるか惜しみつつ考えた。一一月の遠足は一碧湖《いっぺきこ》に。狩猟解禁日、色とりどりの紅葉美、宿の主人が鳥打ち帽に銃を背負い、猟犬二頭を連れて猟に。それに同行して、湖の傍らの枯れ野で弁当、おにぎりと茹卵《ゆでたまご》に感激。突然ダーンと銃声、再び空気を裂く音、驚くまもなく、犬がそれぞれ兎をくわえてきた。主人は手早く兎の腹を割き腸を出し、心臓を取り出して犬にやった。帰途は意気揚々として狩の獲物とともに……。その日の夕食は兎のカレーだった。皆驚喜！

一二月二三日，賜り物の菓子の一部を取り上げ

皇太子殿下誕生日。疎開児童に対し、御歌とビスケット一袋ずつ慰問として賜る。一人三〇枚入っていた。「その中から一〇枚ずつ集める。伊東小へお裾分けだ！」。「えっ！」、伊東小とは転入学式を運動場で行い、挨拶と答礼の交換のみ、教室にさへ一歩も入っていない。ポカンとする。相手は両親と暮らし、おやつを食べている子たちなのに理不尽と思うが、献上する。皇后陛下御歌「つぎの世をせおうべき身ぞ　たくましく　正しく生きよ　里にうつりて」を何度も斉唱。

一月某日、イルカ漁

曇り日だが見学、とのことで、二時間以上歩いて海岸へ。湾の中に網を張り巡らしている。待つことしばし、イルカの群だ。網の中に数十頭が押し合っている。屈強な青年が半裸で海に飛び込み、すぐにイルカを抱き寄せ、刀のような刃物で腹を割く。割かれた腹からもうもうと蒸気が上る。真っ赤な血が海を染める。次々とイルカに抱きつき、腹を割く。イルカは、抱かれると少しも暴れない。熱い血が噴き出し、海は紅に。かわいそうなイルカは人間と同じ温血動物なのに、と強く思う。ただ驚き、冷たい冬の海に飛び込む勇壮な若者の姿と、声無く殺される優美なイルカの残酷な運命を思う。皆押し黙って歩く。夕食にイルカの煮付けが出るが、食べるとあのシーンが蘇る。生臭いような異臭で、食べ残してしまう。今回連絡を取った友人は、「せっかくの肉だったのにまずいから食べられないよねえ」と言っていたが、今度イルカの参考書を見たら、伊豆や四国、南紀などでは昔からイルカ漁が盛んで、薬食いのように珍重していたらしい。栄養調査をしたところ、イルカを食べている地方は、児童の体格が優れていたそうだ。

一月下旬、映画鑑賞

初めて伊東の映画館で団体鑑賞、「陸軍」を観る。大事に育てた一人息子、その息子を含めた若者たちの出征行進を合掌して見送る田中絹代のクローズアップで終わった。悲哀を感じる。

二月某日、演芸祭

本日は疎開して初めて他校の疎開児童との演芸祭。我が校は「月月火水木金金」の歌に合わせて、エンジと白のセーラドレスがお揃いであったので、それを着て二人がダンス、ほかに童謡の「鞠と殿様」を、日本舞踊を習っている二人が寮母さんの和服を借りて着付けて舞う。他は、幕の中で合唱して終わる。ところが、女塚小学校の「弥次喜多」は圧巻だった。「東海道中膝栗毛」をさらにおもしろく脚色、児童全員を出演させたとわかる舞台構成、茶店の女三人の衣裳は、男児の絣を着せて赤い前垂れ、手ぬぐいを姉さんかぶりして歌う。今ならさしづめミュージカルだ。衣裳も背景も、うまく有るものを利用している。出演者全員が生き生きしている。あんな芝居を作った先生がいる女塚小学校が、つくづく羨ましかった。この日、何十年ぶりかの降雪で、大人も喜んでいた。

三月一〇日、一晩中防空壕で（東京下町大空襲）

一晩中空襲警報で防空壕に入りっぱなし。ここでは崖に横穴を掘って壕にしているのだが、さすが湯の町、「先生、お湯が出ました！」最初に入った班が必ず告げてくる。湯量が豊富で、掘るとすぐ湯が浸み出てくる。東京大空襲の後は、寝間着を着ないで、入浴すると明日の服装に着替えて寝た。枕元にリュック・防空頭巾・水筒を並べて寝る。真夜中空襲警報が鳴ると、すぐ横穴に入る。

五月二五日、東京・横浜・川崎が壊滅的な被害に遭う

この日のB29の爆音はすごかった。一晩中耳を聾するような響き、サイレンがけたたましく鳴っている。いつも湯が出るので、「あまり奥に入るな」と言われている横穴なのだが、その夜は「皆外へ出てこい！」との声。道に出て海を見る。東京の方向は燃えさかる火の海だ。四年生の子が「お父さん！　お母さん！　死んじゃうよ！　死なないで！」と泣き叫ぶ。「皇国の子だ！　泣くな！」と先生が一喝。

二日後に被害が判明、学区域三分の一無事、大岡山駅に近い我が家は三六発の焼夷弾にやられ、高塀に囲まれているため逃げ場がなく、母は警察派出所の二階建ての屋上に飛び降りて背中に火傷、兄は塀から飛び降りて両足首捻挫で、近所のおじさんに背負われて洗足池に避難、父は東京工業大学予備部教授で防火責任者なので、工大で指揮を執りながら家族の心配をしていた。

六月中旬、再疎開で盛岡へ、さらに再々疎開

再疎開で盛岡市長 松寺《ちょうしょうじ》へ。途中品川駅で三分間父母と面会、列車の窓はすべて板が打ち付けられて、隙間から見た東京は一面の焼け野原、灰色の地面に赤茶けたトタン屋根の防空壕暮らしの人があちこちにいる。あらためて戦争の恐怖を感じる。被災者と幸運な人との差は、差し入れの違い。やっとのおむすびに胸が痛む。なぜか、下級生の羽田野君が「どうぞ」と言ってドーナツをくれる。うまいシナモンドーナツだ。今でもドーナツを買うとき、（思い出の）シナモンを一つは選んでしまう。

盛岡に着いてびっくり、駅前通りが焼け跡、仙台空襲後、余った焼夷弾を落としたせいだと。幸い長松寺は無事だったので一安心、米の倉庫が焼け、焼米を粉にしてもらって黒い団子汁。炭を食べているようで皆吐き出す。さすがの腕白三人組も手が出ない。

一月もたたず再々疎開、県下稗貫《ひえぬき》郡八幡《はちまん》村の光林寺へ。ここは純農村地帯で、緑したたる田園風景が広がっていた。第一、B29の爆音がない。その代わり、朝五時ゴーンと鐘を打つ音と、本堂での「般若波羅密多《はんにゃはらみった》」と大音声のお勤めから始まる。川の水で洗面、薪の風呂炊き。六年生の男子の小グループで「何かお手伝いありますか？」と農家を訪ね、草取りをしておむすびをもらったとの情報、翌日数グループの訪問が始まり、それを知った先生は激怒、制裁・外出禁止に。その後、村から野菜を地区ごとに集めるから子供を取りに来させるようにとの提案があり、当番がリヤカーで運ぶようになった。私たちの班は、そこの四〇代ぐらいのご主人と親しくなり、おやつを食べながら家族の話などをした。そのうち、家に上がって四つの座敷の襖を取り払うと大広間になることを見せてくれ、田舎の大地主のすごさを知った。結婚式も会議もできる。末っ子の三歳くらいの女児と遊ぶのも楽しかった。

八月一五日、そしてまだ続く疎開生活

朝から変な日、授業もない。大人はオロオロ。夕方、男子が囁《ささや》いた。「どうも戦争が終わったらし

光林寺傍の小川で洗面（昭和20年9月）

いよ」「勝ったの？ 負けたの？」「わからないけど、変な顔してヒソヒソ話してる」。

夜、先生が皆に「戦争が終わりました。いつ帰京できるかわからないが、そのうち帰れるでしょう」。子どもたちは「勝てば万歳するよ。きっと負けたんだ」と語り合った。

村は収穫期に入り、イナゴ獲りなどに活躍、イナゴの佃煮は足が口に触って嫌だったが、九月の末に村から、餅をついて慰問してやろうという話が持ち上がる。

こちらは演芸会をお返しにしようということで、合唱したり、金子君の落語・踊などを計画した。当日の献立は、大根と人参の千切りの入った雑煮、出汁が美味で、何杯もお代わり。枝豆をからめた飴で作ったずんだ餅、生まれて初めての絶妙な味、それにお汁粉、どれも最高で、一人がお餅一三個を食べたとの記録がある。翌日は皆下痢で断食、誰も後悔なんかしない！、お腹いっぱい食べたのだもの。天上の美味だったんだから……。

茸採りの名人に連れられて茸狩り、平茸《ひらたけ》やねっとりした茸。松茸《まつたけ》三本が採れて先生の肴となり、採り手は褒めちぎられた。夜、茸汁に舌鼓を打つ。一〇月中旬、またまたお餅食べ放題の催し。演芸会

光林寺の畑で農作業（昭和20年９月）

のほうも厳選して蝦蟇《がま》の油売りの口上を加える。手品もやんやの喝采。生涯にあんなにお餅を詰め込むことはもうない。大満足の夜、村は敗戦などなかったようなたたずまい、まるで桃源郷、進駐軍の影もない。ただ、本堂には遺影が懸けられていて、何千という目が見つめているので、夜中尿意を覚えるのが恐ろしかった。隣りの子を起こす。たちまち一〇人くらいが外に出て畑の傍の便所に行く。お墓が山ほどあるから気分が悪い。お化けが出るようで……。

下肥を天秤棒でかついで畑にまくこともやった。

一〇月二五日、帰京前日

明日の出立を前に荷物を作ったので、布団がない。村中の家にくじ引きで分宿する。私たちは母子二人の小さいおうち、ライスカレーでもてなして下さった。

一〇月二六日、帰京

村の皆様に見送られて疎開学童列車に乗車、東京までまっしぐら、男子は他の車両に行き、他校の生徒と交流、「ギブミーチョコレートというとチョコをくれるって」と新知識を仕入れてくる。東京に到着、上野から清水窪小学校に帰校する。特攻出撃の二週間前に終戦で、命拾いした四兄が笑顔で迎えに来てくれて、途中からオンブしてもらって帰る。焼け跡にたった新しいバラックの我が家に帰還した。父母の胸に飛び込んだ。

五八年後の平成一五年九月二九日、あの暴力教師の真実

目黒の雅叙園で男女合同の古希を祝う会を開催した。ご招待できたのは、白荻先生と浅野寮母さん。I先生は品川区の伝統校の校長を最後に定年退職し、すでに死去していた。懐かしい顔ぶれと話が弾み、閉会。帰途、男子の級長のF君からびっくり仰天の話を聞いた。「僕らの班はI先生の部屋当番だった。ある日、開き戸が開いて閉めようとしたら、僕たちの両親が送ってくれたお菓子がぎっしり詰まっていたんだ。」浅野さんも語った。「あのお菓子とお酒を交換して毎晩独りで飲んでたのよ。」「青木館の人も皆知っていた。」空腹で、鉛筆一本とわかまつ（栄養剤、ビールの絞りかすから造ったという。親が子供に持たせた。）三錠を交換して食べたり（一回でやめた）、チョコ色の化学糊（ほのかに甘かったから、デンプンが入っていたのかもしれない）を舐めたり、蜜柑の皮まで食べていたのに！

……何であれ実験するのは男子で、蜜柑の皮には甘いのとまずいのがあるといってムシャムシャ食べるので、私たちも試してみたが、意外に食べられた。先生には絶対の秘密だった。当時、炊事場から指先ほどの飯をもらって糊を練るのが流行った。しばらくすると、糊を練るといってそれを集めて食う奴がいるとの噂が飛び、その頃縁故疎開に切り替えた友がそれをやったという陰口となった。たぶん、羨ましかったからだろう。ピンクの半練り歯磨きは、甘かったが飲み込むことはできなかった。……

皇太子殿下誕生日に差し出しを命じられたビスケットの運命もわかった。謝罪してよ、I先生！こんな恥ずべき行為をさせる戦争を心から憎む。犠牲は弱者だ。

戦時下の旧制中学校生活

古内　和巳

一九四一（昭和一六）年一二月八日、日米開戦をラジオ放送で知らされて以来、一九四五（昭和二〇）年八月一五日の終戦も放送で知らされた旧制中学校生活は、たっぷりと戦時下で過ごした四年間であった。以下、記憶と資料を基に当時を辿ってみる。

昭和一七年四月、憧れの千葉県立長生《ちょうせい》中学校へ入学したころ、日本軍の南方戦線の戦果が毎日のように新聞・ラジオで賑やかに報道されていたが、月を経るにしたがって様子が怪しくなってきた。まず、入学式らしきものはなかった。校内は何となく慌ただしい雰囲気であった。

軍隊化する中学校

入学当初は小学校時代の服装でよかったが、間もなく国防色（カーキ色）の折襟服・ズボンにゲートルを巻く服装で統一され、履物は地下足袋という格好で、校内全体が軍隊ムードであった。加えて、先輩とすれ違う時は軍隊式の挙手敬礼が規則として日常化されていた。自転車通学の学生も敬礼時は片手ハンドルで右手挙手であったから、自転車のバランスを崩すこともあった。この頃の教員の服装も、背広から国民服に、帽子は中折《なかおれ》から戦闘帽へと変わり、生徒と行動を共にするときは、ゲートルを付けるようになったと記録にある。

また、当番が職員室へ出席簿持ち出しや返納、其他の用事で入室するときは「第○学年○組○○は○○の用事で入ります」と大きな声で断って入室をしなければならなかった。学年・組を表す襟章の金属も、小判型のセルロイドの名札に代わった。戦時下、兵器の原料である金属不足のために、寺院の梵鐘・銅像、家庭の真鍮火鉢など供出させられたので、生徒の襟章までも戦時協力として強いられたのである。

夏休みも過ぎて二学期・三学期と経過していくうちに、入部しようと思っていた庭球部（現在のテニス部）が廃部となり、野球部も消えた。代わりに銃剣部や滑空部（グライダー部）等が設けられて人気があり、入部する友人も増えたが、操縦席に乗るのは担当の教師だけで、部員は専らゴム綱を引くだけで、一人として操縦桿を握った部員はいなかった。

勤労動員の激増で繰り上げ卒業

二年生を迎えた五月頃から勤労作業が多くなり、農家出身の学生は農繁期休業で農作業の手伝い、他の生徒は、学校近隣農家へ援農作業として出動していったものである。戦況は逆転し、本土へ空襲する米大型機の来襲が多くなり、空襲警報のサイレンが鳴り響く回数も多くなった。この頃から学校近くの村へ飛行場が建設されることになり、生徒も地下足袋の作業姿で、地均らしやトロッコで土運び作業に汗を流した。何分にも土方作業で空き腹には応えた。帰校して午後の授業はあったと思うが、記憶にない。作業はますます増えて週三日となり、列車で遠くまで出かけることもあった。学業に不安を抱きながらも、だれ一人不平を言わず勤労作業に取り組んだ。

三月、先輩の卒業頃になると、級友が見えなくなってきた。海軍兵学校や甲種飛行予科練習生など、軍関係の諸学校へ進出していった。彼等は休暇になると、七つボタンの水兵服や海軍士官の正装で母校を訪問して、応募を誘った。軍の勧誘方策でもあったのであろう。こうした中で授業は行われたが、年間三分の一は動員作業のために、カリキュラムの消化には無理があったためか、授業の進度が早く、復習しても理解できないところがあって苦労した。この年に中学校が一年繰り上げ、四年卒業となったので、教科担任の授業も進度を早めに進めたようである。英語・音楽・図画の教科は極端に減って、教練や鍛錬の時間が増えて苦痛だった。三八式歩兵銃の分解手入れは油まみれ、標的射撃訓練や匍匐前進、加えて軍人勅諭の暗誦など、戦闘訓練そのものであった。

校内規律もいよいよ厳しくなって、毎月の持ち物検査は軍隊式で、必要以外の物は取上処分であった。校外での行動も発見されると厳重な処分が科せられた。記録によると「二年生四名が無断早退の上、町内繁華街でアイスクリームを奢り合っていたことが発見され、二名は無期停学、他の二名は無期謹慎に処せられ……」と厳しい処分であった。

戦況は悪化の一方で、一九年に入ると戦時体制は強化され、「学徒通年動員令」により先輩の学年は工場へ出動し、残った我々も、いつのまにか、体育館・生徒集会室・教室に据え付けられた旋盤加工機・尖孔機・研磨機などの工作機に取り組むことになった。昼夜二交代制の勤務で、空腹と眠いことに耐えることが精一杯であった。会社から指導員が派遣されて、機械の扱い方、作業の工作手順、仕上がった製品の検査確認のための計器の扱い方等、細かく手ほどきをしてくれたので、操作は早く覚えたが、跳ね返る冷却油まみれと立ち続き作業の連続であった。加えて、製品は検査室でほとんど不合格、一層の努力を要求されたものである。

つらい空腹、供養のトマトを食す

こうした状況の中、第二二回及び第二三回卒業式が同時に行われ、それも、動員先の工場の機械音の轟々ととどろく、戦場のような一隅で……。このような卒業式は、後にも先にもこれが最初で最後であった。列席者は　校長・教頭・監督教師・配属将校と、工場側から工場長・幹部社員だけで、後輩はもちろん、父兄・来賓の顔も全く見当たらなかった（『創立八十年史』の記録）。兄の卒業証書は、葉書より少し大きめの領収書のような証書であったことが記憶にある。翌年三月、我々の卒業式は、担任からＡ４判の卒業証書を渡されたのみであった。最高学年となった我々の学校生活は相変わらずの油まみれの工場生産活動であった中で、グラマン機の空襲に見舞われ、一斉避難警報とともに隣の墓地へ逃げ込んだものである。飛行眼鏡のパイロットがはっきり見える低空飛行で機銃を打ちながらの連続空襲に怯え、墓石を楯に身をかくした数分間は、今でも脳裏に焼き付いている。空襲の去ったあと、急に空腹を覚え、供養に供えてあったトマトを頂いたあの味は、いまだに忘れられない。

一九三〇年生まれの愛媛での戦中・戦後

―山間《やまあい》と県都を行き来―

松本　庸夫

はじめに―山間の集落と松山市郊外

戦中・戦後の体験を述べるにあたり、その時期を過ごした環境を先ず述べておく。

一つは山間《やまあい》の集落で、学校の休み期間中、この生家で過ごした。松山市中心部から北東へ石手川《いしてがわ》を遡ること約一六km（当時は温泉郡湯山村福見川、現在松山市）。今は高齢化・過疎化している。

もう一つは松山市郊外「中村」の通学場所。四国八十八カ所50番繁多寺《はんたじ》の西約二・五kmで、叔父・叔母の時代から中学校・女学校への通学場所にしていた。南方一kmくらいは田圃続きで、石手川の伏流水脈上らしく、地下水位が高く、近くには小さい湧水池が在り、小川に流れ出ていた。現在は国道11号線・33号線のバイパスが通り、空き地はなくなり湧水池跡にも建物が在る。

一　日中戦争（当時は支那事変と呼称）始まる

昭和一二（一九三七）年松山市立素鵞《そが》小学校入学

当時、小学校には尋常科六年と高等科二年があり、松山市内では尋常小学校と高等小学校は別の学校になっていた。教科書は昭和七年に全面改訂されたシリーズで、国語読本《とくほん》の最初は「サイタ　サイ

タ　サクラ　ガ　サイタ」で始まる彩色挿絵、主語・述語を備えた文章となった。それ以前のものは、単語の羅列「ハナ　ハト　マメ　マス」で始まっていた。「サクラ」シリーズは後年名教科書と評判の高いものだったが、国民学校への切り替えで短寿命だった。

この年七月七日、当時は盧溝橋事件・支那事変と言われていた「日中戦争」が始まり、子供の周辺も慌ただしくなった。山間で幼年時からよく遊んだ友人宅へも赤紙（召集令状）が来た。小学一年生の彼は父子家庭だったので、集落内の遠縁の家に預けられた。

神社への日参当番

山間の小さな集落にも必ず神社が在り、戦争が始まると日参する当番の板が回ってきて、それと共に付いてくる小さな幟を持って参拝し、次に回すシステムができた。当番板を回すシステムは、水車を利用する割り当てで慣れていた。

軍国調の歌

支那事変が始まると、「露営の歌」・「愛馬進軍歌」・「愛国行進曲」など多数が歌われた。それらの多くは今も歌えるし、インターネットでも検索できる。「露営の歌」一番「勝ってくるぞと勇ましく誓って故郷《くに》を出たからは　手柄立てずに死なりょうか　進軍ラッパ聞くたびに　瞼《まぶた》に浮かぶ旗の波」を彷彿とさせる写真が『我孫子―みんなのアルバムから―』（二〇〇四）にも残されている。これに続く歌詞には、中国大陸での将兵のご苦労も詠み込まれている。同じ昭和一二年の「愛国行進曲」もよく歌ったが、小学生には意味の理解できない言葉が多数あった。「金甌《きんおう》無欠揺ぎなき」「八紘を宇《いえ》となし」などである。

昭和13頃の湧水池（少年は筆者）

近くにあった湧水池

中村〈通学した松山市郊外の地名〉の家のすぐ近くに湧水池があり、小川に流れ出ていた。水中には枠組みがあって、干魃《かんばつ》の時には農業用水としてポンプで汲み出した。その時には底のあちこちから湧水が盛んに噴出するのが観察され、涸れることはなかった。周囲には葦が茂っていた。学校帰りのカッパたちが、フルチン（真っ裸）で飛び込んだり水掛けに興じていた。現在、この地は国道のバイパスが通じて跡形もなくなり、池跡には建物がある。（上の写真参照）

この池に接する南北に伸びる用水路は地下水脈上にあったらしく、北方の土手寄りには、昭和十年代前半に農業用井戸が掘られた。この工事は日中戦争開始前から計画されていたものだろうが、出征兵士にとっては安心の一つだったろう。

我ら赤《あか》チンエイジ

少年時代、怪我した時の消毒剤はオキシフル（過酸化水素水）かヨーチン（沃度チンキ）だったが、支那事変が始まってから「赤チン」が出回り、いたずら盛りの少年達は多用した。水銀を含むマーキュロクロームの水溶液で、消毒効果は抜群、水銀を含むことから、戦後我が国では製造中止になったが、今も輸入した結晶を溶かし「マーキュロクローム液」として入手できる。中国大陸での戦闘で負傷した兵士の救急薬として開発された薬剤と思うが、今も重宝している自分を「我ら赤チンエイジ」

と自称している。鉛筆を削るにも遊び道具を作るにも「肥後守《ひごのかみ》」（折りたたみ式ナイフの通称。本来は作者の固有名詞？）を常用する時代だった。

四大節と教育勅語

四方拝（一月一日）、紀元節（二月一一日）、天長節（四月二九日）、明治節（一一月三日）を四大節《しだいせつ》と呼び、登校して式典があった。校長が御真影《ごしんえい》（両陛下の写真）のカーテンを開き、恭しく箱から教育勅語の巻物を取り出して奉読し、生徒は頭を垂れて聴き入った。「御名御璽」と終わって頭を上げると「しゅん、しゅん」という鼻水をすする音があちこちで聞こえた。この後「勅語奉答歌」を歌った。教育勅語は修身の教科書トップページに載っており、暗唱させられた。

学校が休みになる祭日に、陸軍記念日（三月一〇日）や海軍記念日（五月二七日）があった。これらは日露戦争に関連するもので、『新訂尋常小学唱歌』には日露戦争関連の歌が多数ある。祝祭日には各家庭で国旗を掲げるのが当然で、子供の役目だった。

慰問袋

日中戦争に応召された兵士からは「軍事郵便」として現地部隊の所在地からハガキが来たが、実際に何処にいるかはわからない。それらに応えて、手紙や日用品を入れて「慰問袋」を送った。さらし木綿のふんどし（越中ふんどし、当時の男性の下着。一m位の木綿の端に胴を回せるひもを付けた。家庭で簡単に作れた）は布が流用できるので重宝がられる、と聞いた。生家の山間集落から応召した兵士たちに送ることになり、当時三年の私は手工（今で言う工作）で習った、糸を引くと手足が動く馬糞紙《ばふんし》（工作用の厚紙、藁を原料にしていたので、そんな色に見えた）製のピエロや、取り付けた割箸を上

小学校２・３年頃の筆者

下すると長い鼻が動く象などを入れた。
受け取った兵士の一人から、仲間と楽しんだ様子の返事を貰い、その後何度も文通した。戦後無事復員されたが、とうとうお目にかかる機会はなかった。

紀元二六〇〇年（昭和一五年）

「神国日本」が喧伝されていた時期で、神武天皇即位から二六〇〇年とされたこの年、国を挙げてのお祝いムードだった。奉祝国民歌「紀元二千六百年」のほかに厳かな雰囲気で歌われる式典歌もあった。提灯行列もあり、親に「戦争に勝てばもっと賑やかか」と訊いたりした。

昭和一六年四月から小学校は国民学校初等科に

五年生になった春、学校の呼称が「国民学校」に変わり、高等科まで義務教育となった。子供には理解できなかったが、戦時体制への大転換だったらしい。一年生の教科書は新しいシリーズに替わったが、我々高学年は「サクラ」シリーズがそのまま続いた。

天皇への忠義の思想が強調され、楠木正成の宮城前広場の銅像写真が各教室に掲示されていた。楠木正成と楠木正行《まさつら》の桜井の別れを詠んだ「大楠公《だいなんこう》」の歌や、『新訂尋常小学唱歌』第五学年用にある「児島高徳《たかのり》」の歌詞「天勾践《こうせん》を空しうする莫《なか》れ、時に范蠡《はんれい》無きにしも非ず」は今も口ずさむことがあるが、中国の故事を知る由もなかった。足利尊氏は不忠者のように感じていた。

運動会の人気プログラム

毎年五・六年合同だったと思うが、男子に「白虎隊」があった。袴を着け木刀を持って「霰の如く乱れ来る　敵の弾丸引き受けて……」と歌に合わせて演舞した。午前中の最後の演目だった。女子の人気は「田毎《たごと》の月」おどり。こちらも五・六年合同だったと思う。これらは以前から毎年の演目で親たちにも評判が良かったようだ。

二　太平洋戦争（大東亜戦争）

昭和一六（一九四一）年一二月八日、国民学校初等科五年生の時、当時は大東亜戦争と呼んだ戦争が始まった。真珠湾攻撃に参加した「九軍神」の数が不思議に思われたが、戦後まで事実が発表されることはなかった。一人は助けられて捕虜になっていたとのこと。日露戦争の旅順港封鎖の時、広瀬中佐が探し求めた杉野兵曹長と同じケースだった。

戦果の掲示・大東亜共栄圏・大詔奉戴日《たいしょうほうたいび》

小学校（当時は国民学校初等科と呼称）の運動用具舎外壁に大きな地図が張り出され、マレー沖海戦でのプリンスオブウェールズ、レパルス両戦艦の撃沈やマレー半島の東海岸、コタバル（当時英国領）に上陸した陸軍が海岸沿いに南進し、シンガポールへ進軍する様子などが日々掲示されていた。シンガポール島は激しい戦闘の末、日本軍の占領する所となり、「昭南島《しょうなんとう》」と命名された。

この大きな地図は日本から東南アジアを含むもので、日本は「大東亜共栄圏」を作ると言っていたが、その勢いは間もなく消えてしまった。また、大東亜戦争開戦の詔勅が出た一二月八日にちなみ、毎月八日を「大詔奉戴日」と呼び、戦勝祈願の学校単位での神社参拝や、地域の家庭を回って木灰集め等をした。木灰は肥料不足を補うためで、貴重品だった。

東京・名古屋・神戸初空襲受ける

勝利情報が続く中で昭和一七年四月一八日の大都会への空襲（ドゥリットル空襲）は、戦争を身近に感じさせた。

愛国百人一首

小倉百人一首になぞらえて、昭和一七年愛国百人一首が選定され、昭和一八年の紀元節に小学校の対抗試合もあった。選定された百人一首には天皇を神格化するような「大君《おおきみ》」の語を使用したものが多数あり、第一首は柿本人麻呂の「大君は　神にしませば　天雲《あまぐも》の　雷《いかづち》の上に　いほりせるかも」だった。学校では男女数名ずつが指名され、放課後作法室に集まって暮れるまで練習した。畳の縁がすり切れるほどだった。対抗試合は五名の選手が一〇枚ずつ分配する形式だった。

昭和一八年中学校の入学試験

昭和一八年三月の初等科修了時点で、ある者は国民学校高等科へ、ある者は県立・私立の中等学校へと分かれた。筆者は県立松山中学を受験した。入学試験は歴史と理科の口頭試問と体育の実技だった。歴史は神武天皇東征の事で、日向から大和への航路図が書かれていた。八咫烏《やたがらす》の話も聞かされていたし、小学校時代の教室には神武天皇が持つ弓の上に金鵄《きんし》が止まった絵が掲示され、奉祝国民歌「紀元二千六百年」の冒頭に「金鵄輝く日本の」と歌い込まれていた。不得意だった体育の実技にも頑張り点を貰ったのだろう。

三　戦時中の山間での生活

自家調達のおやつと手製の遊び道具

この時代、おやつは母の手作りか自分で調達するもの、遊び道具は自分で作るものの時代だった。小正月（一月一五日）のために寒餅を搗く時、砂糖を加えたものや着色したものを作り、半乾きの時、薄く切ったり賽の目に切ったりして乾燥し保存する。薄く切ったものは炭火で焼くとせんべいになる。賽の目の方は焙烙《ほうろく》で炒ると球状のあられになる。糯米《もちごめ》の玄米を炒《い》るとはじける。これを先のあられと、これも藷《いも》（甘藷）から作った水飴で固めると、高級なおやつになった。藷を原料にした水飴は、砂糖が入手できない時代の産物だった。

雛節句や端午の節句には、米粉を作るための粉ひきは夜なべ仕事、子供らも石臼を回した。苗代時期には焼き米。播くために水に漬けておいて残った種籾を、炒ってから籾殻を取る（脱穀する）と、炒った玄米になる。このままよく噛んで食べることも、お湯に浸けて暫く置き、塩を少量加えることもあった。栄養のある、噛む力を養うおやつだった。自分らで調達するものにはシャシャブ（ナツグミの赤い果実）や柿など。シャシャブやナツメは松山郊外の家でもよく食べた。柿は木に上って収穫したが、熟したのを樹上でたくさん食べた。渋柿でも熟したものは甘い。収穫したものは、夜なべで干し柿にした。野生の草木の実では、クサイチゴ、フユイチゴ、桑イチゴなど多種。

手製の遊び道具としては紙弾《かみだま》鉄砲〈リュウノヒゲの青い果実を弾にすることも〉、スギの実鉄砲〈スギの雄花の蕾を弾にする〉、弓矢、刀、水鉄砲、笛など。材料は手近にあり、肥後守（ナイフ）の他、鋸や鎌も使用した。

慰問袋に入れた山の幸

クリの木は雑木林（薪炭林）にクヌギやコナラと混じって自生している。これらのクリの実（山栗）は小粒だが美味しい。樹から落ちたものは無主物となり誰でも拾うことができ、弟妹を背負った子供たちが遊びを兼ねて栗拾いに出掛けた。買い付けに来る業者もいたのだろう。「勝ち栗」に加工して慰問袋に入れた。

リフォーム衣料

戦時中は衣料も不足し「衣料切符」制度があった。主婦は色々工夫して、家族のために家にあるものをリフォームした。最たるものが「もんぺ」だろう。絣の着物などを活用し、婦人の制服のようになった。家紋入りの大きな吹き流しがあった。これから、姉がシャツを作ってくれた。今で言うハイネックのシャツだ。家紋の部分は大きな風呂敷に再生された。

押入には多くの古着が保存されていて、叔父・兄と続いた少年用の霜降りや黒の服があった。長ズボンを短くリフォームしてもらったものをよく利用した。中学ではゲートルが制服の一部だったが、これも替えが入手できず、帯芯を縦に四つに切って染め、縁《ふち》をかがって二組のゲートルに再生してもらった。昭和二〇年三月、通年動員で新居浜に出かける前、ボタン付けとこのゲートルの縁かがりを教わった。

四　中学生の動員

中学生活スタート

中学には「教練」という科目があり、現役の軍人（配属将校）一人と陸軍将校ＯＢ二人が配置されており、年に一度「教練」の成果を採点する「査閲」と称する重要な行事があった。その日には、脚に巻いたゲートルが解け落ちないよう、家で縫い付けて行くようなこともした。英語も初めての科目だったが、動員でかなりの時間が削減された。

農作業・水害復旧・飛行場の掩体壕造成（中学一・二年）

昭和一八年五月に長雨が続き、麦刈りが遅れて芽が出るというので、農家の手伝いに動員されたのが始まりだった。一・二年生時代は、この農家手伝いや水害の復旧作業、海軍飛行場の掩体壕《えんたいごう》構築（モッコ担ぎが主な作業）等で授業日数の1/3以上が潰された。手元に昭和一九年一学期の日記が残されており、それらや記憶をたどり、松山中学・松山東高校同窓会誌『明教』15号（一九八五）に「我が松中時代と今」を投稿した。また我孫子市の二〇一五年度募集に応じ、「次世代に伝えたい戦時体験～昭和19年中学2年生の日記から～」を『2015年度　戦後70年記念誌　祈り』（二〇一六）に載せて頂いた。昭和一九年五月二二日の記録の一部を引用して、次のことを書いている。

昭和14年の「青少年学徒に給はりたる勅語」発布の日にあたり、開校記念行事があった。当時、進学希望調査では海軍兵学校や陸軍士官学校が奨励されて本心を言いにくい状況だった。来賓先輩の講演「軍人ばかりが国に尽くすのではなく音楽等でも必要なのだ。武力のあとの大東亜建設する為には、今まで文化の高いヨーロッパ人に治められていたのだから原住民に日本のよい所を本当に知らさねばならぬ。上級学校へ行く時は先生や父母の意見、それに自分の希望も入れて学校を定めよ。」との話に感動した少年がざら紙の日記に残していること、戦後は軍指向の制約も感ずることなく、自縛から解放され希望の進学先を選べるようになった。

軍需工場（新居浜）への通年動員

昭和二〇年三月半ば、中学二年修了後から新学年を待たず学徒動員で新居浜の軍需工場へ動員され、蚕棚のような寮から隊列を組んで工場に通った。出動初日、西日本での朝六時は未だ暗い。ご飯は少し色がついており、黒いものが混じっていた。初日を祝って赤ご飯（小豆飯）かと口に入れみると、カンコロ（切り干し甘藷を砕いたもの）飯だった。

工場での様子は前述の『2015年度　戦後70年記念誌　祈り』に記録した。往復の途次出会うオランダ兵捕虜隊列の軍靴と自分らの靴（地下足袋だったか？）の違いに驚嘆した。夕方、隊列を組んで寮に帰るときに歌って寂しい気持ちにさせられた「斬り込み隊の歌」は、沖縄戦の短期間だけのもので、今はインターネットでも見当たらない。記憶している歌詞をここに残しておく。六月二三日は沖縄慰霊の日。

斬り込み隊の歌　（昭和二〇年六月　沖縄戦斬り込み隊の歌）

1番　命一つとかけがえに　百人千人斬ってやる　日本刀と銃剣の
　切れ味知れと敵陣深く　今宵また行く　斬り込み隊

2番　草の葉づれも忍びつつ　身には爆薬手榴弾《しゅりゅうだん》　二十重《はたえ》の囲みくぐり抜け
　敵陣営の真っ直中に　今宵また行く　斬り込み隊

地方都市へも敵機襲来

以下は六学年年長の姉（筆者が新居浜に派遣されるまで、所帯主として松山市郊外で弟妹の通学の世話をしていた）から、昭和六一年、ＪＩＣＡ専門家としてマレーシア在勤中に受信した手紙の抜粋で、地方都市での昭和二〇年三月の空襲体験である。

サイパンが失われてからは制空権を奪われてしまいましたから、翌年（注　昭和二〇年）の3月19日?には三坂峠（筆者注　四国山脈を久万高原へ抜ける峠）を低空で越えた真っ黒いグラマン機（航空母艦艦載機）がグングン松山平野に侵入してきて中村（筆者注　地名）の会堂近くの農道を歩いていた人等が機銃掃射を受けたり、飛行場（筆者注　海軍基地があった）にも多少被害が出た模様で、防空壕に入るひまなどなくて家の中でヂットしていました。動く物は目についてねらわれるという事でした。今は家の前の広い田圃などは住宅で埋まって環状線も通り、松本の古い家と関谷さんの樅《もみ》の木が昔の面影を残しているばかりになりました。あの頃、中村の家は水田に隣り合わせていたので、防空壕に水がたまるのには困りました。夜、一機偵察に来た四発のひき臼をひくようなボーイングの音を聞いた時は不気味でした。防空演習も盛んになって、十代の若役で梯子《はしご》や屋根の上に上がる事が多くなり、注水訓練も上達したのですが、その様な事は気休めにしかならなかった事です。

松山の空襲

昭和二〇年七月二六日、生徒の大部分の家が在る松山市が空襲を受け、市内は全焼した。新居浜の寮でたたき起こされ、真っ赤になっている西の空を眺めた。先生は「おまえたちの家が燃えているのだぞ」と。山間の我が家がある村も川下で被害あり、許可が出て一時帰宅したが、慢性腸炎を患っていて、そのまま病気欠席して山間に滞在していた。

終戦―玉音放送は山間の家で聞く

山間の集落には疎開の人が多く、電灯数も増えていたので、私立発電所の能力不足で電圧は下がり、夜間供給だけになっていた。そんなとき、昼間に電灯が点《とも》った。何事かとラジオにスイッチを入れ、雑音の中から「ポツダム宣言」受諾の意味を理解できた。旧盆の集落行事の準備から戻った青年団員の次姉は、持ち物を投げ出して悔やしがった。

五　戦後のこと

米軍進駐―女性の疎開

地方都市の松山にも進駐軍が来るというので、昭和二〇年八月末、若い女性は疎開するようにお触れが出たらしい。市内在住の三姉妹が山間の我が家に来て数日滞在した。何事もなかったようでお触れは間もなく解除された。戦前の歴史を恐れていたのであろう。

中学校授業再開

戦後は間仕切りした他校の武道場、そして焼跡にバラック教室もでき、やっと松山中学生らしい勉強ができたと思う。四年の時（昭和二一年度）英語の新任先生は遅れている我々の英語力向上に情熱を傾けられ、短文例多数の暗記を指導してくださった。

学制改革

戦後の大改革の一つは学制改革であった。従来の六・五(四)・三・三制が六・三・三・四制に変更されたのである。従来の中等学校（中学校・商業学校・工業学校・女学校など）は原則として五年間（女学校には四年制のものもあり、また中学四年修了後に旧制高校への受験資格があった）、旧制高校・旧制専門学校などは三年間、旧制大学は三年間の履修期間であったが、これが六・三・三・四制に変更された。

従来の小学校高等科二年制が新制中学三年間に独立し、各地に新制中学校舎が建設された。この制度改革の影響をまともに受けたのが、我々世代であった。筆者は昭和18年中学入学で、この年度の入学者は戦後の学制改革に遇い、昭和二三年に四年修了で旧制高校に進学した少数の者、昭和二三年に旧制中学を卒業して旧制高校・専門学校に進学した者、昭和二四年に前年新制高校に変わった高校でさらに一年間学んで卒業した者に分かれた。

ほかにも、この前後の入学者は、種々の問題に遭遇した。昭和一九年入学者は五年間のつもりだったのに途中で六年間に変更され、新制高校卒業となった。この年度生の中にも従来の制度で四年修了後旧制高校に進学した者がいた（このケースは旧制高校一年修了後学校廃止）。

昭和二〇・二一年度旧制中学・高等女学校入学者は、男女共学・学区制への移行などでさらに複雑だった。われわれの二年先輩（昭和一六年度中学入学者）は履修期間が四年に短縮され、昭和二〇年三月での四年卒業となったが、前年の八月末から五年生と共に通年動員で工場にかり出されていた。次年度生（昭和一七年度中学入学者）は終戦翌年の四年修了でも、本来の五年修了でも選択制で卒業できた。

旧制高校「どんじり会」

松山中学四年修了後、昭和二三年四月、旧制松山高校理科に二九回生として入学。仲間には海軍兵学校や陸軍士官学校に在籍していた者も多くいた。焼け残った体育館を間仕切りした教室で初めてのドイツ語、戦前から在勤するドイツ人教師にドイツ民謡をいくつも教わった。食糧難はどこも同じ、昭和二二年七月の期末試験前に寮は食糧難で一時閉鎖、試験は九月に延期され、早々に夏休みになった。

昭和二四年三月、我々二年生は三年に進級したが、三〇回生の一年生はここで旧制高校廃止となり、新制高校卒業と同資格でそれぞれ新制大学に進学した。そして昭和二五年三月、白線帽にマント姿、弊衣《へいい》破帽《はぼう》で世間にも注目されていた全国の旧制高校は消滅し、明治以来の日本の教育制度は大転換した。同窓会は存続しているが会員も高齢化し、二〇一九年三月に創立百周年記念同窓会を松山で行い、集まりとしては最後になるという。東京支部の集まりは二〇一八年六月が最後になった。寮歌祭も、小規模ではあるが旧制高校合同でまだあちこちで行われているそうだ。我々同期生は自分らを「どんじり会」と称している。

昭和二五年（一九五〇）の東京

昭和二五年二月、高校の仲間と共に列車と船で尾道へ、そこから東京行き夜行急行で受験のため上京した。座席は小田原までなかったが、皆通路に座り込んで、自分は物理の教科書を読み直した。ある団体の寮生を頼り、旅行には食料切符持参だった。

四月初めに同郷の人を頼って父と上京し、結局その家庭で三年間お世話になり、旧制大学最後の卒業生となった（昭和二八年は旧制の最後と新制の第一期生が同時卒業）。京成高砂駅から上野に出、不忍池《しのばずのいけ》を渡って通学したが、上野の地下道には浮浪者（戦災孤児多数）がたむろし、大都会を初めて経験する若者には不気味に感じられた。上野の山には喜捨を乞う白衣の傷痍軍人がおられた。不忍池は、戦時中に埋め立てられていたのを復旧する作業が進められていた。

「銃後の守り?」
――兵にとられなかった父――

美崎　大洋

太平洋戦争が始まった当時、私の両親は東京に住んでいて、私は東京都板橋区で生まれたことになっている（もちろん、私自身の記憶はない。昭和一九年三月生まれ）。太平洋戦争の激化に伴い、私は四歳違いの兄とともに、母の実家である香川県香川郡塩江村（現在高松市塩江町）に疎開したようだ。父はそのまま東京に残った。

（註）太平洋戦争…昭和一六年一二月から同二〇年八月までの間、アメリカ合衆国、イギリスを中心とする連合国と日本との間で戦われた戦争を指し、広義には第二次世界大戦に含まれる。「太平洋戦争」という呼称は、アメリカにとって太平洋での戦いであったために名づけられたもので、戦時中の日本では「大東亜戦争」と呼ばれていた。

母の実家には私の伯父にあたる長男夫婦が同居していて、私と同年齢の従兄弟がいた。この従兄弟の名前は「秀樹（ひでき）」といい、当時首相だった東条英機の連想から名づけたそうだ。私の周辺でも、同世代の男性の名前には、「勝（まさる、かつ）」、「勝利（かつとし）」、「東洋治（とよじ…東洋を治める）」、「武」、「勇」、「進」、「功」、「勲」、「紘一（八紘一宇から）」など、戦争に纏わる勇ましい名前が多く、当時の世相を表している。

母の実家は農家であったが、祖父は村会議員を務めるような社交的な人間だったようだ。同居していた長男である伯父は、家業の農業を次男に任せ、地元の小学校の教師（後に同小学校の校長、さらに村長も務めた）をしていた。私が母の実家にどのくらいの期間いたかは定かではないが、戦争中ということもあり、大家族でも男は少なく、私は子供心に教師の伯父を「お父さん」と認識していたようだ。敗戦後、東京に戻る際、伯父と別れることを知った私は、「田舎のおとうちゃん！」と言いながら別れを惜しんだらしい。

戦争が終了して、父親のいる東京に戻る汽車の中の状況が、微かな私の記憶として残っている。車内は、東京など都会に戻る人で満員だった。乗客は皆、大きな荷物を抱えての乗車だから、車内はまさに立錐の余地もない状態だ。混雑を印象づけるのに十分な記憶は、網棚にまで人が寝そべっていたことだ。網棚に人が居るくらいだから当然、通路も人と荷物で埋まっている。その混雑は乗降口を塞ぐほどだ。

山陽本線―東海道線と乗り継ぐ移動は、半日にも及ぶ長い時間の旅ということもあり、汽車が駅に着くたびに、トイレに走る人が沢山出てくる。毎駅、毎駅、トイレに行列ができることは容易に想像できる。ある駅で母が列車から降り、トイレに行ったが、なかなか戻って来ない。子供心にもまだかまだかと心配した。そのうち発車のベルが鳴り、列車は今にも動き出そうとした時、母が列車に向かって走ってくるのが見えた。しかし、乗降口は人がはみ出るほどで、到底入ることができない。私は「おかあちゃーん！」と叫ぶ。汽車が今にも動くかに思えた。母は私の居る席の窓に走り寄る、とその時、近くから男の人の手が伸び、母の手を掴み窓から母を引っ張り上げてくれた。

もうひとつの記憶は、東京に戻ってからだ。我が家は父の仕事の関係か、一時、一家で東京から水戸に移ったことがある。兄が通っていた地元の幼稚園で撮られた、一枚のモノクロの記念写真による記憶である。幼稚園児全員と先生方、それに園児の親など一〇〇人近くの人が写っている。端の方に母に抱かれた私も写っている。兄が幼稚園に通っていた頃だから、私はまだ二歳か三歳であろうか、黒っぽいベレー帽のような帽子を被った私は、口を真一文字に結んでいる。写真を撮る前に、写真屋さんか周りの方か知らないが、「口を結んで」と言われた私は、しっかりと口を閉じたのだ。現在では写真を撮るとき、「笑って」とか「チーズ」とか言い、皆、笑い顔で写ろうとするが、当時は全員が真面目な顔で写っているのも、時代の表れと言うべきか。

父は生前、自分の若い頃、特に戦時中の話をしなかった。その理由は不明だが、私が想像するに、子供に自慢するような話がなかったからではないかと思う。徳島の農家の五男坊に生まれた父は、中学（旧制）を卒業して東京の物理学校（現在の東京理科大学）に入学した。もちろん父は自分の口では言わなかったが、実家からの援助もない学生生活であったろう。多分苦学の末、卒業したのだと思う。当時、物理学校は、入るのは簡単だが卒業するには難しいと言われたので、もしかしたら、きちんと卒業していないかも知れない。

もうひとつ、父が戦争中の話をしなかった理由に、自分自身、戦争体験、戦場体験がないことがあるかも知れない。戦争に行かなかったことについて、当時の男性として「引け目」もしくは「恥の意識」を感じ、「忸怩《じくじ》たる思い」があったのか、そうでなかったのか？

確かな話ではないが、戦時中かそれ以前、父は地下活動をやっていたらしい。日本共産党に入党するようなれっきとした「党員」だったかどうかは定かでないが、「戦争反対」、「兵役拒否」を公然と唱えていたようで、一時、「密かに地下に潜っていた」ふしがある。実際に「畦道通」という偽名を使っていたことは、自ら言ったことがある。「あぜみちとおる」、ダジャレのような偽名だ。外面はクソマジメな容貌だが、時折垣間見せた父の皮肉というかユーモア精神から察すると、いかにもありそうな偽名であり、話である。

戦前、日本共産党以外のすべての政党は戦争に加担した。治安維持法が死刑法に改悪されるなかで、戦争に反対するのは命がけのことで、科学的世界観と未来への確信がなければできないことだった。中国への侵出が拡大した一九二七年一月、日本共産党はいち早く「対支非干渉同盟」の結成を訴え、その後も反帝同盟日本支部、「極東平和友の会」準備会、「上海反戦会議支持無産団体協議会」などの中心になり、軍隊内にも党組織をつくり、「聳ゆるマスト」「兵士の友」などを発行して反戦闘争を広げた。一九三五年、日本共産党中央は弾圧で破壊されたが、専制と侵略戦争に反対する共産党員の闘いは、獄中でも不屈に闘われた。天皇制政府は日本共産党に攻撃を集中、次いで、良心的な左翼社会民主主義者や自由主義者にも迫害の手を伸ばした。

後年、鶴見俊輔氏は次のように書いた。「すべての陣営が、大勢に順応して、右に左に移動してあるく中で、日本共産党だけは、創立以来、動かぬ一点を守りつづけてきた。それは北斗七星のように、それを見ることによって自分がどの程度時勢に流されたか、自分がどれほどダメな人間になってしまったかを計ることのできる尺度として、昭和六年から昭和二〇年まで、日本の知識人によって用いられてきた」（岩波新書『現代日本の思想』）

今の日本ではすでに「死語」になったが、戦前の日本には「徴兵検査」があった。すなわち、太平洋戦争（大東亜戦争）終結までの日本では、二〇歳に達した男子は誰もが徴兵検査を受けることが義務付けられた。四月、五月頃に通知が届き、地域の集会所や小学校で検査が行われた。検査に合格した者は、徴兵されれば、翌年の一月一〇日に各連隊に入営することとなる。徴兵検査は二〇歳以上の義務となるものの、志願によって一七歳から入営することができた。素っ裸になった男性が行列を作って徴兵検査を受ける様子が写った写真を見たことがある。徴兵検査では、身長、体重、病気の有無等が検査される。合格し即入営となる可能性の高い者の判定区分を「甲種」というが、甲種合格の目安は「身長一五二cm以上・身体頑健」だった。徴兵検査制度が始まった当初の明治時代では合格率がかなり低く、一〇人に一人か二人が甲種とされる程度だったようだが、太平洋戦争末期では、兵員の不足から、甲種に満たない乙種・丙種問わず徴兵されることとなった。

徴兵を逃れるために、自傷したり、病気になる為に極めて不健康な生活をする、煙草を一日三・四箱吸い急激に体重を落とす、醤油を一気飲みする、肛門付近に生肉をつけて重度の痔を装う、視力や聴力の低さを偽装するなどなど、様々な方法を試みる者がいたようだ。しかし、戦局の悪化にともない、「徴兵逃れ」も不可能になっていったという。

父は自分が戦争に行かなかったことを、「自分は徴兵検査の結果が『丙種』合格だった」と自虐的に言い、「その代わり銃後の守りをしていた」と強がり（？）を言っていた。父が「徴兵逃れ」をしたかどうか、今となってはわからない。

敗戦直後の学生生活

三谷　和夫

はじめに

私は、昭和三（一九二八）年、三重県河芸《かわげ》郡玉垣村岸岡（現鈴鹿市岸岡町）に、自作農の長男として生まれた。同一〇年四月小学校入学、一二年日中戦争始まる。一六年三月小学校を卒業、四月三重県立神戸中学校に入学した。一六年一二月、日本はアメリカ・イギリスに宣戦布告、太平洋戦争が始まる。

昭和一九年七月、戦局悪化、中学生も学校で学習を続けることは許されず、勤労動員に出動、私たちは三重県楠町の名古屋陸軍造兵廠楠製造所にて兵器（対戦車砲、航空機関砲）の生産に従事した。やがて昼夜二交替制勤務となり、正月もなく元日も夜間勤務であった。

昭和二〇年三月、私たち中学四年生は、五年制の中学校を、戦時特例として四年にて中学卒業となり、五年生と同時に卒業式に出席した。

中学を卒業すれば、それぞれ自由に自分の進路に応じて学校を離れるはずだが、時局はそれを許さず、陸軍士官学校・海軍兵学校入学予定者はそれぞれの道に進んだが、他の上級学校進学者には、中学校の勤労動員を継続せよとの指令が出た。私は浜松工業専門学校（現静岡大学工学部）の入学式に臨むべきところを、そのままずるずると工場勤務に従わざるを得なかった。

昭和二〇年七月、戦局は深刻となり、敗戦色が濃厚となったが、学校（浜松工専）から新たに勤労動員に出動せよ、日本軽金属蒲原工場に集合せよと連絡が来た。蒲原へは行ったこともなく、不安ながらも楠の工場勤務はやめ、蒲原行きの準備をした。八月には広島、長崎への特殊爆弾（やがて原爆とわかる）が落ち、時局は暗雲におおわれた。

1　一年次、寮生活

昭和二〇年八月一五日、天皇の詔勅があり、日本の敗戦となる。しばし茫然、しかし来たるべきものが来た思いだった。そうこうする中に学校から連絡があり、「晴耕雨読の授業を始めるから九月一日学校に集合せよ」とのこと。とにかく学校に行きたい。「笈《おい》を負う」という語があるが、文字通り勉強道具や衣類などを詰め込んだ行李《こうり》を背中にくくりつけ、その上にリュックサックを乗せた。汽車に乗るには窓から入った時代、苦労して乗り込んだ。

浜松で汽車を降りると、一面の焼け野原、数百m歩くと一休み、焼け跡に突き出た水道の蛇口をひねって水を飲んだ。やっと街はずれの西寮にたどり着いたのは夕方だったか。あてがわれた部屋は、畳を敷き詰めた所に五人寝るようになっていて、同じ広さの板間を挟んで同じ畳敷きが並んでいた。第三室といい、三竹、三谷、三野、溝口、宮崎、山県、山川昭、山川忠、山口、山本の計一〇人が同室、五十音順でマ行から後の者だ。三重、東京出身が多い。

さて食糧難の時代だ。寮の食堂で毎度食事は出た。が、まことに乏しい。学生は家からあられなど持っては来たが、それはすぐになくなる。近くの店で皿に乗せたふかし芋をいくつか食べる。寮の前は一面のサツマイモ畑、それを少々いただき、部屋の者一同、いもを洗面器で加熱してぐるりと取り巻き、ふたを取り、「それっ」とひと言、一斉に手に取る。すぐにそれは終わる。でも、それは一度きりしかやっていない。

廃墟と化した浜松工専校舎

日曜には買い出しに出た。数人で朝から歩く。浜松駅を超え、さらに天竜川の長い橋を渡ると磐田市、有名なサツマイモの産地。イモを買い込んで帰る。歩いて帰るからくたびれる。これで日曜は終わり。

適当に農家を物色し、頼んでサツマイモをふかしてもらい、昼食とする。そしてリュックにいっぱい

何と言っても学生の本分は勉強だ。毎日朝から講義に出かける。きれいでしゃれた校舎は焼夷弾に焼かれて使えない。遠くの私立学校を借りた。昼には一旦寮に帰る。四㎞以上ありたいへんだったが、午後もまた行ったはず。私はダブルノートで、帰ると別のノートに整理して書く。毎度これをやるのは骨が折れるが、勉強にはなる。試験の頃には、貸してくれとよく友人に頼まれた。

ドイツ語の先生、中木堅教授はまだ若い九州男児と聞いたが、なよなよと女性めいた人で忘れがたい。それがküssen（接吻）の文章をにこにこ読み上げていた。年輩の西岡新太郎教授（新ちゃん）は、笑みを浮かべながら八幡製鉄釜石工場の最新設備を自慢そうによくしゃべった。解析幾何学の平野教

西寮生一同（昭和20年10月　前から三列目・右から三人目のメガネ・ボタン三つの学生服姿が筆者）

授は、毎回黒板いっぱいに原書の問題（英語）を書いた。図形を細かく書くので、ノートするのに難儀した。板書を写すと、まずそれを翻訳してから証明するのだが、立体の問題は理解に苦労した。経済学の教授の講義では、欲望逓減の法則ぐらいしか記憶にない。体育の森田閑夫教授は、晴耕雨読の文字通り、グランドに作ったサツマイモ畑の中耕をやったが、私は鍬使いがうまいとほめられた。倫理の増谷文雄教授は、戦時中の学生課長としての言動が戦後の民主化運動の中で学生の反発を買い、昭和二一年に東京外国語大学（当時は専門学校）の教授に転じ、後に日本宗教学会会長になっている。

寮では飲み会が何回かあり、相当に飲んだ者もいた。最年少の私などはもちろん未成年だったが、成人並みに扱われた。今日では高校生の年齢であり、飲酒喫煙を厳しく指導される年齢である。飲めば故里自慢の歌も出たが、数え歌が毎回出た。

♬ 一つ出たホイノヨサホイノホイ　人に知られし
　浜松の　高工寄宿の美少年ホイノホイ

教授先生の数え歌はなかなかにおもしろい。

♬ 一つとせ人の気持ちも知らないで、新ちゃん朝から低気圧……

二つとせ故里秋田の桜場さん、沈澱（ツンデン）つくって濾紙（ロス）で濾す……

ただし、桜場周吉教授は我ら化学工業科の担任教授で、後に工学部長を経て静岡大学学長になった。

飲み会で何度か歌って遠州浜松音頭を覚えたのだった。

♬ 秋葉詣でてチリシャン……（略）

遠州名物チリシャン見せたあい物は、チリシャンチリシャン、たこ上げ祭にエーエ空っ風……

学校再開のころに、上級生（根来一夫氏ら）は、学校当局と軍施設管理者とに交渉し、机など多数を譲り受け、学校備品の整備に大活躍した。かくて、授業再開が順調に進んだ。

2　二年次、下宿生活

長い春休みが終わり、昭和二一年四月に二年次となり、寮を出て広沢町の野末家に下宿した。野末家の当主は元軍人（将校）で、浜名湖畔に一人小屋住まいの農の生活だと聞く。中学で同窓の山川忠夫（神戸中学五年卒）と同室で、実家から米を持参して食事付きにしてもらった。ある朝、朝食がうまくて大いに満腹したら、実は昼まで二食分炊いてもらったのを、いっぺんに食べてしまったということ。そんなこともあった。野末家姉妹の姉が離婚し（?）、妹は未婚で、どちらかが裁縫を自宅で教授しており、ふすま一枚の隣室で山口文太郎教授夫人（新婚か）も教えられていたのだった。姉妹には弟がいて中学生、浜松工専に入学希望だったらしい。

昭和二〇年代の浜松工専の正門

七月初めに、山川忠夫と連れだって浜名湖へ遊びに出かけた。東海道線の弁天島駅で降り海辺へ行き、海水があまりきれいで泳ぎたくなり、水着の用意がなかったので、人のいないのを確かめて裸となり、しばらく自由に泳いだ。二人とも同じ中学で、伊勢国津藩の観海流を習っており、楽しんで泳いだ。

ちょうどこの年、日大二年生の古橋廣之進が、全日本選手権などの四〇〇m自由形で優勝した。彼は戦時中に勤労動員に出動し、左手にけがをしたのだが、私たちとほとんど同年齢で、同じような経験をしていた。彼は浜名湖の生まれで、小さい頃から浜名湖で水泳を覚えたのだ。同い年のライバル橋爪四郎と競い合い、世界記録を立て続けにマークし、「フジヤマのトビウオ」と有名になったが、戦後のこととて国際水連に加盟していなかったために記録は公認されず、昭和二三年のロンドンオリンピックにも出られず、全く惜しい限りであった。（二七年のヘルシンキオリンピックには出たものの、全盛期を過ぎ、加えて病気にかかって、ふる

浜松工専復興記念祭街頭ストーム

わなかった。）

二年次の学校は、旧校舎で講義が行われたが、専門課程は城北の旧高射砲学校の跡へ移った。新設に等しいから施設設備は整備が進まず、きわめて不十分であった。我々昭和二〇年入学者は戦時中の大量募集のため、入学者が一〇〇人（?）近くいたようで、さらにこれに加えて軍学校（陸軍士官学校、海軍兵学校などからの編入学生がいて、これに対応すべく施設設備の充実が必要であり、夏休みも一〇〇日近い（?）長さであったようだ。

学生の活動もまだとても活発化にいたらず、夏休みの学生はほとんど実家に帰り、鋭気を養っていたと思われる。私も山岳部活動を始めるにも至らず、故里で旧友と会うほかには、家の手伝いと若干のアルバイトに従事した。近くの工場で生産された洗濯石けんを、団地にまとめ売りした。専門の化学を利用して科学的な説明をした。品不足の時代にてよく売れたように思う。

一〇月に後期が始まると、下宿では食事がなくなり、学校の食堂に通う。二〇分以上歩いただろうか。乏しい食事はこたえたがやむなし。食堂前にいたずら書きがあり、「飢餓行のバスはここから出る」との張り紙が出た。北方の「気賀」へ行くバスが出ているのをもじったものだろう。

秋には創立二五周年記念祭が行われた。講演会（天野貞裕ら）、学園公開展示のほか、学生演劇、TV映写実験、仮装行列など画期的な行事が盛大に行われた。

学校で勉強した化学の事象をさまざま図に描き掲示したのは当然として、お客様にも期待した。校門を入ってくる女学生に声をかけて導き、ついでに一緒に写真も撮ったりした。電気系では高柳健次郎教授の考案したTVの送受信が公開され、「イ」の文字を映像としてスクリーンに映し出し、話題を呼んだが、全く今昔の感に堪えない。また、夏休みにアルバイトで扱った洗濯石けんを一箱取り寄せて展示の傍ら販売したのだが、これは失敗。商売が苦手でさっぱり売れず、また故里へ送り返して処分した。

この頃は比較的まじめに勉学に励んだようだ。期末考査で、藤井光雄教授の高分子化学は最新の内容があったが、教科書、参考書はほとんどなく、講義ノートに頼るしかなかった。大量のノートの記述を一通り読むだけで時間がかかり、とうとう一晩徹夜に近くなってしまった。通読を終え夜明け前に一時間ほど仮眠した。試験は遅れず出席したのだが、どうも頭がぼんやりして困った。

休日に一人で浜松城跡に行った。芝生に寝転んで、石川啄木の「来ず方のお城の草にねころびて空に吸はれし十五の心」を思いながら空を眺めたこともあった。

実家に帰ると、中学時代の友人の家へよく遊びに行った。青春を語り合い、恋愛論を闘わしたこともあった。友人の家族らと麻雀で徹夜したこともある。朝帰りしたら、父が山の下草刈りに一緒に来いという。眠い目をこすりながら仕事に励んだ。

神戸中学と浜松工専（旧高等工業学校を含む）のOB会が毎年開かれた。機械、電気、化学の約一〇人が、順繰りに会員宅を会場にして懇親会を開いた。勤め先も異なる先輩たちとさまざま語り合った。N氏のちゃっきり節（北原白秋作詞、静岡の茶摘み歌）は聞き応えあり。我が家を会場にしたこともあり、会員の一人が私の妹に関心を示したが、それ以上には進まなかった。

3　三年次、卒業へ

昭和二二年四月に三年次になると卒業論文となるべきだが、きちんとした記録が残っていない。私の専攻は、俗に亀の甲と言われる有機化学、とくに合成化学に興味があり、合成樹脂の研究と実用化が始まった頃であり、山城誠止教授の合成実験を手がけたように思う。後期だけで卒業研究としてまとめたものかもしれない。山城さんは工場見学にも連れて行って下さった。残念ながら中身は忘れたが、お寿司を重詰めでもってこられ、おいしくいただいたことはよく覚えている。

三年次は、学校に近い追分町に下宿をかわった。この下宿では機械、電気の友人が隣室におり、交流したのはよかった。学校の他の友人とのつきあいもあり、その交流の中で観察した友人について、乱暴ではあるが、専攻学科により人間のタイプというか、性分というか違いがあるように思った。機械系の人は地味で堅い生き方が多いが、それは製図のような正確さを要する学習のせいか。電気系では学生運動や政治的な動きをする人が多いが、眼に見えぬ電気を扱うせいなのか。また化学系ではロマンティックな人が多いように見えるのは、色や形が大きく変わる化学反応を取り扱うせいか。たわいないことを考えてみた次第。

この年の後半、少しずっこけた。下宿の近い友人に誘われて社交ダンスを習う。学友が東京で覚えたものを教わったのだ。ワルツ、ブルース、タンゴを中心に、姿勢、ステップなど基本を学ぶ。数人で旧校舎のベニヤ張りの教室で、講義の終わった後に集まり男ばかりで練習した。スロー・スロー・クイック・クイックと、今でも思い出す。ところが、ある日若い仲野尚一講師に見つかり、「ここはダンスホールではないッ」と一喝を食らう。担任教師からの呼び出しを恐れたが、毎日休まず教室の前の席に並んでいる我々には、それ以上のおとがめはなかった。それからは街のホールへ行く。黄のセーターのダンサーをゲルブ（ドイツ語で黄の意）と呼んだことが懐かしい。

昭和二三年三月の卒業式の日にも、戦後の就職難で働き先は未定。弟妹の多い私にはそれ以上学生生活は望めず、先輩のいる会社で海草からアルギン酸をとる工場で働く。

思えば私の学校生活での学習は、中学五年のところを戦時特例で四年になり、勤労動員の出動期間を除けば正味三年四カ月、専門学校では戦時中のため入学が遅れ、正味二年七カ月、小学校六年を加えて総計一一年一一カ月であり、これは今の高校までの一二年よりも短い。教職に就いた私は、学習不足と欲求不満を充足するために、京都大学へ内地留学六カ月、名古屋大学へ聴講二年間、東京大学へ研究生として五年間（内一年間は内地留学）通った。給料をもらいながらの大学通いは感謝のほかない（前二者では家族にも感謝）。旧制中学以来、普通に学校で勉強できなかったのは戦争のせいだが、まことに残念であった。いずれにしても、私には大学卒の学歴はない。

伯母の戦争

―満州で息子三人死去、夫はシベリア抑留、娘と戦後を生きる―

谷田部　隆博

私は昭和二一年生まれ、兄は同一七年、弟は同二三年である。兄は東京で生まれ、私と弟は茨城県の現下妻市で生まれた。父母は親戚同士でともに現下妻市で生まれ、育っている。両親は独身の時から東京で働き、東京で所帯を持ち、昭和二〇年四月に、故郷に疎開したのである。

私たち兄弟に実に優しくしてくれた母方の伯母がいて、私たちは「満州のおばちゃん」と呼んでいた。この伯母には私の兄よりも数歳年上の娘が一人いて、私たちには、姉のような感じであった。「まあこちゃん」と呼んでいた。

実は、伯母は再婚者であり、初婚相手は郷里の人で、その人と郷里で暮らし、息子を一人もうけていた。離婚の事情を私はまったく知らないが、存外に、私らの父母の世代でも離婚は多かった。夫の父母との同居は普通で、居づらい家も多かったに違いない。

伯母は満州で再婚したのか、日本で再婚して夫婦で満州に渡ったのか、このことも知らない。子どもの私には、おばちゃんは満州にいたんだ、という認識しかなかった。そして、満州がどこにあるのか、日本にとってどんな地なのか、まったく知らなかった。

茨城県には、満蒙開拓青少年義勇軍訓練所と称した青少年の満州開拓志望者の訓練所が、内原町（現水戸市の一部）にあった。このこともあって、茨城県では、〝満州開拓移民〟を考える貧農層が、多かったのだろう。伯母の夫も、貧農のそれも次男・三男……と推測する。

私が伯母のつらい過去の一端を初めて知ったのは、確か小学四年生の時であった。母が新聞を読んでいて「ああ、○○（伯母の夫の名前、私は覚えていない）さんは生きていたんだ」と、小さく叫んだ。その新聞には、シベリアに抑留されて生存している人々の名が名簿の形で載っていた。母は、虫眼鏡を使ってびっしり書かれている人名を追い、見つけたのである。

だが、この新聞情報は、その後何らの進展もなかった。しばらく経って母にその後のことを聞いてみたが、「何の連絡も（政府から）ない。わかりっこないんだよ」という答えが返ってきた。伯母とその娘には、酷な糠喜びをさせてしまった結果になったであろう。

二度目に伯母のつらい過去を知ったのは、私の中学三年の夏であった。通っていた中学校の野球部が県大会に出場することになり、その応援団の指揮者の一人にさせられてしまった私は、当時友部町（現笠間市の一部）に借家住まいをしていた伯母の家に二泊お世話になった。訪ねてみて、ちょっと驚いた。小さなわらぶき屋根の家で、真ん中を板襖で仕切って二家族がそれぞれ住んでいた。どちらも母子家庭、そして一間《ひとま》ずつであった。

伯母の部屋の押し入れに小さな仏壇と竹板に墨書した簡素な位牌があるのを見た。

「おばちゃん、押し入れにある仏壇の位牌は、誰のだっぺ？」

「○○に○○、○○（男の名、私はその名を覚えていない）の三人、私の子どもだ。満州から引き上げてくるときに、みんな死んじゃった。」

伯母は、水を入れたバケツを運びながら、淡々としかし沈んだ声で話した。伯母にはこんなつらい過去があったのか、私は驚愕したのだろう。今も、このときの情景はくっきり覚えている。

中国人に渡したのではなく、親子四人で日本へ帰る限界状況の逃避行の途中で、男の子三人は次々と息絶えたのであろう。第一子の長女だけは、母とともに故国の土を踏んだ。夫はおそらく軍属で、ソビエト軍に連行され、シベリア開発の過酷な労働を強いられ続け、彼の地でなくなったに違いない。

命からがらに娘と引き上げてきた伯母は、実家を頼り、数年間は実家で過ごした。長女が小学校に入学するときのことと記憶するが、私の母が隣の箪笥屋（注文製作業）に発注して勉強机（座机）を、この長女に届けさせた。そのことで、叔父たちに好意のあるからかいを母が受けていた光景を覚えている。母が私を連れて、母の実家を訪ねたときのことである。

伯母母子にとって、この実家での数年間はつらかったようだ。ずいぶん後になるが、寝たきりになった伯母を、私が家族を伴って見舞いに行った。そのころの伯母は、娘夫婦とその孫に囲まれ、きれいな家で、看護士の娘に介護され

満州での伯母と息子　この子も引き揚げの途中で亡くなった。

満州での日本人入植者たち　この中に伯母の夫もいるはずだが、どの人物かは不明

て穏やかに暮らしていた。そのときに、戦後すぐからの数年間の実家での暮らしのつらさを語った。父（私には祖父）の冷たさを恨むような言葉もあった。長女も、私の母からの勉強机が嬉しかったことを話していた。それまでは、リンゴ箱を勉強机にしていたとも。

母と伯母の実家は、豪農と言える旧家である。主（私の祖父）は、子どもの私には近寄りがたい厳めしさがあった。この祖父には、旧家を維持するという家意識が強く流れていたのであろう。引き揚げ者である娘と孫を住まわせたが、娘に対しては、嫁ぎ先の家で面倒を見るものだという意識があり、また跡取りの長男家族への遠慮もあったのであろう。私には、酷薄な人であるとの印象は薄い。私の親にしてからが、この祖父をたよって、祖父が管理していた空き家に十年間住んだのである。だが、私の母も祖父を疎んじていた。

伯母が実家を出て友部で借家暮らしを始めたのは、昭和二七、八年頃であった。伯母は、県の家畜の研究所の賄い婦で生計を立て、やがて、そこに働く職員が娘と結婚し、新築した戸建て住宅に共に暮らした。以後は、幸せな日々を過ごせたのである。

伯母の葬儀の日、初婚のときもうけた息子さんが来ていた。私はこのとき、伯母に息子さんがいた事実を初めて知った。なんでも、「まあこちゃん」の成人後に、私の親が「まあこちゃん」に引き合わせたそうである。息子さんは「子供」と大書したいくつもの花輪・生花セットを出していた。「母忘じ難し」。

数年前、この長女からの年賀状に、中国を訪ね旧満州の地も訪ねて、心の整理を少しはつけることができた、とあった。長女にとっても、つらく長い、いつも痛みを抱えて生きてきた歳月であったのだろう。父と幼かった三人の弟を、戦争で失ったのである。

戦争はまさしく殺し合い、それも権力にたどり着いたごく一部の者たちが、殺す・殺されるを大多数に強要するものである。まっぴらごめんである。

新潟市の国民学校での戦中、終戦直後の中学入学

若月　愼爾

戦争を賛美する

私が新潟市立礎国民学校に入学したのは、昭和一八年です。一八年頃、戦争は私の日常には意識されることはありませんでした。親戚の農家で支那事変に応召した当主が戦死され、その墓が幼時に私の預けられていた前寺の脇の墓地の一角に建てられていますが、昭和一五年の年号が刻まれています。様式はその頃の流行なのでしょう。立派な台座を創り、その中心に四〇cmくらいの先の尖った石柱を立てています。

先日、新潟へ行く機会がありましたので、写真を撮り、合わせて刻字を読んできました。「昭和十三年一月三十一日」「中支安徽省五里亭ノ戦闘ニ於テ戦死」、少し時間が経過しているのは、まとめて顕彰の行事がされたのでしょうか。大規模な供養行事が行われたのでしょうが、私の記憶には残っていません。もう私の周辺にはその当時のことを聞ける人はおられません。

昭和一二年に発表された「愛国行進曲」は、日本の軍歌では少ない長調の曲で、明るく軽やかに世界の大国日本を謳歌しています。そして昭和一五年は皇紀二千六百年に当たり、政治も軍部が発言力を増し、大政翼賛会が結成されて、政党政治が終わって軍国主義が完成した年です。軍部の威勢を高

める行事に行政も応援して華やかに行われたと想像されます。

日中戦争はすでに泥沼化し、膠着状態になっていたはずですが、戦死者に大袈裟な賞賛と高額の下賜金があったのでしょう。背の高い独特の墓は当時だけの流行だったのか、戦後はほとんど見ません。子供のころにはたくさん見たような気がしたのに、その後建て替えられたのでしょうか

空襲と防空壕

戦争が私の日常に入ってきたのは、昭和一九年の年末でしょう。本土空襲の危険が出てきたのです。警戒警報のサイレンが鳴ると、学校から集団で下校する訓練が始まりました。各町内で防空壕がたくさん作られました。自宅の床下にも作りました。ただ、住まいに作られた防空壕は、単なる床下の物置にしか使われませんでした。広い道路の地下や、空き地に作られたようです。我が家の隣組は一二、三軒で構成されていましたが、その防空壕は浄土真宗の説教場の脇の広い道路を利用して作られていました。警戒警報が鳴ると自宅待機、空襲警報が鳴ると、家を出て隣組全員防空壕に入ります。

昭和15年建立の戦死者墓碑

新潟市は空襲の目標地になったことはなく、いわば通過地でした。昭和二〇年の七月には毎晩のように警報が鳴り防空壕に行きましたが、直接の攻撃はありませんから、慣れてくるとB29の編隊を見物するようになります。
B29は、大概二〇〜二五機くらいの編隊が多かったように覚えて

います。おそらく高度七千～八千m、飛行機が近づくと、探照灯が一機に三～六本くらい機影を捕らえます。B29は探照灯に捕まったまま、悠々と進んでいます。それを目標に高射砲が発射され、飛行機目がけて弾が飛んでいくのが綺麗に見えました。しかし、残念ながら当たりません。折角の砲弾も、B29のすぐ下で破裂してしまいます。日本軍の高射砲は、アメリカのB29の飛行高度に届かないのです。

でも、一機だけ撃墜するのを見ました。あれは、住んでいた市内から近在に疎開する数日前、昭和二〇年七月の二〇日頃だったと思います。空襲警報が鳴り、B29の来襲です。先頭の飛行機は大きく見えました。四発のプロペラがわかるほどだったように思います。探照灯が何本も機影を捕らえます。続いて高射砲弾が何発も命中、B29は満月より大きな火の玉になって落ちていきました。翌日以降に噂が流れてきて、市内の松ヶ崎地区に墜落した、飛行士は捕虜になったということでした。ただ、先頭機が撃墜されると二番機以下は一気に高度を上げます。そうすると探照灯が機影を正確に捕らえても、弾は届かないのです。内心どうしようもないなと子供心に思いました。

疎開そして終戦

疎開は川船ででした。新潟市は信濃川の河口ですから、川船による運送が多く使われていたようです。家財道具をたくさん積んで二〇km上流の村（今は町村合併で新潟市になっています。）にある母の実家です。川を船で溯上して行くのですから、ゆっくりです。二〇kmを上るのに五時間かかりました。今なら、トラックで積み下ろしの時間を含めても一時間くらいでしょうから、その頃の物流の実情がわかります。

疎開先は、私が数年前まで預けられていた前寺ですから、違和感はありませんでした。どう過ごしていたのかは記憶していません。田舎の学校には一週間くらいしか通っていません。あとは夏休みです。その年の八月中、ただ外で遊びまわっていたようです。宿題のようなものもなかったようで、子供には楽しい夏休みだったように覚えています。その中で八月一五日の終戦を迎えたのですが、何もわかりませんでした。親もわざと教えてくれなかったのか、玉音放送を聞いた記憶もありません。気が付いたら米軍の戦闘機が飛んできても、誰も避難しなくなったのです。大人の会話から自然と戦争の終わったことがわかったようです。

昭和二〇年も暑い夏だったように覚えています。八月も末になると、疎開先から新潟の自宅に戻りました。ところが、九月になっても学校が始まりません。何をどう教えるか？　先生方も大混乱だったのでしょうね。一〇日過ぎに学校が始まると、最初は教科書のスミ塗りです。国語（読み方）の教科書の九割くらいは塗りつぶしたように思います。軍や戦争を賛美する処だけでなく、古事記や日本書紀に依拠した物語も全部塗らされました。図画工作や音楽（唱歌）の本もけっこう塗ったように覚えています。ただ、修身は記憶がありません、そっくり廃棄したのでしょうか。

翌年、四年生に進級した時の国語の教科書にも驚きました。全版のロール紙に両面印刷したものが一枚、これを八分の一に切って重ねると一六ページの本になります。話はアンデルセンの「みにくいアヒルの子」でした。それが一年間に六回くらい配られたと思います。本当に物のない時代でした。

新制中学と混乱

敗戦後、学制が変わり義務教育が小学校の六年間から、新しく中学校の三年間が加わりました。新学制は昭和二二年から始まりましたが、ないない尽くしの新制度でした。

私の中学入学は昭和二四年の四月で、新設された寄居中学校でした。私たち礎小学校の卒業生は三年生が双葉中学、二年生が宮浦中学、そして私ども一年生が寄居でした。三学年がそれぞれ別の学校に通っていました。

入学式の前の四月三日頃だったと思います。入学予定の男子生徒全員が、隣接校の白山小学校の門前に集められました。自分たちが仮校舎として、授業を受ける三階の教室に机と椅子を運ぶのです。

私たちの寄居中学は、体育館とLの字でつながる校舎の三階部分でした。その八室のうち、七室が七学級の教室、一室を中で仕切って校長室と教務室になっていました。運動場は自分たちの教室の上、コンクリート敷の屋上だけ、雨の日は教室の脇の廊下だけが運動場でした。

白山小学校の体育館に入れたのは、入学式と始業式や終業式などの行事だけでした。

二年生になると、仮校舎の白山小学校を一年生に譲って、一kmほど離れた、定時制の白山高等学校の校舎に通うことになりました、夜間の高等学校でしたから、昼は空いていたのです。ただ夜の学校として設計されていたのか、窓が小さく、昼でも照明が必要な校舎でした。もちろん体育館などはありません。ただ左右二列に並んだ教室に挟まれた廊下は広く、休み時間の運動場になりました。校舎の廻りは空き地が多く、体育の授業は専ら外だったように覚えています。時には市営の陸上競技場が近く、空いているときには授業に使ったような記憶もあります。ただ、外での体育授業で運動靴があったのか、不思議に覚えていません。

その頃の私の日常の履物は小学生までは下駄、中学生からは高歯?と呼んでいた朴《ほお》ノ木の高下駄でした。もちろん、靴下などを履いている子は少なかったのです。冬はゴム長靴がありました。しかし、内貼りのないゴム靴を裸足で履いていました。白山高校の仮校舎は三年生の十月まで続きました。

寄居中学の新校舎の一棟が、やっと三年生の二学期半ばで間に合ったのです。新校舎に三年生と二年生の一部が入りました。その年には当然新一年生も入学していましたから、それまでの寄居中学は三年生、二年生、一年生がそれぞれ全く離れた仮校舎に通っていました。

新制中学施行三年目に中学校に入学した私たちは新設校に入学し、一、二年目の生徒は別の学校に通ったのです。寄居中学に三学年が揃った三年生の時には、一、二年生が別の仮校舎で授業を受けるという変則の学校生活でした。卒業式は、入学式と同じ白山小学校の体育館でした。寄居中学校の校舎が完成したのは、私たちの卒業後三年くらいかかっています。記録を見てみると、学校の設備が完成するにはその後一〇年かかっています。

戦後の極度の物不足の時代に義務教育の就学年数が六年から九年間に大幅に増加したのですから、混乱は当然で、新潟市のような状況は全国どこでもあったのでしょう。

混乱した時代の教育

ただ、厳しい施設環境の中で、私たち寄居中学の第一回生の学業成績は優秀でした。高校への進学でも、新潟市内では選ばれた生徒だけが通っていた新潟大学付属中学を除いて、ダントツと言われていたように記憶しています。市内で試験が難しいといわれている、県立新潟高校、県立新潟中央高校（女子校）新潟商業高校、新潟工業高校への進学者が六割くらいはあったように記憶しています。

昭和二七年に高等学校に進学してからは、直接的な戦争の影響は感じないようになったようです。

旧制中学へ入学した人は、そのまま高校に編入する仕組みでしたので、新制高校制度が既に定着していました。私たち昭和三〇年卒業生は第七回の新制高校卒業です。

経済白書で「もはや戦後ではない」とタイトルをつけて、それが流行語になったのは昭和三一年ですが、あれも足りない、これも不十分と言われながら、着実な経済成長があり、生活水準は目に見えてあがっていました。いわゆる右肩上がり、現在はつらいが先行きは明るい。個人の生活でも、社会の問題でも先行きはよくなる、将来に希望のある時代に入ったのでしょう。

戦中と戦後、私には戦前の記憶はありません。ただ子供ながら戦前の社会の雰囲気はわかります。天皇が神であり批判はできない世の中と、民主主義が定着している現在の状況はおよそ比較できません。戦前の社会を不幸な時代だったと思う知識のほとんどは成人してからの習得したものですが、ただ、なんとなく窮屈な時代だったと感じることはできました。そして、今の憲法下での主権在民、平和主義の社会がいつまでも続くことを祈っています。

戦後七十余年、色んなことがあり豊かな社会が実現していますが、その過程で義務教育年数の延長、その混乱で振り回された学校時代、その思いを中心に纏めてみました。私たちは与えられた環境で教育を受けるだけでしたが、今思うことは、行政も、教育関係者、先生方も大変だったんだろうと思います。それと、教育施設や環境と学業成績や人格の形成とは必ずしもパラレルではない。

あの時代に学校に通ったことは、物事を多面的に見る目を養う、得難い体験であり、むしろ幸せだったように思っています。

資料　戦中の新聞

（提供　小林和彦氏）

煙草五割値上
けふ實施
平年度五億二千八百萬圓の増收
擧げて臨軍費へ繰入
煙草の改訂定價表

煙草の値上げを伝える（昭和18年12月27日付「讀賣報知新聞」）
昭和15年に15銭に上がった「金鶏」は、さらに25銭に上がった。

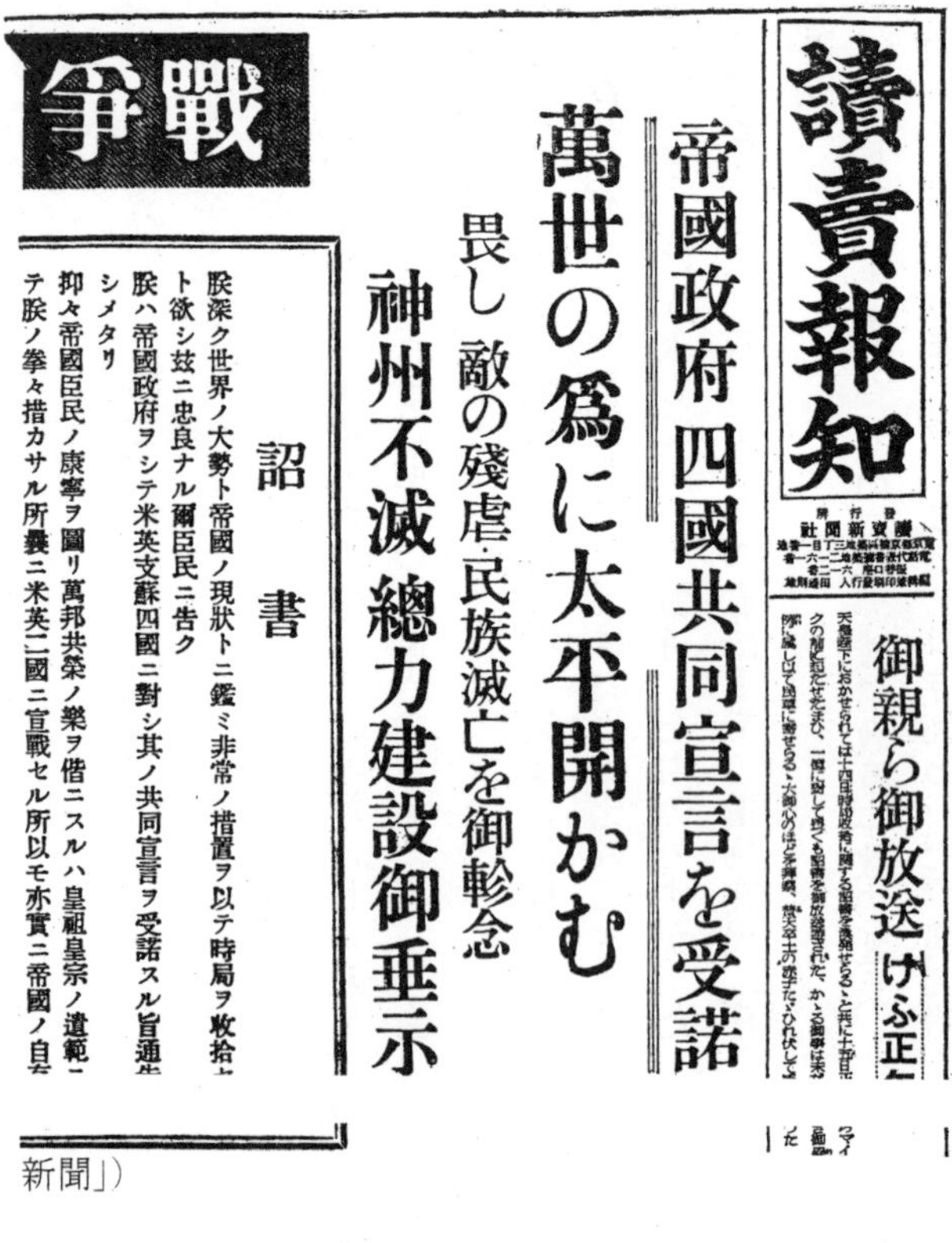

讀賣報知
帝國政府 四國共同宣言を受諾
萬世の爲に太平開かむ
畏し 敵の殘虐・民族滅亡を御軫念
神州不滅 總力建設御垂示
御親ら御放送 けふ正午
戰爭
詔書
朕深ク世界ノ大勢ト帝國ノ現狀トニ鑑ミ非常ノ措置ヲ以テ時局ヲ收拾セ
ト欲シ茲ニ忠良ナル爾臣民ニ告ク
朕ハ帝國政府ヲシテ米英支蘇四國ニ對シ其ノ共同宣言ヲ受諾スル旨通告
シメタリ
抑々帝國臣民ノ康寧ヲ圖リ萬邦共榮ノ樂ヲ偕ニスルハ皇祖皇宗ノ遺範ニ
テ朕ノ拳々措カサル所曩ニ米英二國ニ宣戰セル所以モ亦實ニ帝國ノ自

新聞」）

朝日新聞 昭和二十年五月二十七日 (日刊)

朝日新聞
東京新聞
日本産業経済
毎日新聞
讀賣報知

共同新聞

昨曉Ｂ29約二百五十機
帝都を無差別爆撃
四十七機撃墜 宮城、大宮御所に被害

大本營發表（昭和二十年五月二十六日十六時三十分）南方基地の敵Ｂ29約二百五十機は昨五月二十五日二十二時三十分頃より約二時間半に亘り主として帝都市街地に對し燒夷彈による無差別爆撃を實施せり

右により宮城内表宮殿其の他並に大宮御所炎上せり

都内各所にも相當の被害を生じたるも火災は本拂曉迄に概ね鎭火せり

我制空部隊の邀撃戰果中判明せるもの撃墜四十七機の外相當機數に損害を與へたり

三陛下、賢所は御安泰

戰災者復仇を誓つて宮城奉拜

昭和20年5月25日の東京空襲を伝える（同5月27日付「朝日新聞」〈「5社共同新聞」〉）
東京爆撃の総仕上げとして24日は558機、25日は498機のＢ29が空爆、3月10日の投下焼夷弾の4倍の量の焼夷弾を落とした。見出しの「約250機」は不正確。

終局へ聖斷・大詔渙發す

東亞ノ安定トヲ庶幾スルニ出テ他國ノ主權ヲ排シ領土ヲ侵スカ如キハ固ヨリ朕カ志ニアラス然ルニ交戰已ニ四歳ヲ閲シ朕カ陸海將兵ノ勇戰朕カ百有司ノ勵精朕カ一億衆庶ノ奉公各々最善ヲ盡セルニ拘ラス戰局必スシモ好轉セス世界ノ大勢亦我ニ利アラス加之敵ハ新ニ殘虐ナル爆彈ヲ使用シテ頻ニ無辜ヲ殺傷シ慘害ノ及フ所眞ニ測ルヘカラサルニ至ル而モ尚交戰ヲ繼續セムカ終ニ我カ民族ノ滅亡ヲ招來スルノミナラス延テ人類ノ文明ヲモ破却スヘシ斯ノ如クムハ朕何ヲ以テカ億兆ノ赤子ヲ保シ皇祖皇宗ノ神靈ニ謝セムヤ是レ朕カ帝國政府ヲシテ共同宣言ニ應セシムルニ至レル所以ナリ

朕ハ帝國ト共ニ終始東亞ノ解放ニ協力セル諸盟邦ニ對シ遺憾ノ意ヲ表セサルヲ得ス帝國臣民ニシテ戰陣ニ死シ職域ニ殉シ非命ニ斃レタル者及其ノ遺族ニ想ヲ致セハ五内爲ニ裂ク且戰傷ヲ負ヒ災禍ヲ蒙リ家業ヲ失ヒタル者ノ厚生ニ至リテハ朕ノ深ク軫念スル所ナリ惟フニ今後帝國ノ受クヘキ苦難ハ固ヨリ尋常ニアラス爾臣民ノ衷情モ朕善ク之ヲ知ル然レトモ朕ハ時運ノ趨ク所堪ヘ難キヲ堪ヘ忍ヒ難キヲ忍ヒ以テ萬世ノ爲ニ太平ヲ開カムト欲ス

朕ハ茲ニ國體ヲ護持シ得テ忠良ナル爾臣民ノ赤誠ニ信倚シ常ニ爾臣民ト共ニ在リ若シ夫レ情ノ激スル所濫ニ事端ヲ滋クシ或ハ同胞排擠互ニ時局ヲ亂リ爲ニ大道ヲ誤リ信義ヲ世界ニ失フカ如キハ朕最モ之ヲ戒ム宜シク擧國一家子孫相傳ヘ確ク神州ノ不滅ヲ信シ任重クシテ道遠キヲ念ヒ總力ヲ將來ノ建設ニ傾ケ道義ヲ篤クシ志操ヲ鞏クシ誓テ國體ノ精華ヲ發揚シ世界ノ進運ニ後レサラムコトヲ期スヘシ爾臣民其レ克ク朕カ意ヲ體セヨ

御名御璽

昭和二十年八月十四日

各國務大臣副署

忍苦以て國體護持
國運を將來に開拓せん

内閣告諭

鈴木首相

昭和20年８月15日のポツダム宣言受諾を伝える（同日付「讀賣報知

『体験記　私たちの戦中・終戦直後史』編纂を経て
――編集委員それぞれの思い

記憶を相対化する歴史研究

飯白　和子

今回、市史研究センターの会員による『体験記　私たちの戦中・戦後直後史』を編集するにあたり、二一年前の平成一〇年の戦後五〇年となる節目に、「戦争・我孫子の証言」という企画展が開催されたことを思い出す。そして、この企画展に併せ、同年一二月三日、我孫子市史編集委員の大濱徹也先生を講師に、「戦争体験を問う場」というテーマで講演会が開催された。その中で「歴史を書くという作業は、単に歴史家が書くだけではなくて、一人一人の人間が自らの歴史というものを時代の中に位置づけていくなかではじめて可能になる世界だということです」（『我孫子市史研究16号』15頁）と述べられたことを思い出す。

今回、執筆された皆さんが、それぞれの体験、記憶をたどり記録されたことは、まさに先生が講演で述べられた「一人一人の人間が自らの歴史というものを時代の中に位置づける」作業であり、「戦争とは」を問う場になったということ。それを、会員の皆さんで行ったということは、貴重なことであったと言えよう。

また、先生は「このような問題を解く上で、追体験としての歴史をとらえる時に求められることは、まさにいかに記憶を相対化していくかということです。いわば記憶としての歴史は、国家が一方的に与える一つの歴史として、国家が説きかたる世界を自分の記憶として覚え込むことによって自分の位置づけをはかるものとみなされてきました。それがどの国家でも歴史教育として説かれるときの一つの作法です。そうした時に、もう一度各人それぞれ、一人一人の生活の場から歴史体験というものを、歴史というものを読み直してみることです。それは自分の妻、母なり、父なり、祖父なりというものの生きた姿というものをもういっぺんとらえることにより、歴史を自分の眼で相対化していく必要があるわけです」（同上39頁）とも述べられた。どれも、一つ一つ胸に突き刺さるような言葉であったが、その中で南京大虐殺の話と出征にあたり、父親から「殺されても殺すなよ」といわれ、送り出された渡部良三という山形県出身の青年の話が重くのしかかった。内村鑑三の弟子だという父・弥一郎から受け継いだ信仰にもとづき、上官の命令を拒否し捕虜の虐殺を拒んだ渡部良三の話は、海軍の職業軍人となりながらも同じく内村鑑三を師と仰ぐ私の父の姿と重ね合わさり、何時かこの問題と向き合わなければとの課題が残った。

父とキリスト教の出会いは、横須賀にあった海軍機関学校時代と思われる。横須賀には、明治三二年（一八九九）に米国の超教派宣教師エステラ・フィンチ（明治四二年、日本に帰化し星田光代と改名）と横須賀日本基督教会の黒田惟信神父により、軍人への伝道を目的とした「陸海軍人伝道義会」という教会が設立されていた。星田宣教師は海軍機関学校生とも交流し、学生からはマザーと呼ばれ慕われていたというが、大正一三年（一九二四）に五五歳で亡くなる。生前、内村鑑三との交流もあったという。伝道義会は黒田惟信神父が亡くなった翌年の昭和一一年（一九三六）まで運営されていたが、後継者がいなく解散したという。父が海軍へ志願したのは大正一〇年前後と思われるから、黒田惟信神父の伝道を直接受けた可能性は十分にあると思われる。昭和四年に同郷から母を迎え結婚し、六年に長姉、八年に次姉、一〇年に三姉、一三年四姉が生まれている。皆、教会が運営していた幼稚園に通っていたという。

父は、平成五年に亡くなったが、その遺品に「軍歴表」が残されていた。そこに、木更津航空隊への配属と、南京方面への軍事行動が記されており、続いてその時の軍功で叙勲されていた記録を見た時に、私の脳裏に浮かんだのは、南京大虐殺があった・なかったとそのころ話題になっていた問題であった。この作戦を遂行したのが、海軍の地上部隊であったという話を聞いていたこともあり、真相を確かめたいと思いつつ、時が過ぎていった。

父が亡くなって一年後くらいに、父の訃報を水交会（旧海軍軍人で作る親睦団体、現在は海上自衛隊のOBも含まれている）の会報で知ったという新潟県在住の方がお香をあげさせてほしいと訪ねてきたという話を弟から聞いて、驚いたことがある。旧海軍時代に上官であった父から大変良くしてもらい、世話になったということのようであった。その話を聞いて、父は父なりに信仰にもとづき良心に従い行動していたのか、とせめてもの救いを感じた。

我々を指導してくださった大濱徹也先生も、今年二月九日、八一歳で亡くなられた。二月一三日、日本基督教団札幌教会で葬儀が行われた。後日、偲ぶ会が催された。戦前のような体制の中で「天皇」に対峙できるものとして絶対者「大いなるもの（神）」の存在に縋るしかなかったとしたら、信仰を持たない凡人はいかに生き得えようか。もう導いて下さる先生はおられない。心からのご冥福をお祈りします。

非常に重い原稿の数々

逆井　萬吉

『明治は遠くなりにけり』という言葉を聞いたのはまだ最近。しかし、明治どころか大正・昭和、そして平成も終焉し『令和』。今や、もう『昭和は遠くなりにけり』である。

でも、忘れることはできない昭和。莫大なる犠牲を払った太平洋戦争。とどめの広島・長崎の原爆落下でやっと降伏した昭和二〇年八月一五日。あれから七四年。敗戦によってすべての日本国民は多大なる苦難を味わった。本書はその『昭和』の生々しい体験の記録。とりわけ、冒頭の三長老、阿曽・足立・小熊氏の体験談は貴重な証言である。お三方の話からは、我孫子では大規模な空襲はなかったようには感じたが、戦中・戦後の我孫子人の生活も苦難を強いられ、とても半端なものではなかったらしい。

それぞれの体験記を一気に読んだ。執筆者のほぼ全員が戦中戦後の混乱の中の生活を、我孫子以外の地で過ごしていた。太平洋戦争に関わる体験が中心であるが、何処で何歳のとき戦争に遭遇していたかで、体験記の中味はそれぞれが異なる。当たり前ではあるが、一本一本の原稿が非常に重く、窮乏に耐え生きてきた事実を物語っている。東京大空襲で一晩中逃げ回った人、長崎の原爆きのこ雲を目の前で目撃した人、九州や四国その他各地の疎開先にいた人……。さまざまである。個人的なことであるが、自分が昭和の終わりの頃勤務していた東京深川の都立化学工業高校（旧府立化学工業学校）。その学校の生徒のとき東京大空襲に遇ったという岩崎氏の体験記には胸に迫る思いで読んだ。学校の沿革史そのものだった。

これら多くの貴重な体験記に感動した反面、国民から思想言論の自由を奪った当時の国家（軍国主義）には、憤りを覚える。松根油に含まれる微々たるテレビン油で飛行機を飛ばそうとした国と、余るほどある油を上空からバラまき、武器を持たない老若男女や建物を焼き払う国。猫が象に挑んだような、超大国を相手の始めから無謀で勝算のなかった戦争。国民には報道で勝利を信じ込ませようとメデアへの圧力。親子代々で国家を好きなように統制している隣のある国と全く同じである。戦争に費やし、そして復興に要した金額や奪われた人命。測り知れない大きな損失だった。

そのような社会状態における体験記が集まった。書いてくれた全員が、自分の文章を『読んでほしい。知ってほしい』そして、『このような体験はもうあってはならない。繰り返してはならない』と絶対思っているはず。読み手のこちら側も全く同感。

人・モノ・地球を破壊する戦争は絶対NOである。令和となったこれからは、いかなる要因があろうとも、戦争で国民を苦難に陥れてはならない。したがって、本書は、戦争を知らない大部分の市民・国民にもぜひ読んでいただきたい。知人友人にも紹介してほしいと願っている。（二〇一九年五月二一日記）

少国民の鮮烈な証言

関口　一郎

寄稿作品を拝見し，強烈な印象を受けまた感動した。八〇余年の必死の記憶が、いずれも堰を切った奔流のごとく紙面にほとばしっていたのである。第二次大戦（太平洋戦争）後七〇余年であるが、日中戦争（日支事変）からはすでに八〇年を超える。各作品の記憶力は緻密で力強く、こころに響く。

表題のように、当時の「少国民」（戦時中はそう呼んでいた）の体験記録を本誌は編んでいる。かつて我孫子市史研究センターでは、市史編さん室（教育委員会）の主催で大戦時に関係する展示会や講演会に協力した経緯はあるが、本会員がこれほどまでにその手記を発表するのは初めてである。

ちなみに今回の寄稿手記を大まかに分析すると、以下の傾向がみられた。寄稿二八作品を三つの分野に分けてみる。（A）旧制中学校あるいは国民学校高等科に入学したグループ（～昭和八年まで）。（B）戦時中に国民学校に入学したグループ（昭和九～一二年）。（C）戦後に国民学校・小学校に入学したグループ（昭和一四年～一七年）。なお、「調査・聴き取り」等は対象とする年代に入れた。

これによると、Aグループは五〇％（うち聴き取り等一四％）、Bは三〇％、Cは二〇％となり、年代に応じて昭和初期世代の作品が多く、バランスのよい傾向を示しているのではないだろうか。九〇歳を過ぎて執筆された方も二人いる。さらに、沖縄戦の現況、長崎投下の原爆の実状、敗戦直後のMPと行動を共にした日本（東京）の現実、それぞれが貴重な証言で、本誌の内容は全国版であることを誇ってよいと思う。

また寄稿者のうち、東京生まれの人、戦時中も居住していた人は四五％で全体の約半分。寄稿者に都内出身者が多いことをあらためて知った。当然、全員が焼け出され、ご苦労が多かったはずである。疎開状況では、神奈川県や海外からの帰還者も含めると縁故疎開八三％、集団疎開一七％。八割以上が親戚、知人などへの疎開で、集団疎開は思いのほか少なかった。私の田舎町にも東京・江東区方面からの集団疎開組が多く来ており、お寺を分散宿舎としていた。相撲をとったり、一緒にスキーを滑ったことを思い出す。終戦後も文通のあった生徒もいたし、何年か後の夏休みに団体でお礼に訪れた学年もある。本文からは、とんでもない教育者（教師）が実際にいたことを知って驚愕している。

寄稿者で我孫子生まれの人はいなかったのであるが、本誌の「座談会」には地元生まれの三長老の方に登場いただいているので、参照いただきたい。

私は右のグループBに属し、本文でいささかの拙文を書いているが、なお年代の近い作品に刺激を増幅させられている。すべてが配給制のため、手づくりできるものはなんとかできるが、雪国ではゴム長靴など抽選で外すと全く困惑してしまう。ズック靴かサイズの合わないおとなの靴などがあればいい方だ。小学校六年か中一のときの校内マラソン大会で、祖母のつくってくれたランニングパンツがピッタリ過ぎて困ったこともあった。野球の布製のグラブは母親に縫ってもらったが、受け口が小さくて取りにくかった。父親には自家用煙草作製器で紙巻煙草をつくってあげた。音楽の時間のドレミファは「ハニホヘトイロハ・ハロイトヘホニハ」を数年間使っていたのでこちらも馴染みが深い。

さて、敗戦（当時終戦とも休戦ともいった）で人の変わり身の早さということがよくいわれる。本文にも書いた「天に代わりて不義を討つ」出征兵士が、敗戦翌年の帰還では駅頭で大きな旗を振ってメーデー歌を歌っている（メーデーや歌自体はわるいことではない）。この光景は、子どもながら世の中の変わり方と、おとなへの不信を強く感じた大きな出来事の一つであった。

なお、岩﨑作品（四七・四八頁）で、「メーデー歌」と「歩兵の本領」が同じメロディーとの指摘があり、そう言われればと調べてみると、さらに一高東寮記念祭寮歌の「アムール川の流血や」も同じメロディーという。作曲者は永井建子《けんし》（一八六五〜一九四〇）。それぞれが「小楠公」という軍歌が原曲。永井は「元寇」の作曲者でもある。軍歌と寮歌と労働歌の原曲が同じというのも奇妙である。

近年、戦争や日本国憲法についての取り沙汰が多くなっている。日本国憲法の前文には、「そもそも国政は、国民の厳粛な信託によるものであって、その権威は国民に由来し、その権力は国民の代表がこれを行使し、その福利は国民がこれを享受する」とある。これは、「国民の、国民による、国民のため」の政治というリンカーンのゲティスバーグの精神と共通しており、押し付けられたものではなく、世界との新しい「社会契約」であると加藤陽子氏（東大教授）はいう。

今回の本誌の刊行も、その基本精神を失わないこと、風化させないことを願っての出版である。（株）つくばね舎の英断を多とするところが大きい。

微視による戦争の姿を

谷田部　隆博

日中戦争～太平洋戦争は、日本人の歴史においても、最大の悲劇でした。数多くの人によって、なぜこの悲劇を招いてしまったのか、なぜ止められなかったのか、さまざまな論及がされてきました。そして、敗戦後七四年を経て、戦争体験の風化ということも言われています。

我孫子市史研究センターの顧問であった芳賀登氏は、「微視の復権」ということを打ち出されていました。私は、日本人最大の悲劇、これはアジアの人々へのたいへんな加害行為をなしてしまったことを含めての悲劇ですが、これを考えるには、つぶさに生活の場での実態を知ること、いうなれば、微視によって戦争を見る、これが大切であると考えるのです。年月が経てば風化は避けられないでしょう。しかし、決して吹き飛ばされない核は、残すというよりも作らないといけない。それには、時代を生きた人々一人一人の証言を残すという微視の作業が大きな役割を果たします。

実際の戦場に出た人々をはじめ、軍隊生活の経験者はほとんどいない今、その軍隊生活、戦場体験を語ってもらうことは不可能でした。それに、太平洋戦争の末期は、日本のいたるところが空襲にさらされ、日本国民、特に都市民は、戦場にいるのと変わらない状況となりました。それで、十代半ばに終戦を迎えた人々が大半になりますが、この人々に戦争下の生活の姿を語ってもらうことによって、戦争の姿を浮かばせたい、終戦時および終戦直後の人々の姿を語ってもらうことで、人々の戦争心理とでも言うべきもの、本来の生活とはどういうものか、これらが浮かび上がってくることを期したい、こう考えたのです。

たくさんの人が共感の意を寄せられ、多くの稿を寄せられました。終戦時に青少年であった人々の思いに届いたのではないでしょうか。初めて自分の体験を明らかにするという方もいられました。目の当たりに原爆の悲惨さをみた少年の眼、疎開先での暴力教師の姿を見た少女の眼、空襲に逃げ惑う少年少女の眼等々、日常生活の破壊が、さまざまな眼によって抽出されています。

歴史家の大濱徹也氏は、一九九五年一二月の我孫子市教育委員会主催の、「企画展『戦争・我孫子の証言』」の記念講演会で、結び近くに以下のことを述べられています。

「私たちはどうも単純に「正しい歴史」だとかなんとかいうものにすぐすがりたがるけれども、それは間違っています。そうではなくて、一人一人の眼で歴史をとらえていくということが、一人一人が歴史家になっていくということが問われているのです。そのための作業として、この戦争体験というものを考えてみたらどうでしょうか。」(一九九八年六月刊『我孫子市史研究』16号より)

終戦の八か月後に生まれた私ですが、暴力教師ということについては、中学生の時の鮮烈な記憶があります。体育の教師で、運動会では恐怖練習を繰り広げるのが常でした。「両手を前に挙げて整列」の姿勢を長時間生徒に強い、少し体勢が崩れた生徒の胸から顎にかけていきなり蹴り上げていました。生徒がけがを負うと、その夕方には親の元へ詫びに行って騒ぎが大きくならないようにする、こんなことも繰り返していました。音楽の女性教師は、木琴をたたく棒で生徒の頭を強く殴ることまでしていました。やられた生徒は、それ以来すっかり音楽が嫌いになったと、数年前の同窓会の折に語っていました。戦争下の生活での日常化した暴力が、戦後も教師の間には無反省に残っていたのでしょう。学校そのものにこれが残っていました。この〝反省力〟の無さは、現代でもいたるところに暴力として現れているでしょう。戦争を知らなくても、戦争体験の継承はできる、それをすることによって、たしかな反省力を養うことにもつながります。

ファシズムは、お先棒を担がんとする多数の者、身近なところでお山の大将になりたがる多数の者が出なければ成り立たないと思います。仏法にいう〝煩悩〟の奇形的な突出がファシズム、こんな思いを強くしています。ファシズムの芽はいたるところに生じます。芽を大きくさせない。小さいうちにつまんでしまう。この知恵といささかの勇気は、一人一人が歴史家になることによって持ちうるのでしょう。本書では、終戦直後の少年少女たちの〝明るさ〟も、浮かび上がっています。この明るさと日本国憲法を歓喜して受け入れた国民の思いには、共通するものが流れているでしょう。殺戮の歴史を経てきた人類の普遍の理念が、日本国憲法に結実しているのであり、その理念は、幕末の武士の考えた憲法草案、そして、有名な五日市憲法にすでに表れています。

本書が、平和を創る・維持する・そして微視の歴史学を育てる力添えになれば、と願っています。

我孫子市史研究センター

1975(昭和50)年11月、「市民の手で創ろう我孫子の歴史」の理念の基に設立された。当初は我孫子市教育委員会に事務局を置く我孫子市の市民研究組織という形態で、会員を広く市民から募り、創立時は会員数217名を数えた。

2002(平成14)年、市から、会員による自主運営をとの要請があり、独自に事務局を設け、我孫子市から独立して活動を続けることにし、今日に至っている。

月一回会報を発行・配布、歴史研究発表の部会、古文書解読の部会、社寺調査研究の部会、史跡探訪の部会、古代史研究の部会などの部会活動のほか、一般の市民にも公開している古文書解読講座・歴史講演会・史跡見学会などの諸活動を続け、研究成果を世に問う書籍も発行してきた。2019年からは、会誌『我孫子史研究』を2年おきに発行することになり、5月に創刊号を発行した。

入会には資格制限はない。会員の多くは我孫子市民で、現在の会員数は150名ほど。

◎本書編集委員（歴史部会の係が担当）

飯白和子　逆井萬吉　関口一郎（顧問）　谷田部隆博（編集統轄）

また、副会長荒井茂男氏の協力を仰いだ。

体験記　私たちの戦中・終戦直後史

編著者　我孫子市史研究センター（会長　関口一郎）

http://abikosisiken. main. jp/

2019年7月20日　初版発行

発行所　**株式会社つくばね舎**

〒277-0863　千葉県柏市豊四季379-7

TEL・Fax 04-7144-3489　E メール tukubanesya @ tbz. t-com. ne. jp

発売所　**地歴社**

〒113-0034　東京都文京区湯島2-32-6

TEL 03-5688-6866　Fax 03-5688-6867

印刷・製本　モリモト印刷株式会社

ISBN978-4-924836-85-3